Black, black, black

Marta Sanz

Black, black, black

EDITORIAL ANAGRAMA
BARCELONA

Ilustración: foto © Berta Sánchez-Casas Pastor

Primera edición en «Narrativas hispánicas»: marzo 2010
Primera edición en «Compactos»: enero 2014
Segunda edición en «Compactos»: diciembre 2015
Tercera edición en «Compactos»: julio 2017
Cuarta edición en «Compactos»: octubre 2018
Quinta edición en «Compactos»: junio 2020

Diseño de la colección: Julio Vivas y Estudio A

© Marta Sanz, 2010
    Representada por Agencia Literaria Ángeles Martín S. L.

© EDITORIAL ANAGRAMA, S. A., 2010
    Pedró de la Creu, 58
    08034 Barcelona

ISBN: 978-84-339-7742-7
Depósito Legal: B. 25510-2013

Printed in Spain

Liberdúplex, S. L. U., ctra. BV 2249, km 7,4 - Polígono Torrentfondo
08791 Sant Llorenç d'Hortons

El día 2 de noviembre de 2009, un jurado compuesto por Salvador Clotas, Paloma Díaz-Mas, Luis Magrinyà, Vicente Molina Foix y el editor Jorge Herralde, otorgó el XXVII Premio Herralde de Novela, por mayoría, a *La vida antes de marzo,* de Manuel Gutiérrez Aragón.
Resultó finalista *Providence,* de Juan Francisco Ferré.

También se consideró en la última deliberación la novela *Black, black, black,* de Marta Sanz, excelentemente valorada por el jurado, que recomendó su publicación.

Un criminal con educación es casi siempre unególatra empedernido.

WILKIE COLLINS, *La hija de Jezabel*

... la seducción irrumpe como estrategia dominante de la legitimidad posmoderna [...] Si hasta fechas recientes la seducción aparecía con una cara ambivalente (por un lado remitía a lo que tiene de engaño, por otro, a la admiración que provoca), asistimos ahora a su legitimación como forma deseable de la comunicación social. Ya no se trata de que alguien quiera seducir, sino de que todos quieren ser seducidos, sin que la base falsa o tramposa sobre la que puede estar construida la seducción origine reparo alguno.

CONSTANTINO BÉRTOLO,
La cena de los notables, pp. 152-153

Black I
El detective enamorado

—¿Paula?
—¿Sí, Zarco?, ¿qué me cuentas?

Ayer me puse mis pantalones con la raya perfectamente definida, mi pulóver más elegante, mi chaqueta cruzada, y salí a la calle con los ojos ocultos tras unas gafas de sol. Me perfumé con una colonia que huele a madera y a musgo. Como un refinadísimo Philo Vance. Al mismo tiempo, fuerte, viril. Guapo. No puedo evitar ser una persona pulcrita ni que me gusten los muchachos de baja estatura y complexión débil. Ni que se me vayan los ojos.

Mis clientes son una familia destrozada por el estrangulamiento de su hija; una familia que no entiende que la policía no haya aún apuntado con el dedo hacia ningún sospechoso y haya archivado el caso después de un año de infructuosas investigaciones. El marido de la muerta aún vive en el que fue su hogar conyugal y no puede decirse que sus suegros se fíen de él.

—Es moro —me informó el padre de la muerta.

—¿Quiere usted decir árabe?, ¿marroquí?, ¿argelino?, ¿tunecino?

—Quiero decir moro.

El señor Esquivel no se desdice con facilidad. No tiene una predisposición complaciente. Cuando me recibe, está leyendo un diario conservador que ahora descansa encima del sofá abierto por la página de necrológicas. Ha estado resolviendo el crucigrama apretando tanto el bolígrafo que casi ha traspasado el papel. Un ciego, tocando el reverso de la hoja, hubiera sido capaz de descifrar los trazos del señor Esquivel. Este hombre es tajante y no debe de pensar las cosas dos veces. El cráneo lampiño se le pliega como un acordeón cuando intuye que alguien matiza sus opiniones, lo que en su lenguaje quiere decir que se le lleva la contraria.

—Moro —repito en voz alta mientras apunto el dato en mi cuadernito, y a Esquivel la calva se le vuelve a poner tersa.

Las hostilidades entre el marido de la difunta y su familia política justifican que mis clientes no vean demasiado a su nietecita, Leila, que acaba de cumplir dos años.

—¿A usted ése le parece un nombre para una criatura?

Más allá de la elección del nombre, de la religión que pudiera profesar en el futuro y de la posibilidad de que Leila de mayor se pusiera un velito para cubrirse, a los Esquivel no les preocupa en exceso ese asunto. Si se resuelve lo del padre, lo de Leila se arreglará solo. Antes de continuar, aprovecho la mención a la niña para explicarles que yo no puedo intervenir en un caso de asesinato, aunque sí de otra índole. Como si se le hubiera ocurrido a él, Esquivel me interrumpe:

—El caso está archivado por la policía y, además, usted siempre puede decir que nuestro único objetivo es recuperar a la nieta.

La madre de la difunta, una mujer aparentemente servicial, con los párpados pintados con una sombra rosada, abre la boca:

—Le advertimos a Cristina que no se casase. Pero no nos hizo caso.

—Era muy bruta. Muy obcecada. Si se le metía algo entre ceja y ceja, no había forma de hacerla cambiar de opinión.

El padre pronunció su diagnóstico con cierto orgullo de casta y la madre rompió a llorar mientras compartía conmigo sus recuerdos:

—También estudió medicina por pura cabezonería. Y todo para acabar limpiando culos, viendo carne vieja en un asilo.

—Cristina no limpiaba culos. Y el asilo es una clínica de mucha categoría.

—Me da igual. Nosotros le insistimos en que no hacía falta que se esforzase tanto, que con nosotros nada le iba a faltar, pero ella se empeñó y, al final, fíjese usted, ¡doctora geriatra!

—Y muerta —apostilló el señor Esquivel.

En nuestra cultura el empecinamiento está bien visto. Lo mismo que las voluntades férreas, la efusividad, la propensión al llanto y la sinceridad a ultranza. Eché de menos que los Esquivel disimularan un poco sus fobias, que se mostraran más corteses y opacos. Tal vez los filtros de su enmascaramiento les hubieran ayudado a no ser exactamente lo que parecían ser: dos viejos que hubiesen estampado, con gusto y cargados de razón, un bate de béisbol contra la cabeza de un pariente político; un matrimonio anónimo, sediento de venganza, en un linchamiento popular. Quiero decir «país de fieras», pero logro que la expresión no se me escape. En su lugar formulo una pregunta:

—¿Era Cristina hija única?

La señora Esquivel se apresura a contestar con pudibundez:

—Sí. Aunque nos hubiera gustado, no pudimos tener más hijos.

La casa de los Esquivel es un chalé en una zona privilegiada de la ciudad. Un chalé anodino, decorado con mal gusto y que no cuenta con ninguna estancia tan hipnótica como el asfixiante invernadero en el que el Coronel recibe a Marlowe después de que Carmen Sherwood haya intentado tomar asiento en las rodillas del detective: «Tenga cuidado con su hija, Coronel Sherwood, ha tratado de sentarse en mis rodillas cuando yo estaba de pie.»

En el chalé de los Esquivel no me recibe una muchacha que se chupa el dedo con ojos de perdida mientras restriega su cuerpo contra mi bragueta impasible. Me recibe un matrimonio sesentón con unos rasgos físicos tan vulgares que los recuerdo con dificultad. Allí no hay invernadero ni orquídeas con pétalos cárnicos. No bebo varios vasos largos de whisky o de coñac, llenos hasta el borde, mientras el señor Esquivel se emborracha sólo con mirarme y aspira el humo de mis cigarrillos sin filtro para embriagarse por transferencia. Me dan una fanta de naranja y encima de la mesita no hay ceniceros. La camisa no se me empapa en sudor ni la tela deja transparentar la tableta de chocolate de mi musculatura. No es necesario que me quite la chaqueta. La señora Esquivel no tiene oportunidad de abrir la boca y de quedarse con ella abierta por motivos directamente relacionados con la dureza y proporción de mi anatomía.

Este oficio hay que tomárselo o con sentido del humor o con cierto culturalismo. El sentido del humor sirve para los galanteos, las entrevistas con los sospechosos y con los clientes —no está de más hacerse el simpático–, para la aproximación a la sordidez y para dormir como un tronco cuando uno se acuesta muerto de aburrimiento tras una jornada rutinaria. El culturalismo se aplica para contemplar el agujero de bala, la aguja de la trepanación, el hachazo, las amputaciones de dedos y de orejas, incluso para darle a la infidelidad otra luz. Todo –los cuerpos desmembrados y los papeles de periódico– son elementos para un bodegón, por ejemplo, de Chaim Soutine. Chaim Soutine deambulaba por las calles de París buscando el mostrador de la carnicería que exhibiera la gallina de sus sueños, la pieza de vacuno abierta, el costillar en exposición salvaje, el color rojo, granate, magenta, menstrual, burdeos, carmín, bermellón, barroso, carmesí, fuego, sangre, rubí, pimentón, azafrán, tomate, sandía, púrpura. Chaim Soutine caminaba por las calles de París y, después, se murió en una mesa de operaciones.

El culturalismo he de aplicarlo pocas veces, porque yo casi nunca veo sangre a borbotones. Repaso documentos, ingresos y pérdidas, asientos contables, tiro fotos. Converso con personas que se quedan pálidas. Desde que saqué mi licencia, rebusco entre las basuras un pasaje que ya he leído, la escena de una película en la que un director, casi siempre en deuda con el expresionismo alemán, enfoca a contraluz el perfil fumador de un villano trajeado. Pero en la casa de los Esquivel no hay literatura, sino dinero. Invertido con mal gusto, pero dinero. Mientras lo anoto en mi libreta repito en voz alta:

–Hija única.

Si hubieran sido conscientes de lo que le agradezco a la señora Esquivel que sea pudibunda; si hubieran podido ver las imágenes que desfilan por mi cabeza, la repugnancia que me produce representármelos queriendo traer más hijos al mundo; si hubieran sabido que me parecen atractivas las curvas y la apacibilidad doméstica del Dr. Watson, que me encanta su carácter y que imagino lo bien que le irían a sus manos una aguja de ganchillo y una bobina de hilo de perlé, que Watson sería el hombre perfecto para iniciar una convivencia en la edad madura, una vez olvidados los efebos, los apretones y el tiempo que perdí, los Esquivel no me habrían contratado jamás. Pero mis aptitudes para el disimulo y para la contención son más que notables, y los Esquivel no parecen muy observadores. Sólo ven en mí a un hombre educado que apunta con eficiencia algunos datos en su cuadernito. Un hombre que, además, huele bien.

Probablemente la muerta era un calco de papá, porque el señor Esquivel sigue resobando su idea fija:

—Es que es incomprensible. Lo tienen delante de los ojos y ¡no quieren verlo!

Esquivel me presenta el caso como pan comido.

—Si mi hija se hubiera casado con un blanco, ya estaría en la cárcel el pobre hombre. Pero con los moros nos andamos con pies de plomo...

Decido no otorgar mucha importancia a los comentarios del señor Esquivel, porque a fin de cuentas le habían matado a una hija y el trabajo que me ha propuesto tiene mucho más empaque que los que me encargan de costumbre. No consiste en la rutina de obtener pruebas para un caso de divorcio o para acreditar la estafa de un socio traidor; no debo buscar motivos para avalar las purgas de elementos rebeldes de una empresa multinacional ni mantener vigilada a una *nany* que le mete a un bebé la cuchara de potito por las narices, que le da cachetadas y le deja caer al suelo desde la altura de sus brazos extendidos en cuanto los papás se dan la vuelta para ir a trabajar. No era un encargo de esos progenitores que con gusto les pondrían a sus hijos pulseras, aretes y microchips electrónicos para comprobar el número de pastillas que ingieren por noche o la cantidad de alcohol que filtran sus higadillos de pollo en pleno proceso de crecimiento.

Esta vez se trata de una muerta. Una mujer estrangulada, según constaba en el informe de la autopsia, con algo parecido a un cordón de zapato. La señora Esquivel interrumpe mis pensamientos:

—Se lo advertimos, señor Zarco, pero era muy cabezona, muy cabezona...

Me llamo Arturo Zarco. Aunque ése naturalmente sólo es mi nombre artístico.

—Muy cabezona, ay, pobre hija.

Al señor Esquivel se le nota la soberbia genética en el gesto de la boca, en la forma de alzar la barbilla y de mirar por encima de sus gafas de cerca, cada vez que su mujer insiste en las obcecaciones de Cristina Esquivel. Anoto en mi cuaderno que la difunta era una mujer obstinada. La obstinación no es siempre una virtud. Los Esquivel a veces entienden el empecinamiento como una cualidad maravillosa del carácter de la hija, una cualidad que ellos mismos le habían inculcado y que tenía que ver con llegar a la meta a toda costa aunque se estuviera echando el bofe, mientras que, otras veces, ese mismo empeño era una forma de debilidad, un momento de flaqueza. Ésos son los únicos datos relevantes que puedo extraer de los comentarios del matrimonio. La señora Esquivel, sin separarse ni un segundo de su marido y sin ofrecerme más fanta de naranja pese a su aspecto aparentemente servicial, insiste una y otra vez en la misma cantinela:

—Aquello no podía acabar bien. Casarse con un moro. Por cabezonería.

—Solita, ya está bien. ¿Quiere usted preguntar algo más, señor Zarco?

—Sí, ¿cuál es la profesión del que fuera su yerno?

Los Esquivel se miran a los ojos. No les ha gustado nada que nombre al marido de la muerta con la palabra que designa el parentesco que les une a ellos, pero ésa es una de las pequeñas maldades que me puedo permitir porque resulta fácil dar marcha atrás, achacarlas a un despiste o a la costumbre. El señor Esquivel me perdona y, desenganchándose de la mirada de su mujer, me da el dato:

—Albañil. Es albañil.

Esquivel me proporciona la información como si ya estuviera todo dicho, como si a mí desde ese momento no me quedara nada por investigar y sólo fuera a invertir mi tiempo en ratificar sus hipótesis. Sin embargo, haciendo acopio de valor, les advierto que, pese a sus fundadas sospechas —es importante hacerles un poco la pelota y además no tengo ganas de entablar con ellos una discusión política—, a veces las cosas no se resuelven como sería previsible. Evito las confrontaciones y me gusta ser complaciente con quienes me pagan; suelo plegarme a sus deseos. Pero en esta ocasión quiero cubrirme los flancos por si «el moro albañil» no es culpable, aunque Yalal Hussein —así se llama el yerno— está hecho a propósito para llevar de por vida un pijama de rayas. Mientras sopeso todas las posibilidades, al señor Esquivel se le arruga significativamente la carne del cráneo desnudo y su señora corre a quitarles un poco de hierro a mis prevenciones:

—Ya verá, en cuanto usted lo vea, se va a dar cuenta de que el tipo es un animal, un primate... ¡Si hasta habla mal el español!

No les gustan mis reticencias, pero su oferta sigue en pie quizá porque la cabezonería es un rasgo de familia. Yo, por mi parte, acepto su propuesta económica —inmejorable— y llamo enseguida a Paula para informarle de mis primeras impresiones.

No soy valiente para los asuntos personales. Disimulé durante mucho tiempo y me casé con Paula, aunque nos divorciáramos en menos de dos años y ella sea ahora una de esas mejores amigas que me llaman al orden en cuanto cometo un error. Aunque es cruel, telefoneo a menudo a Paula y le cuento mis desengaños o le transmito la euforia de los primeros encuentros con mis amantes. No puedo verle la cara cuando me atiende por teléfono, pero la imagino mordiéndose los labios o dando patadas contra el parqué mientras me trata con amabilidad, como si le importaran un bledo mis asuntos. Ahora bien, siempre que tiene ocasión Paula coloca su dedito encima de la llaga que más me duele. Me detecta los talones de Aquiles y los alancea. Yo sigo llamándola para infligirle un poco de ese daño que da gusto. Ella se venga de mí. Nos devolvemos los golpes y nos acompañamos como los dualistas de Stoker. No podemos vivir el uno sin el otro. A veces Paula me ayuda a ver la luz.

—Zarco, te has metido en una mierda de caso con una mierda de gente.

Paula quiere aguarme la fiesta. Es su obligación.

2

Hoy, protegido por mis gafas, camino por una calle del centro. Veo gris el cielo y las fachadas de los edificios de cuatro plantas y la ropa en los escaparates de las tiendas. Gris el cristal de mis gafas por dentro y las vidrieras de los locutorios, grises las antenas parabólicas y los líquidos que quedan en los culos de los vasos de vermú. Grises las palomas y los coches aparcados. Grises mis manos cuando las saco de los bolsillos de la chaqueta para retirarme el flequillo. Grises los carteles de «Se vende» y de «Se alquila» y las bombonas de butano que la gente saca a los balcones. Grises las vomitonas que huelen desde el suelo. Grises las farolas y los contenedores de basura y las tapas de registro del alcantarillado y los adoquines. Grises las papeleras y el interior de la boca de los transeúntes. Grises las piezas de carne menguante para preparar el *kebab* y las tapitas, atravesadas con un palillo, para acompañar la caña. Las boutiques del *gourmet*. Grises las monedas para comprar el periódico y las orejas en las que se apoyan los teléfonos móviles. Los telefonillos de las comunidades. Grises el fontanero del barrio y los repartidores y las cajas de botellas de refrescos y los cascos vacíos. Las macetas de geranios y de amor de hombre, grises. Los parroquianos acodados en las barras y los mendigos y las señoras que pasean a sus perros o tiran de sus carritos de la compra, grises. Grises las ofertas de las inmobiliarias y los muebles de los anticuarios y los pescados de la pescadería y las mesas de mármol de los cafés y las cabezas de las gambas en el suelo de las tascas y los botones, ovillos y gomas que venden en las mercerías. Los periódicos, los *graffiti* y los letreros apagados de los garitos. Los mechones que caen de entre las tijeras de los peluqueros y los aceites y los bálsamos de los salones de belleza. Gris, la perspectiva hacia el final de la calle. Lo veo todo gris pero, cuando entro en el portal de la casa en la que vivía Cristina Esquivel, me quito las gafas e imprevisiblemente todo se llena de colores.

El portal no es lujoso ni grande. Es estrechito y adornan el techo coquetas molduras pintadas de rojo. El suelo es de mármol blanco, entreverado de hilos de humo, con cenefas también rojas. En primer plano, una escalera con los peldaños de madera y la barandilla metálica rematada en una bola dorada; el pasamano también es de madera barnizada, brillante. Más allá, se vislumbra un patio con una fuente y, al fondo, la escalera interior. En el patio un niño de unos cuatro o cinco años, vestido con un peto, pedalea en un triciclo: su aspecto no es muy saludable, pero debe de ser una criatura fuerte porque sus pedaladas son enérgicas y, mientras pedalea, lanza exclamaciones indescifrables para mí.

–*Agggg, guans, ¡abú!*

En los alféizares de las ventanas del patio interior los vecinos han puesto arbolitos enanos y tiestos con flores. Contra el cuadrado azul del cielo se dibujan las formas de la ropa tendida; destaca sobre todo la ropa interior de los hombres y de las mujeres, de los jóvenes y de los viejos: las bragas extragrandes, los calzoncillos de marca, los sostenes con relleno líquido, los simpáticos calcetines colgados por la punta, las camisetas de algodón, los tangas, los visos y las combinaciones... Huele a suavizante, a palitos de incienso y a un caldo de verduras que me abre el apetito. Por una rendija se filtra hasta la oquedad del patio una relajante música de cuerda. El patio es un rectángulo secreto que nadie adivinaría desde el exterior. Un lugar agradable para vivir en el que posiblemente los vecinos se pidan tacitas de sal y se feliciten las pascuas.

—Zarco, ¿a que los estribillos de los anuncios son tu música preferida?

Paula cree que sus comentarios son cáusticos. No entiende que la llamo porque está sola y me da pena. Pero se merece que hoy la maltrate un poquito más que de costumbre.

—Paula, me he enamorado.

A Paula se le acaba de parar el corazón. Yo continúo.

De repente, detrás de mí, en el hueco del portal, noto una masa caliente que me pone de punta los pelillos del cogote. A mi espalda me encuentro con un elfo de ojos rasgados y violetas; su ceja izquierda está atravesada por un piercing. Un muchacho de cuerpo menudísimo y moreno me observa con cierta curiosidad. Me saluda. Su voz es de hombre. Como si alguien le hubiese doblado: resulta inconcebible esa resonancia profunda de su voz dentro de una caja torácica tan disminuida, tan delicada. Prosigue su camino escaleras arriba subiendo de dos en dos los peldaños. Aprieta los glúteos un poco escurridos. Es un elfo que lleva baja la cinturilla del pantalón. Un elfo que huele a leche con vainilla y a lápices. Nos nacerían unos hijos guapísimos.

—Zarco, eres un cursi. Y muy patético.

–Calla y escucha.

Me imagino a Paula comiéndose los padrastros mientras imprime cierto aburrimiento a sus insultos. Quizá piense que le miento para herirla, quizá se dé cuenta de que todo es verdad y de que la necesito para que me escuche y de que, a mi manera, la quiero. Entonces ella, con más motivos que nunca, siente unos deseos irrefrenables de soltarme un guantazo.

–Pero es que yo no tengo tiempo para escuchar tus rijosidades, Zarco.

–Tranquila. El chico desaparece...

Una mujer me toca el hombro mientras, al pie de la escalera, yo sigo con la vista al muchacho.

–¿Quería usted algo de mi hijo?

La mujer es la madre del elfo y en un segundo le saco una radiografía. Mediana estatura, complexión atlética, media melena azabache –sin duda, un tinte–, cuyo largo roza la línea de los hombros, poderosos; blanca de tez, los ojos del mismo color y forma que los del hijo, pero con bolsas en los párpados inferiores. Las cejas espesas, perfiladas por las pinzas. La boca debió de ser carnosa, pero ahora se cuartea y se subsume. Sufre un pequeño herpes labial en una de las comisuras. Manos anchas de uñas recortadas, pintadas de rosa palo, eficaces en la cocina: las veo dando forma a unas croquetas. Alianza matrimonial y otros anillos de cristales de colores –posiblemente valiosos– engarzados en monturas de diseño clásico. Joyas de familia. Lo más llamativo es su manera de vestir: prendas ajustadas y oscuras contra sus caderas maternales, medias de cristal alrededor de las pantorrillas redondas, musculadas, falda por encima de la rodilla, suéter apretado contra el torso que deja entrever un tipo de corsetería en desuso: sujetadores con cazuelas. Refuerzos con ballenas. Corchetes. Ahora me fijo en que la voz del elfo se parece a la de su madre. Es aguardentosa, masculina y un poco nasal:

—Le he preguntado si quería usted algo de mi hijo.

—No, no. Andaba buscando la casa de Cristina Esquivel.

—Cristina Esquivel ya no vive aquí.

—¿Y eso?

—Está muerta.

—¿Y su marido?, ¿sigue viviendo aquí?

—Sí. Vive aquí.

La mujer se queda esperando a que le pregunte en qué piso, pero yo no digo nada. No puedo tolerar que, pese a que me ha pillado en un renuncio, ella controle la situación y me mangonee. Me pongo a buscar en los buzones un nombre árabe, pero la mujer no parece dispuesta a soltarme. Me aprieta un poco más entre unas mandíbulas que hasta hace un segundo sólo me sujetaban:

—Es guapo mi hijo, ¿verdad?

Me observa con socarronería. No sé si se siente verdaderamente orgullosa de su hijo, de su belleza alienígena e infantiloide, tan endeble que puede fracturarse si la miras demasiado, acabarse como esas voces de los niños cantores que se malogran por la causa natural del crecimiento. Siento sequedad en la boca y una leve taquicardia. Me toco el pulso. Quizá la mujer está esperando mi respuesta para lanzarme un rosario de insultos.

—Una patada en los huevos es lo que te merecías, Zarco.

A palabras necias...

Cuando la mujer pasa por delante de mí, me llega un sutilísimo tufo a alcohol de alta graduación. No contesto a sus preguntas. Tampoco creo que ella espere que lo haga. Con ojos distintos a los que he usado para apropiarme de su hijo, contemplo cómo se le tensan las pantorrillas al subir un peldaño tras otro. Cuando llega al primer descansillo, la mujer revisa su trasero de *magioratta*. Después me escruta durante un instante que se me hace larguísimo y sigue subiendo mientras canturrea una canción que probablemente acaba de inventarse:

—No es ni carne ni pescado, el señor alcanforado...

Me da lo mismo. Prefiero no pensar en esta señora. Sopeso la posibilidad de dejarme el bigote, como el inspector Studer, con el objetivo de enmascarar la relajación de mis labios, mi debilidad, la próxima vez que el muchacho se cruce en mi camino y, sin que yo lo pueda evitar, la boca se me haga agua.

3

–¿Y eso es todo lo que has hecho hoy?
Paula me regaña siempre. Me muestra su escepticismo y su desinterés. Pero lo cierto es que aún no me ha colgado el teléfono y que yo no quiero que me cuelgue todavía:
–No. También he trabajado.
–¿A estar mirando culos toda la mañana tú le llamas trabajar?
–También he estado mirando buzones.
Encuentro dos nombres árabes en los cajetines, el del yerno de mis clientes y otro. Esa circunstancia no me hubiera dado que pensar si, justo en ese instante, un hombre no hubiese abierto el portal y me hubiese saludado muy bajito como pidiéndome perdón. A la vez, siento que ese hombre me desprecia. El hombre es de raza árabe. Decido abordarle por si es el yerno de los Esquivel:
–Perdone, ¿es usted Yalal Hussein?
–No. Yo me llamo Driss.
El hombre me observa con sus ojos amielados. Su boca, grande y sensual, deja entrever unos dientes ennegrecidos por la nicotina. Crece en mí la sensación de que este hombre me desprecia. Y de que me tiene miedo.

—¿Y conoce a Yalal?
—Un poco.

Driss comienza a desconfiar, pero no se atreve a preguntarme. Sólo me dice «perdone» y se dirige hacia el patio. Se acerca al niño del triciclo, le da un beso. Le acaricia la cara. Después deja que una mano repose en la cabeza del niño y levanta el triciclo con la otra. En una mano de Driss cabe la caja craneana de su pequeño. Con su callosa mano sobre la cabeza del niño, Driss lo guía. Lo protege con su mano. Lo orienta. Le transmite calor. Yo los detengo antes de que suban a su casa:

—Perdone. No me he presentado. Me llamo Arturo Zarco y, si usted me lo permite, me gustaría hacerle unas preguntas.

—¿Para qué?

—Estoy investigando el caso de la muerte de Cristina Esquivel. ¿Usted conocía a Cristina?

—Un poco.

Driss no me pregunta si soy policía. Posiblemente no quiere saberlo o quizá lo haya dado por supuesto nada más verme. Tampoco le interesa quedar mal conmigo. Si soy policía, bien, y si no, también. Driss habla pausada y tranquilizadoramente, aunque mi visita le incomoda. A mí también me incomodaría, pero yo plantearía a mi interlocutor muchas más preguntas que Driss:

—Suba conmigo. No me gusta hablar aquí, casi en medio de la calle.

Al llegar al rellano del primer piso, Driss dirige la vista hacia la puerta que está frente a la suya y, mientras finge que sus manos son como dos gafas, como dos lentes pequeñas, me susurra:

—Buena gente. Pero la señora Leo, muy cotilla.

En la casa de Driss hay juguetes tirados por el suelo. Las

paredes son de un color amarillo sucio y, por los olores y la densidad de la atmósfera, tengo la pegajosa sensación de que acabo de entrar en la masa de un bizcocho. Nos reciben una mujer mayor, que debe de ser la madre de Driss, y un bebé de no más de dos años. El hombre lo besa mientras el niño intenta apartar con la mano el rostro del padre. Le molesta su barba crecida de tres o cuatro días. Pero ríe. La mujer se lleva en brazos al niño pequeño y, entonces, el mayor se aprieta contra la pierna de Driss. Él le dice algo al crío, dulcemente, en un idioma que desconozco pero que es una variedad del árabe. El niño se aleja corriendo por el pasillo chapurreando unas palabras de nuevo incomprensibles para mí. Su padre se apresura a justificar la falta de destreza para el lenguaje de un niño ya demasiado mayor:

—Debería hablar mejor. Pero no le sale. Dice la profesora que es así con todos los niños que escuchan desde pequeños dos idiomas.

Le doy la razón a Driss. En el fondo de la casa adivino una cocina. Driss sigue hablándome de su hijo:

—Mi niño, como dicen ustedes, tiene pelusa, ¿sabe? Eso dice Leo, la cotilla, cuando me habla por el patio: «Este niño tiene pelusa.» Tiene pelusa. Es gracioso. Tiene pelusa. Como los melocotones.

Me río con Driss y después apunto con la cabeza hacia la cocina:

—¿Es su madre?
—Sí. Está aquí para ayudarme con los niños.
—¿Y su esposa?
—De viaje. Trabajo.

La conversación está siendo demasiado cordial. Creo que debo aprovecharme de ese miedo que he creído detectar en Driss cuando me ha visto en el patio y también después, cuando me ha invitado a subir a su casa:

—¿La casa es suya?

—No. Vivimos de alquiler. Es muy caro comprar una casa.

—¿Tiene papeles, Driss?

—Mi mujer es española.

Encima de una mesita reposa la foto de una mujer muy flaca con cara de asco. Es una sonrisa. Supongo que se trata de la esposa española de Driss. No me hace falta preguntar.

—Sí, es mi mujer.

La incomodidad de mi anfitrión no se relaciona con un temor probable a la policía de inmigración. Me pregunto si su malestar tiene que ver con la extrañeza de que un hombre esté con él en la sala interrogándole o si esconde otros problemas, otros asuntos. No entiendo por qué Driss sigue sin pedirme que le enseñe una placa o una tarjeta de identificación que me acredite como empleado público. No dar explicaciones me coloca en una posición de ventaja frente a este hombre que, pese a parecer una persona apacible, se muerde las uñas. Los padrastros. Sin embargo, no he subido a su casa para hablar de él ni de su vida. Así que paso a formularle algunas preguntas sobre Cristina Esquivel, sobre Yalal, sobre la pequeña Leila, sobre lo que recuerda de los sucesos de hace un año. Casi todas las respuestas que obtengo son «no sé», «no estaba», «un poco», «somos vecinos, nada más», «yo no me meto en la vida de nadie». Me entero de que la mujer de Driss también estaba de viaje cuando se produjo el asesinato de Cristina Esquivel y de que tanto Yalal como Driss son marroquíes, pero de regiones distintas.

—No, no nos conocíamos de antes.

Driss afirma este hecho con mucha más seguridad que los anteriores. Recoge sus manos entre las piernas y clava sus ojos en los míos para responder. Yo no puedo evitar desconfiar de tanta docilidad. De la mansedumbre de un hombre que guía amorosamente a su hijo por el pasillo sujetándole la cabeza con la palma de la mano. De unos niños que no parecen echar de menos a su madre. De un hombre manso al que he sorprendido mordisqueándose los pellejos de las uñas y que me enseña unas manos callosas y fuertes.

—¿Cuál es su oficio, Driss?
—Soy albañil.

A veces me avergüenzo de mis propios pensamientos, de mi capacidad para pensar mal. De tener que ser, por obligación, mezquino y desconfiado; ésa es una de las cosas de mi oficio que más me afectan: comprobar cómo poco a poco se va mellando la imagen bondadosa que yo conservaba de mí. Reflexiono sobre el significado de las repeticiones cuando aparece la madre de Driss con unos refrescos. Los deja sobre la mesa y se marcha otra vez a la cocina. Está claro que no me voy a alcoholizar durante esta investigación.

—Quizá usted prefiere una cerveza...
—No, no se preocupe. La fanta está muy bien.

4

Aunque le gustaría poder disimularlo, a Paula se le escapa una risita a través del teléfono. Enseguida me ataca:

—Me doy cuenta de que los Esquivel te han contagiado algunas cosas...

—¿A qué te refieres?

—A esa desconfianza hacia un hombre que se ha portado contigo con amabilidad.

—Pero no tenía la obligación de ser amable conmigo. Ni de recibirme.

—¿Y cuál es el problema?

—Ése es el problema.

—Eres una mala persona, Zarco.

Cuando salgo de la casa de Driss, tomo conciencia del calor sofocante de aquella salita de estar. Driss me parece sobre todo un padre amoroso. Tal vez un hombre torturado por la lejanía de su esposa. O por su proximidad inminente: recuerdo la cara de asco de la fotografía. Pretendía ser una sonrisa. Quizá Driss sólo piensa por las noches «que no vuelva, que no vuelva, por favor». Contengo mi tendencia a ser imaginativo: este oficio precisa de la imaginación sin duda, pero sólo al comienzo. En la primera ojeada. En el instante de construcción de las hipótesis o cuando se intuyen las debilidades de un determinado tipo psicológico. Después cada pieza ha de engranarse en el hueco exacto, recomponerse de un modo natural, volver a su ser matemáticamente. Como las cuentas que cuadran en el libro de contabilidad. Paula es de ciencias, funcionaria y resuelve con maestría los sudokus. Yo soy más eficiente en la fase creativa: en el encaje de bolillos de la fase rigurosa, a menudo se me enredan los hilos.

El tiro de aire de la escalera me despeja. Resoplo. Reparo en la mirilla de enfrente. Alguien me observaba desde allí y ha debido de sorprenderme en la indigna postura del resoplido tras el acaloramiento. Después mi vigilante se ha retirado. Seguro que a la señora Leo le apetece mucho contarme lo que ve, lo que sabe o lo que sospecha, pero decido dejarla para más tarde o para mañana, porque ahora me he fijado dos objetivos: mantener la conversación que en definitiva he venido a entablar con Yalal, el marido de Cristina Esquivel, y descubrir detrás de qué puerta viven la *magioratta* y el elfo. Lo conseguiré por eliminación: en el primero viven Driss y la señora Leo; en el segundo, Yalal y otros vecinos que bien podrían ser ese par de criaturas. Más arriba sólo quedan dos pisos, tercero y cuarto, con dos puertas cada uno: las posibilidades se reducen a cinco timbres a los que puedo llamar si venzo una timidez que sólo me asalta cuando un muchacho me pone nervioso y me encuentro desamparado; entonces, vuelvo a necesitar que mi madre me dé un beso, que me alimente cuando tengo hambre, que me eche una manta por encima porque estoy muerto de frío.

Se me vacían placenteramente las puntas y rincones del estómago sin que yo haya forzado mi fantasía como hago de noche para relajarme reviviendo lugares tibios y aromáticos, minutos, el semen que huele a lejía, a limpieza clásica, a flores de pan y quesillo o a jabón de Marsella, a nada; reviviendo las cosas que de verdad sucedieron y las que no, las cosas de las que conservo la esperanza de que sucedan, las que podrían suceder, los instantes o los días previos a una consumación, la tontería y el espasmo. La inquietud. El nervio tieso que me recorre desde la masa encefálica hasta los dedos de los pies. Se me vacía una de las puntas del estómago, la que enlaza con el intestino, y me da un calambre, un retortijón, al reconstruir la silueta del muchacho menudo y moreno que olía a vasos de leche y a lápices: su imagen con el cuello en tensión, ladeado, con la boca semiabierta, recibiendo un beso de mi lengua o dándome la suya. Al principio sólo nos rozamos con los labios, humedeciendo la superficie de la piel, y luego, poco a poco, el beso recoge la boca entera, se hace reptiliano y se marca la mandíbula, se estiran las venas como cordones móviles y latientes a lo largo del tronco del cuello. A los niños cantores también se les inflama una vena. Una vena morada de pajarito. Me gusta besar sin cerrar los ojos. Para excitarme mucho es suficiente esta única visión: la torsión del cuello, el estiramiento, el cordón movedizo de la vena en el momento de ladear la cabeza para besar profundo...

—Zarco, voy a colgarte.

—No, Paula, espera...

Salgo de mi ensoñación. Un hombre no muy alto, pero corpulento, sube por las escaleras. Le digo «buenos días», pero el tipo no me responde, me da la espalda. El morrillo excede su cogote rasurado. Lo veo mientras sigue subiendo. Antes de alcanzar su piso, se para en seco porque los dos escuchamos un cántico, con aire tanguero, amplificado por la caja de resonancia del patio interior:

—No es ni carne ni pescado, el señor alcanforado...

Al acabar el estribillo, el hombre sigue subiendo las escaleras. No se vuelve para echarme una ojeada. Juraría que se está sonriendo, aunque es imposible que me haya reconocido como el señor alcanforado. Carece de argumentos y, sin embargo, juraría que se ha sonreído, el cacho de carne. Cuando llega al segundo, le oigo meter una llave en la cerradura, girarla muchas veces, entrar en la casa. Por el patio me llega otra voz, entre cantarina y engolada, de mujer. No sabría decir si es la voz de alguien joven o viejo, pero no es la voz que acaba de entonar el estribillo. La voz que recibe al mazacote con el que me acabo de cruzar no es la de esa mujer que, al pasar a mi lado, ha vertido una esencia a licor de alta graduación. Puedo, por tanto, afirmar que la extraña pareja de la *magioratta* y el elfo tampoco vive en el segundo: ahí viven este hombre que ha dado muchas vueltas a las llaves para entrar en su casa y, enfrente, el marido de la difunta Cristina Esquivel. Justo ése es el timbre que ahora pulso con tres toques sucesivos de mi dedo índice.

Yalal Hussein sólo deja entreabierta su puerta.

–¿Quí quiere?

Por la rendija atisbo un piso de espacios diáfanos, amueblado según las directrices de una revista de diseño. No me gustan esas casas de estudiada limpieza. No me gustan las casas llenas de cacharritos, de peluches encima de las colchas, de colecciones de posavasos o de muestras de las perfumerías –dormitorios de psicópata que he llegado a conocer muy bien en el ejercicio de mi profesión–, pero tampoco me agradan esas otras casas en las que el salón principal sólo se usa para hacer gimnasia, sobre la encimera de la cocina descansa un solitario vaso de zumo antioxidante y parece que nadie viva allí. Las casas donde hasta los periódicos se ponen de medio lado en el revistero con alguna intención. Casas que se asemejan a la consulta de un dentista y, lo que es aún más desagradable, huelen a consulta de dentista. Sin embargo, a través del espacio que deja el cuerpo de este hombre –es un hombre flaco que no llega a taponar del todo la abertura de la puerta– percibo pequeños detalles que personalizan una decoración pretenciosa en su minimalismo y manifiestamente pija.

—Disculpe, ¿es usted Yalal Hussein?
—Le he priguntado quí quiere.

Yalal es un tío con malas pulgas. Supongo que es lógico tras la traumática experiencia que vivió el año pasado. Procuro liberarme de mis prejuicios y de mis primeras impresiones. Me corrijo. Me purifico.

—Señor Hussein, ¿quiere que toda la escalera se entere de lo que le tengo que decir?

—Mi importa un rábano la iscalera, a mí.

Me entran unas ganas terribles de pegar una patada a la puerta. De dejar a un lado mi educación y de olvidarme de que esta mañana me ha abducido Philo Vance para transformarme en Mike Hammer. Miguel Martillo no practica la piedad y se erige en jurado de los criminales aplicándoles por anticipado la pena de muerte. Yo creo que no podría castigar el hígado de mis sospechosos con unas botas de puntera reforzada. Pero, al fin y al cabo, soy un hombre, y con Hussein me nace cierta ira que contengo. Procuro razonar:

—Vengo por su mujer, Yalal.
—¿Quí mujer?
—Cristina.
—Mi mujer istá muerta.
—Por eso.

Yalal abre más la rendija y se desencorva. Es un hombre de estatura de watusi, con la cabeza rasurada, las orejitas minúsculas, y los ojos tan pequeños que no logro identificar de qué color son.

—¿Is policía?
—No.
—¿Intonces?
—Sus suegros quieren empapelarle.
—¿Impapilarme?

No se me ocurre mejor manera de que Yalal me franquee el paso:

—Déjeme pasar y se lo explico.

Yalal me observa con incredulidad, pero me hace un gesto para que pase al salón. Al apoyar la mano en una cajonera me lleno de polvo y, sobre la superficie del mueble, queda la marca de mis huellas palmares. Aunque es sábado, no esperaba encontrar a Yalal Hussein en casa a estas horas.

—¿Viene a comer a su casa todos los días?

—No. Ahora istoy en el paro. Piro soy albañil. ¿Quí pasa con mis suigros?

Invento para Yalal una historia de terror que no se aleja demasiado de la verdad. Le cuento que los Esquivel me han contratado para que demuestre que fue él, Yalal Hussein, el que acabó con la vida de Cristina Esquivel con la intención de quedarse con la casa y con el dinero. Yalal se encrespa. Noto cómo los nervios le recorren las fibras musculares. Chilla. Me cuesta seguirlo porque habla vertiginosamente:

—Piro si todo ha sido para illos. Todo lo di Cristina. Yo sólo hi consirvado la casa por mi hija. Cristina y yo no hicimos papil di tistamento, «di ti para mí y di mí para ti.» Yo no tingo nada.

El brazo del sillón de cuero blanco está quemado probablemente por la brasa de un cigarrillo; en el balcón, a través de un cristal con chafarrinones, veo una maceta con el tronco de un rosal muerto. Vuelvo a concentrarme en el dueño de la casa. Le explico a Yalal que los Esquivel pretenden que aparezca como culpable para reclamar la custodia de su nieta.

—¿Di mi niña?

—Sí, de su niña. De modo que es mejor que usted colabore conmigo si no quiere perder también su casa.

39

—Hijos di puta. Piro no puiden hacer nada: mi niña istá in Agadir. Con mi familia.

Disparo una primera bala –dialéctica, retórica, verbal, en sentido figurado– para calibrar a Yalal Hussein:

—¿Le molestaba su hija, Yalal?

—No, quí va. Is que yo solo no podía cuidarla.

Yalal Hussein no se inmuta. Mi pregunta no la interpreta como una agresión. Habla del tema de su hija como si no fuera una cosa del otro mundo. No parece afectado ni por la muerte de su mujer ni por la lejanía de su hija. He debido de quitar mi cara de póquer, el rictus impenetrable, descomponer mi postura maquinal –la quinésica es un arte muy útil para los de mi oficio–, porque Yalal se ríe de mí:

—¿Pritinde qui, a istas alturas, mi ponga a llorar, siñor?, ¿siñor?

—Zarco, Arturo Zarco.

Sobre una mesa reconozco la portada de una revista del corazón y unas llaves, tiradas de cualquier manera, con un llavero horroroso. El interior de la blanca cáscara de huevo que Cristina Esquivel había convertido en su hogar pronto comenzará a resquebrajarse.

—¿No li gusta mi casa, siñor Zarco? Cristina dicía qui se nos istaba quidando piqueña...

—La casa no parece pequeña...

Empezamos con las preguntas en torno a los sucesos acaecidos hace un año y Yalal Hussein no me descubre nada sustancioso. Sólo me proporciona datos viejos. Que en la casa no se encontraron rastros ni ningún tipo de huella que permitiese identificar al asesino. Que no se sabe si fue una persona o dos. Que no se conocen móviles verosímiles para el asesinato. Que Cristina fue estrangulada en torno a las dos de la tarde. Que nadie vio ni oyó nada. Que la policía interrogó a los compañeros de trabajo de la difunta, a los familiares, a los vecinos y a los amigos sin encontrar indicios. Que no tiene «ni idía» de lo que pudo suceder pero que con él se cebaron y que sus suegros tuvieron gran responsabilidad de la angustia que sufrió Yalal Hussein, pero que al final no se pudo demostrar nada. Que no estaban agobiados por las deudas ni les perseguían acreedores ni estaban relacionados con ningún asunto de drogas:

—Aunque Cristina fuira mídico y yo moro.

No me gustan los sarcasmos de Yalal Hussein. Son asquerosos. Tampoco sé cómo debo interpretar el calendario de un restaurante chino que distingo en una de las paredes enteladas, carísimas de esta habitación. Estoy en el centro de un cenicero forrado en piel de marta cibelina. Me desagrada casi todo, pero aún no consigo comprender de dónde proviene exactamente mi malestar. Yalal acaba con la declaración solemne de que Cristina Esquivel no tenía enemigos.

—¿Y un amante, Yalal?, ¿tenía Cristina un amante?

—La mato si tieni un amanti. La mato. —Yalal Hussein se parte de risa—: ... piro Cristina no tinía amanti. Intonces...

—¿... no la mató usted?, ¿no mató usted a su esposa?

Me escucho rarísimo cuando elijo pronunciar la palabra «esposa» frente a la palabra «mujer», pero no me queda mucho tiempo para reflexionar sobre mi extrañeza porque el interpelado salta sobre mí agarrándome de las solapas. Se le han desatado todos los nervios del cuerpo de golpe y quiere estrangularme. Pero Yalal Hussein no tiene ni media bofetada y yo le aparto de un empujón. El watusi, fragilísimo, cae y se clava el pico de la mesa de metacrilato en los riñones. Sin embargo, por donde le sale un hilillo de sangre es por el oído. Yalal se toca la sangre con los dedos:

—¡Ti voy a dinunciar, pidazo de cabrón!

Entonces me llevo una sorpresa. Del cuarto de baño —la única habitación de la casa protegida por una puerta maciza— sale una mujer con aspecto de travesti, vestida con mal gusto, despeinada aunque se sujete el pelo con un millón de horquillas de colores, una mujer que corre hacia nosotros y que, a medida que va acercándose, me deja ver sus manos y sus rodillas de fregona. Se dirige a Yalal Hussein como si éste fuera un perro que estuviera meando encima de la moqueta:

—¡Yalal! ¡No! ¡Para, Yalal!

La mujer parece ignorar que he sido yo quien ha derribado a su contrincante y que es Yalal Hussein el que sangra por un oído. Yalal se levanta del suelo y se encamina hacia la mujer. La zarandea:

—¿Quí pasa, Josifina?, ¿quí pasa?, ¡quí coño quieres tú ahora!

Yalal Hussein agarra de una oreja a la mujer y se la lleva de vuelta hacia el cuarto de baño. Ella gime:

—¡Mi amor, por favor! No te pegues con ese tío. No te pegues con él, por favor, Yalal. ¿No ves que le puedes lastimar? ¡Por favor, Yalal! ¡Tú no sabes controlar tu fuerza bruta!

El hombre le da un guantazo a la implorante Josefina y ella se calla durante un segundo. Después entre hipidos, Josefina se dirige a mí:

—Es buena persona, es bueno, señor, lo que sucede es que ha pasado mucho. Mucho.

Yalal la empuja otra vez dentro del baño y cierra con un portazo seco.

—¡No salgas di ahí hasta qui yo ti lo diga, Josifina!

Josefina permanece en el baño como una niña castigada, aunque la puerta no pueda cerrarse por fuera. Después

Yalal vuelve, ha dejado de sangrar y jadea un poco. Actúa como si no hubiera pasado nada:

—¿Sabe, siñor Zarco? Con Josifina he rihicho mi vida. Iso is todo.

—No me creo ni una palabra de lo que me estás contando, Zarco.

—Siempre has sido una mujer de poca fe, Quiñones.

La pobre Paula se apellida Quiñones, pero a nadie se le puede echar la culpa de sus apellidos.

—Se nota lo mucho que te gusta el cine.

—Paula, esto no es una película...

Iba a continuar pero Paula me interrumpe y se pone a sesear:

—La mujer con aspecto de travesti que sale del baño, enloquesida, los espejos rotos de la dama de Shanghái, el testamento inexistente, Lana Turner que resibe en minishort a John Garfield, Arturo Sarco tiene unos brasos poderosos que derriban a Yalal, una tirita de sangre se desprende del tímpano, brotan humedades en el techo y la casa empiesa a caerse a pedasos...

Paula ha soltado su discurso con el histrionismo de aquellos narradores latinoamericanos de las series de dibujos animados que, con su voz, nos metían el corazón dentro de un puño cuando el héroe no se había apercibido de la presencia del espectro a sus espaldas o los conductores de los coches locos llegaban a una carretera cuya única salida era el precipicio. Paula nunca se perdonará haber sido una tonta que no se dio cuenta de mis verdaderas inclinaciones y que se enamoró de mí ciegamente. Muy ciegamente. Por eso ahora se pasa de lista.

—No debes de haberme oído bien, Pauli.

—No me llames así.

—Perdona, Paula. No es que la casa se estuviera cayendo a cachos, es que había ciertos objetos que desentonaban: como si alguien colocara un tamborilerito a pilas sobre una de las mesas rococó de un salón de Versalles...

—Cuento, Zarco, mucho cuento... Como lo del hombre violento con aspecto de watusi que, además y muy sintomáticamente, pretende estrangularte. Aunque luego el pobre no tenga ni media hostia.

Parece que Paula siente verdadera compasión por Yalal Hussein. Yo aún no he decidido qué debo pensar de él, pero siempre es un placer discutir con Paula:

—Los Esquivel tienen razón: Yalal Hussein es un primate.

Se hace un silencio. Paula aspira, espira, cuenta hasta tres y se expresa con tranquilidad fingida:

—«Con Josifina he rihicho mi vida. Iso is todo.» Tienes prejuicios raciales, Zarco.

Paula con su reproducción de las palabras de Yalal Hussein se ha burlado de mí, no de Hussein. Sin embargo, mantengo la compostura porque ése es el mejor procedimiento para sacarla de quicio:

—Cerraba mucho las *es*, Paula.

—Tú lo haces para burlarte.

—No. Lo he hecho con vocación científica. Como un especialista en fonética que usa su espectrógrafo.

Paula no da su brazo a torcer:

—Lo has hecho con muy mala leche. ¿Y qué es eso de que Josefina tiene manos y rodillas de fregona?

—¿No tienen las fregonas manos y rodillas de fregar?, ¿te molesta mi lenguaje?, ¿te molesta que haya fregonas?, ¿quieres borrar la palabra para que las fregonas dejen de existir? Pero lo cierto es que existen. Aunque ni ellas mismas se quieran enterar...

—Ya nadie friega de rodillas. No sabes nada de nada. Todo lo que dices es falso, Zarco, no porque seas un mentiroso, sino porque una película, un filtro, empaña tus ojos.

—Mis ojos zarcos que a ti tanto te gustan.

Paula ya no me hace caso cuando coqueteo con ella. Aunque es verdad que he tomado mi apellido de un rasgo de mi fisonomía que me hace sobresalir entre otros hombres. Tengo unos ojos preciosos. Paula no me los ve a través del teléfono y por eso sigue pareciéndose al rayo que no cesa:

—Has perdido la mañana.

Paula cree que para mí es molesto perder el tiempo. Ella ignora que trato de aprender a perderlo placenteramente casi todas las mañanas cuando me levanto. Que una de mis metas en la vida es aprender a perder el tiempo sin culpabilidad. Y que ese aprendizaje es muy difícil.

—¿Te parece de verdad que he perdido la mañana?

—Me lo parece.

—¿No te parece que dos vecinos procedentes del mismo país, con el mismo oficio, con hijos pequeños, con una mujer muerta y con otra que está siempre «de viaje» dan un poco que pensar?

—«Dos vecinos procedentes del mismo país»... Das asco con tus eufemismos, Zarco.

Paula ha vuelto a hacerme burla y empiezo a estar cansado de mi transigencia:

–¿Mis eufemismos?, ¿no preferías que llamase a Josefina algo así como «empleada del hogar»?

Antes de que pueda replicarme, le hablo como se habla a una niña tontita que se aturulla al despejar la equis de una ecuación:

–¿No te dan que pensar las repeticiones, Paulita?
–Tienes prejuicios sociales y raciales, Zarco.
–A lo mejor.
–¿Lo reconoces?
–A lo mejor. Pero contéstame a una cosa, Paula...
–No soy una de tus víctimas. No pienso contestarte a nada.

Mi ex mujer acaba de colocarme en la posición que mejor me cuadra desde su punto de vista. Soy el torturador, el represor, el que encubre y engaña, el que inflige daño a los seres que viven sus vidas con impunidad o con orejeras. Los seres como ella. Insisto, presiono:

–Si a ti te violara un hombre negro, ¿acaso dejarías de denunciarle porque es negrito, porque te sientes culpable por haber sido mala con los negritos durante tanto tiempo?

Yo soy un gran lector. Paula también. Cuando no está en el trabajo o hablando conmigo por teléfono, siempre lee un libro. Ella dice que su autor de cabecera es John Maxwell Coetzee, nacido en Cape Town, Sudáfrica, el 9 de febrero de 1940. Cuando me enteré de que a Paula le gustaba tanto ese señor, me sentí un poco desplazado, me informé sobre él y le abrí un expediente. La persistencia es el mejor método para obtener resultados en mi profesión. Le vuelvo a formular a Paula la misma pregunta que ella había querido espantarse de encima como si mis interrogantes fueran moscas o, lo que es peor, abejorros:

—¿Sientes sobre tu cabeza el peso de la culpa de Escarlata O'Hara, el arraigo a una raza torturadora y esclavista o, sencillamente, denunciarías al negro?

Ahora he sido yo el que impostaba una voz sensacionalista y vibrante.

—Tendría que pensar.

—¡Venga ya, Pauli!

—No me llames así.

Aunque mañana sea domingo, es tarde. Paula tendría que zanjar esta conversación. Meterse en la cama para ponerse a dar vueltas como cada noche desde que me fui de casa. Por eso, procuro ahorrarle ese martirio restándole horas de sueño. Cada día, en torno a las doce, la llamo.

—Estoy harta de hablar contigo. No tengo tanto tiempo que perder como tú con tus investigaciones y tus películas y tus leches...

—Yo no he perdido el tiempo.

—¿Ah, no? ¿Y has averiguado quién es Josefina?, ¿sabes algo de esa mujer?, ¿de dónde ha salido?, ¿desde hace cuánto tiempo mantiene una relación con Yalal?

Parece mentira que sea tan tarde y que, sin embargo, Paula permanezca tan despierta. Sólo ella me hace reparar en que tengo un asunto pendiente. Llevo todo el día caminando sobre las aguas. No estoy centrado. Levito. Soluciono la papeleta con Paula con un tópico que encubre la verdad porque da la impresión de que yo ya me hubiese planteado las preguntas que ella me formula.

—Cada cosa a su debido tiempo.

—Tú lo has perdido.

—¿Qué?

—El tiempo.

—No, Paula. Yo me he enamorado.

Siempre le regalo a Paula una historia con la que pueda entretener su insomnio cuando, por fin, se va a la cama a oír pasar las horas en el reloj de pared que heredó de su padre.

–Vete a la mierda, Zarco.

7

Paula no me cuelga, aunque intuye que los detalles del final de mi primera visita a los vecinos de Cristina Esquivel no van a gustarle. Es como si se quisiera proteger el rostro con el antebrazo para evitar un golpe directo. Sabe perfectamente cuándo debe fintar, pero todavía no es muy precisa en el lanzamiento de su derechazo contra el punto justo de mi plexo solar. Le falta mucho para desarbolarme. Paula tiene fuelle, pero aún necesita entrenamiento para llegar a ser una experta en el ataque y dejarme acorralado contra las cuerdas. Además, un boxeador nunca debería arrepentirse de sus golpes. Después de insultarme, Paula adopta una actitud condescendiente:

–Anda, sigue. Total, no tengo sueño.

Pero yo sé lo que le pasa a Paula: siente curiosidad.

En casa de Yalal Hussein se había organizado un gran alboroto: los portazos, los llantos, las carreras y los ruegos de Josefina, la caída de Yalal, el golpazo, las palabras que suenan unas más altas que otras. Los muros de estas casas son permeables a los susurros.

Al marcharme, mi anfitrión no me acompaña. Va directo a indultar a Josefina del castigo o quizá a ponerle otro un poco más brutal. Algo humillante. Sospecho que acabarán follando: ella a cuatro patas, apoyada en sus rodillas de fregona; él por detrás convirtiendo su fragilidad de junco en embestidas crueles que consigan dañar a Josefina por dentro. Magullándola, amoratando sus células, desgarrando la vulva y el ano. Con un rencor que Josefina tolera e incluso parece pedirle. Me molesta reconocerlo y que mis palabras no sean sólo una provocación para Paula, pero los Esquivel no andan desencaminados: Yalal Hussein es un primate.

Cuando salgo a la escalera, está a punto de fallarme el corazón: el elfo está ahí, de pie, apoyado en el muro. Se me ha aparecido. Como un ángel bueno. Me toca un brazo:

—¿Está usted bien?

Cierro los ojos. Me concentro en su voz.

—¿Está usted bien?

Me imagino a un hombre de cuarenta años, en su plenitud física y mental, pero con la memoria ya un poco castigada y con ciertos achaques. Un hombre como yo que, pese a no parecerlo, padece hemorroides y se le forman callos y durezas en la planta de los pies. Un hombre propenso al estreñimiento que usa supositorios de glicerina y que ha de hacer muchas flexiones si no quiere que la carne de las tetillas se le ponga flácida. La voz del elfo sería la de un hombre como yo. Uno que ya ha dejado de fumar, pese a su idolatría por Bogart y por Bacall. Un hombre que mide cada palabra que le sale de la boca.

Abro los ojos. Veo a un duende con los ojos rasgados y las orejillas de punta, con un piercing en la ceja izquierda, manos largas, pantalones caídos de tiro bajo, grandes, anchotes, un cuerpo casi esquelético. Buscos rayajos de bolígrafo en las palmas de las manos y calcomanías sobre la piel, rodillas despellejadas, dientes que se mueven medio desprendidos de la encía.

Cierro los ojos y pregunto:
—¿Cuántos años tienes?
Espero. El chico no recela de mí:
—Diecinueve.

No puedo creer que esa voz tenga menos de cuarenta años. Abro los ojos y me convenzo de que sí. De que debe de haber cumplido cinco o quince o diecinueve. De que si le bajara los pantalones, en las partes secretas, me encontraría con pelusilla más que con pelo. Cierro los ojos. Quiero ser dulce, encantador, pero me sale un tono un poco imperativo:

—¿A qué has bajado?
—He oído golpes y he pensado que el señor Peláez se habría caído.
—¿El señor Peláez?
—Es el vecino de esa puerta de ahí. Tiene alzheimer y vive solo con su mujer. Son muy mayores y, cuando él se cae, ella no puede levantarle. A menudo mi madre o yo les ayudamos.

Abro los ojos y los vuelvo a cerrar de golpe. Los elfos no son siempre buenos chicos. Éste parece serlo, pero estoy seguro de que esconde algo. De no ser así, no se le habrían afilado las puntas de las orejas. Me dirijo al muchacho señalando la puerta del viejo con alzheimer:

—Antes un hombre ha entrado con su propia llave en esa casa.
—Sería el hijo. No vive con ellos, pero se pasa por aquí de vez en cuando...

Abro los ojos: el muchacho frunce el ceño mientras habla del hijo de ese matrimonio tan mayor. Seguro que él nunca desasistiría a su madre. Cierro los ojos. Los vuelvo a abrir y me reencuentro con un muchachito que me hace una pregunta espontánea, como la de un chaval de nueve o diez años. Una pregunta que me ofende:

—¿Vende usted alguna cosa?
—No vendo nada.
—¿Entonces?, ¿qué hace llamando a casi todos los timbres?

Me dispongo a contestar cuando una voz ya conocida que llega desde el patio me interrumpe, tal vez con la pretensión de responder por mí:

—No es ni carne ni pescado, el señor alcanforado...

El chico sonríe, fijándose en el suelo; le hace gracia...

—No se preocupe, es mi madre.

Me quedo mirándole expectante. De hecho le estoy pidiendo una explicación sobre la conducta de su madre. Él lo entiende:

—Es un poco excéntrica. Yo también lo soy.

A lo mejor me equivoco, pero creo que el elfo coquetea conmigo. Quizá ha hablado con su madre y ella le ha contado que me ha sorprendido mirándole de una forma que, para ella, tiene un significado concreto. Me entra mucho calor. Me ruborizo. Me asusta tanta complicidad entre un hijo y su madre. Abro los ojos. Un niño turbio. Cierro los ojos. Un hombre experimentado que disimula dentro de un cuerpo impúber. Abro los ojos. Un niño que me desconcierta. No puedo creer lo que me está pasando. El chico toma la palabra:

—Entonces, si no vende nada, ¿qué hace usted?
—Estoy investigando el caso del asesinato de Cristina Esquivel.
—Pero eso sucedió hace casi un año.
—El caso sigue sin resolverse.
—Es policía.
—No. Soy detective privado.
—¡Venga ya! ¡Eso no existe!
—Soy detective privado. Me llamo Arturo Zarco y estoy aquí para esclarecer la muerte de Cristina Esquivel.

53

—«Hola, soy paraguayo y vengo a pedir la mano de su hija...» A mi madre le va a hacer muchísima gracia, señor Zarco.

El chico se ha puesto chistoso; sin embargo, lo que más me perturba es la mención a su madre en nuestra conversación. No me gusta que esa mujer esté presente incluso cuando no está. No me gusta su interferencia en mi contemplación y disfrute de este muchacho a quien no quiero intimidar sino, al contrario, inspirarle confianza:

—Puedes llamarme Arturo.

—Encantado, Arturo. Yo me llamo Olmo. ¿Le apetece a usted subir a mi casa a tomar un aperitivo?

Aunque probablemente él no lo sabe, Olmo se comporta como la seductora *femme fatale* de una película de los años cincuenta. Me invita a tomar un aperitivo. Con su madre. O quizá sí lo sabe porque tengo la impresión de que Olmo es un muchacho que habla mucho con su madre. O que la entiende. O que la escucha. Me siento halagado por la invitación de Olmo, mucho más nervioso de lo que quiero aparentar y, a la vez, me consuelo pensando que a lo mejor consigo beber algo más fuerte que una fanta de naranja.

Olmo me da la mano para subir las escaleras. Es un gesto impropio que me pone la carne de gallina. Deseo que las escaleras no se acaben nunca.

Son ya las tres de la tarde. Una hora extraña para el aperitivo.

Tengo miedo.

Me sobrepongo.

8

—¿No tienes nada que decirme?
—No.
Paula finge un desinterés que no consigo creerme.
—¿Nada?
—Bueno, sí, ¿lo conseguiste?
—¿Qué?
—Beber algo más fuerte que una fanta.
Olmo mete su llave en una cerradura antigua. No es una casa con puerta blindada. Sus habitantes parecen no tener miedo. Justo enfrente de nosotros, se alza la figura de la madre de Olmo, a contraluz, esperando en el vestíbulo. Yo me siento como ese amiguito que sube con Olmo a jugar a su cuarto. Acabo de cumplir los diez o los once años y la madre de mi amigo me intimida. Se burla de mí. A veces me regaña si no meriendo lo que ella me pone. Me entran ganas de mear todo el tiempo. Bombeo mi pilila con los deditos para contener las ganas de hacer pis. La madre me pilla. Me muero de vergüenza.
La madre de Olmo no dice ni una palabra, pero me sonríe de la misma forma que cuando me dedica cancio-

nes. Temo que se ponga a cantar de un momento a otro, pero Olmo lo impide:

—Mamá, te presento a Arturo Zarco, detective privado.

De pronto la mujer me mira con una inesperada admiración, como si me hubiese estado esperando, mientras por segunda vez me repasa:

—No parece usted un armadillo.

Olmo, risueño —es una criatura encantadora—, trata de atajar mi perplejidad:

—Es que los policías que vinieron hace un año parecían una legión de armadillos.

Olmo no consigue atajar mi perplejidad —más bien la multiplica—, pero su madre imprime a la situación cierto aire de normalidad que, de nuevo, yo no esperaba de ella. Me tiende la mano:

—Encantada, señor Zarco. Soy Luz Arranz. Pase, pase al salón. Estábamos tomando un aperitivo...

En el salón aguarda otra mujer. Es un poco más joven que Luz. Va sin pintar. Es pecosa. Tiene los ojos velados detrás de unas gafas de miope y el cutis cetrino. El pelo pobre, un poco grasiento. Enseguida Luz me la presenta:

—Ésta es Claudia. Mi vecina de arriba.

Olmo se recuesta en el brazo del sillón en el que, sentada casi al borde del asiento, está Claudia con los hombros contracturados. Esta mujer debería relajarse. Claudia baja la cabeza a modo de saludo y Olmo completa las presentaciones:

—¿Sabe usted? Claudia es escritora.

Olmo ha hablado con devoción. Me pongo celoso. Pero al mirar a Claudia por segunda vez me da pena y me inspira cierta simpatía. La escritora, además, se encarga de quitar importancia a la admiración de Olmo y, de paso, a su oficio:

—Bueno, yo escribo novelas; usted es detective; Luz, única en su especie...

Claudia sonríe a la madre de Olmo mientras hace una pausa que permite a Luz fingir un poco de modestia o de rubor bajando la cabeza y negando con la mano ensortijada como si le diera a Claudia permiso para proseguir:

—... y Olmo posee una de las colecciones de mariposas más impresionantes que yo haya visto nunca.

Mientras habla, Claudia acaricia los dedos de Olmo. Él no los retira. Yo hago un esfuerzo monumental para que no pueda deducirse despecho de mi entonación:

—¿De verdad coleccionas mariposas?

—Antes de que se marche le prometo que le enseñaré mi colección, Arturo.

Luz le quita la palabra a su hijo pretendiendo aleccionarlo:

—A lo mejor al señor Zarco le dan asco las mariposas, Olmo. No a todo el mundo le gustan las mariposas.

Olmo asiente, sonríe. Claudia vuelve el rostro hacia la ventana. Yo miento:

—Me encantan las mariposas, Olmo.

Luz levanta las cejas y pone los ojos en blanco expresando algo así como «me lo temía» o «llueve sobre mojado» o «te he vuelto a pillar». Enseguida se rehace y ejerce de anfitriona:

—¿Quiere usted una naranjada, refresco de cola, una infusión? Lamento no poder ofrecerle alcohol, pero es que en esta casa estamos en tratamiento.

Olmo y la escritora se concentran en Luz mientras ella habla. Yo, por mi parte, me quedo helado al recordar el aroma a alcoholes de alta graduación y sospecho que Luz Arranz es una bebedora secreta, una furtiva. Pero no puedo estar seguro. Indago un poquito. Puedo hacerlo. Se me disculpará. Soy detective y vengo a pedir la mano de su hija. Nunca un juego de palabras fue más adecuado a una situación. Soy paraguayo y detective, y puedo y debo preguntar:

—¿En tratamiento?

—¡Psiquiátrico!

Luz me responde como si me pegara un susto saliendo desde detrás de un biombo. Luz me ha hecho ¡buh! Se carcajean, Olmo y la escritora. Luz se une a la risa estirando hacia delante sus pechos, puntiagudos y generosos, reforzados o quizá contenidos por el armazón semirrígido de su sujetador. Yo me sonrío y los observo como un tonto de baba. Afortunadamente —o tal vez lamentablemente porque temo que el chico comience a pensar que soy un hombre lento, sin agilidad mental, con braguero o carente de sentido del humor— Olmo vuelve a darse cuenta de que me cuesta entender sus chistes privados. Quizá se burla de mí:

—No le haga caso a mi madre, Arturo. Ella no puede beber porque toma unas pastillas que le sientan mal si las combina con alcohol.

Luz corta de cuajo las intimidades sobre su salud que Olmo empezaba a desvelar:

—Los médicos son una panda de hijos de puta, perdone mi lenguaje, señor Zarco, que lleva años amargándome la vida.

—¿No le gustan los médicos, Luz?

—Creo que sería mejor dejar el tema, señor Zarco. Acabamos de conocernos y no me gusta hablar de mis enfermedades. Padezco muchas.

Olmo vuelve a intervenir y con su ligereza reduce la intensidad del instante:

—Yo soy abstemio.

—Y yo me pliego a las circunstancias...

Claudia se expresa con un tono apacible que no encaja con el gesto de sus hombros cada vez más encogidos. Parece que Claudia tampoco le lleva nunca la contraria a nadie. No puede ser una buena escritora. Quizá vierte en los libros lo que jamás diría en un salón. Entonces, es una mala persona. Una mujer cobarde. Tal vez alguien muy considerado. Claudia vuelve a darme lástima, pero enseguida me entran ganas de sacarle la cabeza de entre las clavículas estirándole del pelo. También me entran ganas de lavarle la cabeza y de quitarle el vaho de las lentes, pero de momento me limito a aceptar la invitación de Luz sonriéndole con los ojos:

—Una fanta estará bien.

Mientras Luz me sirve en un vaso largo ese líquido anaranjado y burbujeante que me resulta empalagoso también por su apariencia, inicio una pequeña conversación con la escritora:

—¿Qué tipo de cosas escribe?

—Escribo basura, señor Zarco.

La sinceridad extrema me incomoda. No estoy acostumbrado. Olmo viene a socorrerme:

—No todas las novelas policíacas o románticas son basura.

—Las mías sí.

Claudia ha clavado en Olmo su mirada; después gira levemente la posición de la cabeza para seguir hablando conmigo:

—Se lo aseguro. Yo preferiría escribir otro tipo de novelas. Me gustaría meterle el dedo en el ojo al lector. Romperle los cristales del monóculo. Mientras tanto, soy cobarde y sólo miento.

Claudia habla descubriéndome que tal vez es un personaje resentido, con mala entraña. Olmo la contempla con una admiración que cada vez me desagrada más. Por su parte, ella se resiste a ser compadecida. Olmo vuelve a demostrar que es un muchacho sensible y maduro. Escucho a Olmo con los ojos cerrados y creo tener frente a mí a un doctor en leyes, a un maestro, a un prestigioso psiquiatra:

—Claudia es una escritora valiente. No le hagas caso, Arturo.

Olmo ha pasado a tutearme. No puedo creer que tenga diecinueve años hasta que vuelvo a mirarle. Claudia no se deja corregir:

—No, señor Zarco. Le estoy diciendo la verdad. Yo nunca me atrevería a mentirle a un detective.

Esta vez entiendo la broma. Sin embargo, Luz y Olmo permanecen en silencio. Se quedan sólo con la amargura de Claudia. Yo, aunque me gane el desprecio de Olmo con mis inquisiciones —¡Dios no lo permita!—, quiero aprovecharme de la vulnerabilidad, del deseo de flagelarse, de esa necesidad de hablar a calzón quitado de la escritora de novelas cobardes:

—¿Fue para usted inspirador el asesinato de Cristina Esquivel?

Suenan las alarmas de la habitación. En sentido figurado. Los cuerpos se tensan. Las puntas de los pezones de Luz están a punto de atravesarme el corazón. Las orejas de Olmo se afilan. Claudia esconde la cabeza todavía más entre sus hombros. Luz se entromete y se entromete:

—Cristina Esquivel era agua mansa.

Después Claudia, Olmo y Luz se turnan buscando calificativos con los que describir a Cristina Esquivel. Saco mi cuaderno para tomar algunas notas, pero casi no me da tiempo a escribir:

—Prepotente.
—Suave.

—Persistente.
—Encantadora.
—Hierro puro.
—Dura.
—Dulce.
—Altanera.
—Cortés, pero no bien educada.
—Amable.
—Soberbia.
—Esnob.
—Hipócrita.
—Acomplejada.
—Mona.
—Muy alta.
—Modernita.
—Un poco mística.
—Un poco belfa.
—Higiénica.
—Sigilosa.
—Serpiente.
—Con la risa forzadilla.
—Normal.

Acaba Luz. Me interesa saber quién dice qué, pero me he perdido en el juego de las palabras automáticas. Me marean. Sin embargo, la clave de los términos peyorativos me la da Luz; ha sido ella quien ha dicho «hierro puro», «hipócrita», «serpiente»... Reconstruyo las voces dentro de mi oído, las comparo con la canción del señor alcanforado y casi estoy seguro de que ha sido Luz la lengua más viperina. La menos cauta. Cada vez que los interlocutores pronunciaban una frase se buscaban con los ojos pidiendo la aquiescencia de los otros dos. Eso los hace a todos un poco responsables de la idea general de Cristina Esquivel que me han transmitido. Una idea coral más negativa que confusa. Una idea que subrayo en mi cuaderno al pensar en el cónyuge de la muerta: nadie con dos dedos de frente o nadie bueno –o las dos cosas a la vez– se casaría con un hombre como Yalal Hussein. O quizá Cristina, tan obcecada, fue soberbia y creyó que podía redimirlo. O tal vez es que antes Yalal Hussein no era así, que la muerte lo ha transfigurado: ésa sería una pista para certificar su humanidad. Olmo me distrae de mis elucubraciones, poniendo fin a la retahíla de adjetivos:

–Pero nadie merece morir.

No sé si Olmo ha hecho una pregunta o una afirmación, pero Claudia y Luz corean las palabras del muchacho como si éstas hubieran sido una sentencia:

–No, no, no. Nadie lo merece.

Entonces Olmo, mirándome con fijeza, duda:

–No lo sé.

A Luz parece no gustarle el derrotero que está tomando la conversación y rompe el vínculo que se había creado entre Olmo y yo a través de su duda y de su mirada. La madre me saca de mi atontamiento con una frase hecha:

–A fin de cuentas todos cascamos.

Yo, buscando repeticiones, causas, elijo un solo calificativo para describir a Cristina Esquivel:

–¿Obstinada?

Luz, tajante:

–Cabezona. Muy cabezona. En las reuniones de la comunidad era terrible. Dulce. Pero terrible. Nadie consiguió que metiera sus zapatos dentro de su casa.

En el piso de Cristina Esquivel no se podía entrar con los zapatos puestos; tampoco sus propietarios, que los dejaban toda la noche en el descansillo. Los vecinos se quejaron, pero la dulce Cristina no cedió.

Claudia podría haberse hecho la loca —quizá la madre y el hijo habían preparado todo este diálogo absurdo para distraerme y para liberar a Claudia–, pero ella no quiere esconderse y me recuerda la pregunta de partida:

—Contestando a su pregunta, señor Zarco, el asesinato de Cristina no fue para mí nada inspirador. En ese momento estaba escribiendo un libro cursi sobre el amor por los animales de una mujer madura.

Imagino al personaje de Claudia: una mujer que se regocija con sus animales de compañía, que les da besos en la boca y deja que le laman los espacios interdigitales, los churretes de salsa de tomate de la comisura de los labios y los lóbulos de las orejas. No voy más allá, porque ahora es Luz quien acude en socorro de la escritora:

—Yo creo que Claudia se inspiró un poquito en mí.

—Sólo un poquito...

Me olvido de los espacios interdigitales. Me olvido del más allá. Y me pregunto si a Claudia alguna vez la habrá mordido un perro. Si alguna vez se le habrá restregado un perro contra la punta de sus zapatos o en la pernera de su pantalón. Si Claudia habrá contado esas pequeñas historias en sus novelas.

—Era una mierda, Luz.

—Tú nunca escribes mierdas, Claudia.

—Escribo muchas mierdas. Pero nunca soy culpable de mis ficciones.

La respuesta de Claudia provoca en Luz una extraña reacción: el color de las mejillas se le evapora, se le escurre por la cara, que le queda cerúlea. A mí me da una idea que es el simétrico opuesto de la que hace un rato andaba barruntando sin ser muy consciente:

—¿Y mataría para poder escribir?

Luz se interpone:

—¿O escribiría para poder matar? A fin de cuentas, Claudia, el señor Zarco te está formulando la pregunta de qué es primero, el huevo o la gallina.

—Los efectos y sus causas —apostilla Olmo con mentalidad científica.

—La responsabilidad.

Al zanjar la cuestión, los hombros de la escritora descienden un instante y le adivino el cuello. Aprovecho su gesto de desprotección —se coge mucho frío en una garganta descubierta— para repetir mi pregunta:

—Pero ¿mataría para poder escribir?

Claudia da un suspiro. No se cuida:

—No sé. Tendría que pensarlo.

–¿Te gusta Claudia?

–Cualquier persona que a ti te genere un poquito de desconfianza y otro poquito de repugnancia física a mí me parece encantadora, Zarco.

–¿Aunque tenga aspecto de no lavarse nunca la cabeza y de necesitar que alguien la descoyunte para dotarla de un mínimo de flexibilidad?

–Es una mujer que está triste y a la defensiva.

–Es como tú.

–Puede ser, Zarco. Puede ser.

Me pregunto si Paula sería capaz de matar a alguien. Y me respondo que no por el simple hecho de que no me mató a mí. Hubiera podido aislar cientos de móviles en nuestra vida cotidiana. Le fui infiel y, lo que es peor, a veces la miré con asco. Me comporté con ella despóticamente, sin agradecimiento. Proyecté sobre mi mujer una imagen de fealdad que no se correspondía con el verdadero rostro de Paula. Ahora que no dormimos juntos, la repaso y encuentro que es una persona físicamente muy agradable, pese a que se esconde dentro de prendas anchísimas y propende a un desaliño que nada tiene que ver con la suciedad.

Es un poco hippy. Un poco antigua. Pero sus pupilas marrones están llenas de dulzura. La cabellera, tupida y abundante, le cae hasta mitad de la espalda y sus pezones, a veces escondidos entre un mechón de su mata de pelo, son del mismo color que sus pupilas y te miran del mismo modo algunas veces. Paula huele a sustancias intensas que no siempre eran de mi agrado. Si me pusiera a hacer memoria, puede que incluso en alguna ocasión la follase como sospecho que Yalal se folla a Josefina. Por la espalda y sin amor. Con la necesidad no de dominarla, sino de herirla.

Paula se ha quedado meditabunda a causa de su posible parecido con la escritora. Es como si acabara de salirle una llaguita en el interior de un moflete. Le duele, pero le gusta el parecido. Lo cerca con su saliva, lo relame y se aparta. Una llaguita que Paula está infectando, ensanchando, cada vez que pasa por ella la punta de la lengua. Ahondo un poco más en esa llaguita:

—¿Crees que Claudia podría ser una asesina?

Paula hubiese podido envenenarme lentamente. Sin usar la fuerza bruta. Sin tocarme. Sin sentir cómo me enfriaba entre sus dedos ni cómo cada hilillo de mis músculos dejaba de titilar. Mis arterias, de latir. Mis ojos, de verla y de no verla, en una intermitencia que acaba en la mirada más absorta y más oscura. Paula podría haber disfrutado mientras yo enfermaba y me consumía porque me lo tenía merecido: cada día le dejaba algún rastro para que ella me descubriera. Pero Paula se propuso no ver y perdió su oportunidad de regalarme una muerte lenta y dolorosa. Perpetrar una venganza. Maquinarla dulcemente en sus horas de oficina. Aplicarme el tratamiento al condimentar la cena; adulterando los perfumes, de modo que yo muriese por absorción, por la receptividad de mis poros abiertos al salir de la ducha, porque la piel es una tela muy delgada que deja traspasar partículas letales; o emponzoñando las pastillas de jabón o los inhaladores para descongestionar la nariz.

—Creo que, mientras no se demuestre lo contrario, Claudia no es más que un estereotipo. Y no: no nos parecemos en nada.

El espejo se rajó de lado a lado es una de las novelas más siniestras de Mrs. Christie, una mujer que ideó cientos de maneras de matar. No sé si Mrs. Christie hizo del asesinato un entretenimiento o si sus litros de cianuro, sus cuchillas afiladas y sus disparos fueron un eufemismo para suavizar el mismo centro de la idea de la muerte. No sé qué pensar de la tía Agatha. En la novela que acaba de venirme a la memoria, Marina Gregg, una actriz traumatizada por la subnormalidad de su único hijo, introduce un veneno en el inhalador nasal de Ella Zielinsky y ésta cae fulminada frente al espejo de su cuarto de baño. La brutalidad de Marina Gregg disipa la duda de que el deceso de Ella pudiera haber sido accidental o el desenlace de una dolencia larga y depredadora. Paula debería haber procedido de un modo más sigiloso: un poquito de veneno cada día, suministrado por distintos cauces —el alimento, los cosméticos, los lenitivos cotidianos, los pequeños vicios...—, hasta hacer de mi cerebro una masa calcárea que, al golpearse, se desconchara y me saliera a cachos por la nariz, o que se evacuase, convertida en arenilla, a través de mi orina.

Dicen que incluso las buenas personas matan en situaciones límite. Yo no lo sé. A lo mejor todo depende de que el motivo para matar sea una causa épica o una causa más personal. Tampoco sé si es más grave o más honesto o más misericordioso matar con las propias manos o asesinar por encargo, preparar matanzas en las que no se participará activamente. Sólo sé que Paula no lo hizo.

–Zarco, ¿estás ahí?

Paula me necesita.

–Perdona, andaba distraído.

–Creo que llevas todo el día distraído, Zarco. No sólo distraído, incluso diría que pazguato, cretinizado...

–Será la consecuencia del amor.

–Será lo que tú quieras, pero la madre y el hijo se te comen entre el pan. No vas a sacar nada de ellos. Te pueden, Zarco.

Parece que Paula no confía demasiado en la autenticidad de mi amor por Olmo. Permanezco en silencio. Pienso, aunque sigo sin saber qué pensar ni de Olmo, ni de Luz, ni de Claudia, ni de Paula, ni de Driss, ni de Yalal Hussein, ni de la difunta Cristina Esquivel, ni de Josefina, ni de mí mismo. Paula insiste:

–Te pueden.

Tiene toda la razón.

Luz Arranz y Olmo me invitan a comer porque se ha hecho muy tarde. Son las cuatro. También invitan a Claudia, pero ella no se queda. Dice que su marido la está esperando. Estoy contento de que Claudia esté casada y también de que no se quede a comer. Me avergüenzo un poco, pero se me pasa en un segundo: ahora Olmo me mira casi exclusivamente a mí.

Comemos con una jarra de agua del grifo. Croquetas de jamón y merluza en salsa verde. Mis intuiciones sobre Luz no andaban desencaminadas: se descubre como una magnífica cocinera. Mientras ella manipula sus cubiertos, me fijo en que se le ha quedado un poco de masa de harina pegada a sus anillos de cristales coloreados. Luz cocina sin quitarse sus anillos. No le importa que se manchen. Tal vez no soporta despegarse de ellos o tal vez no les concede ningún valor. Hay muchos gestos susceptibles de dobles interpretaciones: ésa es la mayor dificultad con que me tropiezo en el desempeño de mis funciones profesionales. Cada vez que aíslo un detalle particular, los gestos son gárrulos, locuaces, incontinentes, extravertidos. Provocan un ruido que me impide oír la voz que, formando parte de ese ruido, se pierde entre los timbrazos, las caceroladas, los chisporroteos, los sones, los gritos, los solos de clarinete, los golpeteos, los crujidos de los huesos de las manos, las pizarras que chirrían al apretar sobre ellas la tiza, los partes meteorológicos de la radio, el sonido de las uñas al cortarse con unas tijeras. Mientras comemos aíslo dos comportamientos importantes: Luz come con avidez, Olmo sin ganas. Luz rebaña la salsa de su merluza; Olmo desmenuza el pescado, lo destroza, lo esconde entre el espesor de la salsa para evitar comérselo. En cuanto a mí, procuro comer respetando las reglas de urbanidad en la mesa: no coloco los codos sobre el mantel, me limpio la boca antes de llevarme la copa a los labios. Luz se sonríe cada vez que deja de prestar atención a su propia voracidad y me sorprende en uno de los gestos de mi refinamiento. Vuelvo a temer que intempestivamente se ponga a cantar.

—Discúlpeme por lo de la canción, señor Zarco. Le prometo que no volverá a ocurrir.

Luz se dirige a mí con pillería y yo tiemblo ante la posibilidad de que me lea el pensamiento. Pero debo sobreponerme, no permitir que Luz me juzgue: soy yo el que ha venido aquí a juzgar y a sacar conclusiones. No me debo dejar amedrentar ni seducir por una madre y por un hijo que son sencillamente maravillosos. Me da miedo herirlos o que mis preguntas me expulsen de este círculo cerrado alrededor de la mesa que me intimida en la misma proporción que me fascina. Pero no me queda más remedio que preguntar porque quiero, deseo, necesito saber:

—¿Vivís los dos solos?

—Sí, señor Zarco, pero no incestuosamente.

Hubiera preferido que Luz cantase, porque acaba de clavarme en la masa encefálica una esquirla. Una hipótesis que yo no me había planteado y que, para mí, es la peor de las hipótesis. La más dolorosa. La que dota de una significación muy concreta a esa empatía entre la madre y el hijo, a la tolerancia de Luz con mi inclinación hacia Olmo, la de esa punta de locura que perfuma cada vericueto de esta casa. Me saco la esquirla, apretando los dientes, y me reprocho no haberme familiarizado aún con el peculiarísimo humor de Luz Arranz. Olmo, mi cada vez más querido Olmo, me acaricia con sus frases:

—Mi madre está separada, Arturo.

Luz se carcajea:

—¿Y tú crees, hijo, que hacían falta aclaraciones? Este señor es muy inteligente: ¡es detective!

Juro que no puedo decidir si Luz se ríe a mi costa o no. Olmo se levanta de la mesa. Recoge los platos. Se pone a fregotear en la cocina mientras Luz enciende un cigarrillo:

—Sólo fumo uno después de comer.

Me lo dice justificándose. Una mujer, aparentemente tan poderosa, se justifica por fumar un cigarrillo en el salón de su casa. Luz debe de tener algún miedo. Es vulnerable. Quizá sabe que hay personas que la pueden dañar.

—¿Usted no fuma?

—Lo dejé.

—¡Ah!

Luz suelta su exclamación entre una bocanada. Después me habla confidencialmente, evitando echarme el humo a los ojos. Luz y yo parecemos dos comadres que se cuchichean secretos al oído:

—Ahora que Olmo se ha marchado a la cocina, le diré que yo también tuve celos de la escritora... A él le encantaba que una mujer como ella le prestara atención. Es un muchacho muy especial. Supongo que debería haberle puesto otro nombre. Sí, debería haberle puesto otro nombre...

–Los nombres no nos condenan, Luz.
–No lo sé, señor Zarco.
–Llámame Arturo, por favor.
–No lo sé, Arturo: fíjate en el mío.

Entonces vuelvo a mirar a Luz con atención y se me aparece Simone Signoret, entrada en carnes, teñida de castaño oscuro y completamente vestida de negro.

Estoy en medio de una habitación impresionante. En todas las paredes hay vitrinas con mariposas atravesadas por un alfiler. Encima de una gran mesa de madera descansan libros sobre lepidópteros, una lupa, un acerico, frascos con líquidos cuya composición ignoro, botes de cristal, agujas de acero inoxidable de cabeza dorada, bolitas de alcanfor, pegamento, hilos, pinzas, papeles de seda y celofanes, una cuchilla de afeitar, una caja de acuarelas, pasteles, utensilios de dibujo. Olmo diseca y colecciona mariposas, pero también las dibuja con una precisión que da miedo. Al lado de cada dibujo, en un gran cuaderno de hojas de papel muy gordo, hay anotaciones escritas con una letra pulcrísima y diminuta. Sin tachaduras. Las persianas están bajadas y sólo un flexo de cien vatios, sobre la mesa, ilumina la estancia. Es el cuarto de Olmo. Tan impresionante que él se me pierde en la penumbra y sólo distingo, durante brevísimos periodos, sus manos blancas y alargadas bajo la luz del flexo. No hay nada más en la habitación: sólo un armario y una cama pegada a un rincón. No hay espacio en las paredes para clavar un póster. No hay compact discs ni fotos de amigos que sacan la lengua ni postales de la Torre

Eiffel ni la bufanda de un equipo de fútbol ni un minúsculo instrumento musical; no hay papelillos ni cajitas que escondan algo que no se puede decir ni diplomas ni ninguno de esos fetiches de excursiones o de borracheras que suelen adornar las habitaciones de las personas de diecinueve años.

Cierro los ojos: Olmo debe de ser un enano, un hombre muy viejo que se conserva en formol. Abro los ojos: sólo mariposas. En la penumbra de las cuatro paredes. Encima de la mesa de trabajo. Olmo, desdibujado en una oscuridad tan sólo partida por un rayo de luz, comienza sus lecciones:

–Las mariposas tienen seis patas y cuatro alas, dos a cada lado del cuerpo. Las alas están recubiertas por escamas de colores que se van desprendiendo mientras la mariposa vuela.

Olmo me detalla, sonriente y profesoral –cierro los ojos, un doctor en entomología; abro los ojos, un niño que acaba de regresar de una excursión al campo con un gorrito y un cazamariposas–, los rasgos morfológicos de las mariposas. Yo tuerzo el gesto. El polvillo de las alas de las mariposas me da aprensión. Me repugna como la caspa encima de las hombreras de una chaqueta. No me gusta que me manchen ni sentir los dedos pegajosos después de comer las costillitas del cordero o la cola del langostino. Dadme limones y toallitas perfumadas. Nunca me regaléis en una feria algodón de azúcar. Las mariposas se descomponen en pleno vuelo, mis piernas se carbonizan mientras camino y los restos de ceniza van dejando un rastro sobre la acera, perder el cuerpo mientras se anda es lo mismo que ser un reloj de arena vivo, orgánico... Enseguida recompongo las partes esparcidas por mi cara de asco –la ceja derecha vuelve al lugar que le corresponde, la línea inclinada de la boca, el párpado guiñado se destensa– y aparento serenidad, ataraxia. Si Olmo me descubriese, sería un desastre.

Pero Olmo pasa las páginas de su cuaderno sin verme. Está embebido:

—Las piezas bucales de estos hermosísimos insectos se han transformado en trompas que se enrollan en espiral. Las Vanessas pueden llegar a vivir nueve meses, aunque algunas especies no sobreviven más allá de unas horas. Su ciclo vital pasa por las fases de huevo, oruga, crisálida y adulto. Su apareamiento puede ser muy rápido o prolongarse durante horas.

Olmo está a menos de quince centímetros de mi cuerpo de oruga. Quién sabe si Luz andará escuchando detrás de la puerta. Abro los ojos: Olmo es un adolescente que al dejarme penetrar en el santuario de su habitación ha cerrado el pestillo. Cierro los ojos y sigo escuchando su voz de ingeniero en huevos y crisálidas:

—Las mariposas no son gregarias, pero algunas especies se agrupan para pasar la noche.

Ahora soy yo el que se comporta como un niño:

—¿Tienen miedo las mariposas?

—Deberían tenerlo. Están amenazadas.

Por primera vez a lo largo del día, Olmo me ofrece su rostro más serio. Pierde los hoyuelos de las mejillas y el brillo de los ojos, que se le achinan al reír, es de otro color. Más violeta. Me gustaría consolarle, pero no sé qué decirle. Le acaricio el dorso de la mano, fosforescentemente nacarada, bajo la luz del flexo. Él se deja. Olmo sigue con su recitación casi en un susurro, como si me contara un secreto que nadie además de nosotros debe oír:

—Las mariposas nocturnas, las polillas, convivían con los dinosaurios.

—Me encantan los dinosaurios.

A medida que voy quedándome inerme –Olmo me ha permitido acariciar su mano nacarada–, me infantilizo más y más. Quedo desarmado al acercarme a Olmo, al distinguirlo mejor, al ajustar el diámetro de mis pupilas a la luz de este cuarto que es radical, oscura y clara, separada por filos, no la penumbra granulosa y uniforme de una habitación a oscuras, sino el blanco y el negro de un espacio intensamente iluminado en una esquina, deslumbrante como el flash de los fotógrafos –temo que Olmo me vea con el iris granate en esta instantánea–, y negro, mate, inexistente en sus ángulos muertos. Quedo desarmado al redescubrir el corte de la mandíbula de Olmo, el vello casi algodonoso y la nuez que sube y baja, puntiaguda en el centro de su cuello, mientras él continúa con sus oraciones lepidópteras y es tan benevolente que pasa por alto lo estúpido que soy –«me encantan los dinosaurios»– y me sonríe. A diez centímetros de mi cuerpo de oruga. Por mucho que me cuide la piel y los músculos, por muy orgulloso que me sienta, al lado de Olmo siempre seré un cuerpo de orugas y almorranas, un cuerpo más viejo, una botella medio vacía. Y, sin embargo, es como si a Olmo le enterneciese. Como si estuviese a punto de revolverme el pelo al abrirme su mundo, al extendérmelo como un muestrario de telas con las que confeccionar un traje. Cierro los ojos para disfrutar de su sabiduría a menos de diez centímetros de su cintura:

–Las mariposas diurnas evolucionaron a partir de las nocturnas y tienen cuarenta millones de años. Los colores de las alas resultan de dos procesos: los amarillos y anaranjados son pigmentos químicos; otros colores son producidos por estrías microscópicas sobre la superficie de las escamas que reflejan la luz.

–Como si los colores no existieran...

Me arrepiento de haber hecho un comentario tan ridículo; sin embargo, a Olmo no le parece ninguna ridiculez. Luz tocará con los nudillos dentro de un rato y nos dará para merendar pan con chocolate. Olmo es un niño y yo juego al juego que él prefiere, al que me impone, encerrados los dos dentro de su habitación. Mi pecho casi se apoya contra su espalda cuando él vuelve la cabeza por encima de su hombro para responder:

–Es que los colores no existen, Arturo.

No existen los colores, lo admito, y yo estoy excitado con mi vientre que baja y se aprieta contra su rabadilla, vigilados los dos por los ojos de círculos concéntricos de las alas de las mariposas. Mi excitación me pone lírico, apasionado y enumerativo:

–No existen el azul ni el amarillo ni el rojo.

–Sólo existen la luz y la temperatura.

La temperatura de Olmo tibio. Olmo que me impresiona y me instruye mientras se aparta unos siete centímetros de mí y me contiene. Ha pasado todo o no ha pasado nada aún y ese aún, ese todavía, son las palabras que me mantienen tenso y que tampoco a mí me van a dejar conciliar el sueño esta noche mientras recuerde sus lecciones:

–Los ojos de las alas de algunas mariposas sirven para espantar a los depredadores, que así las confunden con animales de mayor tamaño.

¿Será Olmo un animal más pequeño o uno más grande de lo que parece? Me gusta que se haya apartado unos siete centímetros de mí evitando que un instante álgido y emocionante se volviera burdo. Haciéndome dudar de si busca seducirme o me rehúye. Poniéndome nervioso y enfermo de una dulce angustia. Me gustaría pintarme todo el cuerpo con ojos de alas para poder mirarlo por delante y por detrás, por los costados, por la piel del cogote, por los bultos de las rótulas. Pintarme de purpurina el pecho y el pelo que me queda. Me gustaría que me clavase un alfiler en el centro del plexo solar, que me tratase las alas con sus líquidos incoloros y sus secantes y sus celofanes. Que no abriera nunca la persiana. Que nadie nos viera desde la calle. Que sólo Luz, cómplice y guardesa, colocase su párpado de mariposa en el ojo de la cerradura para percibir nuestra hambre de cachorros encerrados y nos pasase el alimento a determinadas horas del día. Y un orinal y unas toallas empapadas en agua de rosas. Que Olmo reservara para mí una vitrina enorme...

–Detective disecado.

Paula me pincha el globito. No es que a ella no le guste la poesía. Es que no soporta la poesía que no le leo a ella, que no escribí para ella, que nunca me inspiró ella. Pero Paula no va a poder con mi felicidad.

–Bruja.

–Alguien así no puede estar mentalmente sano.

–Bruja.

La monomanía de Olmo alivia a Paula porque cree que lo aparta de mí, pero al mismo tiempo la perturba. A mí también, y eso es precisamente lo peor que podría pasarle a Paula: que yo quisiera sentir el dolorcillo de mi dedo cuando lo acerco a la llama de una vela. Cómo es ese dolor y cuánto tiempo puedo soportarlo.

Trato de deslumbrar a Olmo con mis propios conocimientos. Trato de afianzar mi edad y mi ventaja sobre él. Saco pecho para disminuir mi incertidumbre y desdecirme de mis puerilidades de nombres de colorines –sé muchos– y de dinosaurios regordetes que son verdosos y sonríen en las estampitas de mi imaginación:

–La mariposa es el símbolo de la atracción inconsciente hacia la luz. Es el alma.

—Qué interesante.

Olmo bosteza. A Olmo no le importa el alma. Se calza unos guantes de látex. Inclina su cuerpo encima de la mesa de trabajo. Veo el rosario de las vértebras de su columna que se marca por debajo de su camiseta de algodón y me gustaría ir incrustándole poco a poco el dedo índice en cada uno de sus espacios intervertebrales. Sin llegar a tocarle, procuro que no se olvide de que estoy a su lado:

—La mariposa es la vida, el símbolo del renacer, de la alegría y de la felicidad conyugal.

Nos saldrían unos hijos guapísimos a Olmo y a mí. Es posible que incluso fueran inteligentes. Echo de menos un útero y unas tetas barbudas para amamantar al hijo.

—¿Sabes, Arturo? A mí no me interesan las metáforas.

—¿Ni las de mariposas?

—Estudio biología. Investigo la morfología de los insectos, sus transformaciones, su luz y su temperatura. Ésas son las cosas que me atañen directamente.

Miro de nuevo alrededor y, esta vez, me da un escalofrío. Mis pupilas ya se han acostumbrado a esta atmósfera de claroscuro y distingo las turbias mariposas de las vitrinas: azules, malvas, moradas, amarillas, cadmio, verde musgo y verde botella, esmeralda, verde billar, rosáceas, blancas, negras. Pero no hay mariposas rojas, granate, magenta, mariposas menstruales, burdeos, carmín, índigo, bermellón, barrosas, carmesíes, mariposas fuego, sangre, rubí, pimentón, azafrán, tomate, sandía, mariposas púrpuras...

—¿Ya te has dado cuenta?

—No tienes mariposas de color rojo.

—Es que no las veo. Y siento rabia.

—¿Y si Olmo matara para poder ver el color rojo?

—¿A Cristina Esquivel no la asesinaron con un cordón de zapato? Aunque me cueste defender a ese chico repelente, tu hipótesis vuelve a parecerme melodramática, Zarco.

—La impresión de la muerte, la visión de la masa de las vísceras o de la sangre que se derrama manchando las baldosas. Un mazazo para sus bastoncillos. Un electroshock visual. Quizá quiso rajarla después de estrangularla y, al final, sucedió algo y no se atrevió a completar su experimento sanador...

—Literaturas, Zarco.

—Quizá, o quizá lo planeó con Claudia, a la que tanto quiere. O con Claudia y con su madre. Los tres se llevan muy bien.

—Literaturas.

Paula a veces es un cubo boca abajo. Sigue el olorcillo del queso y, ¡plas!, queda atrapada en el cepo de mi ratonera. No adivina que he formulado mi estúpida hipótesis cromática para que ella se pusiese del lado de Olmo. Por exageración y por solidaridad, porque Paula tiene una pierna un poco más corta que la otra. En un zapato lleva un alza con la que disimula. Cojea si no se calza sus zapatos especiales de coja conversa a la simetría.

—Yo no te maté a ti, Zarco. Y soy cojita.

Quiero borrar cualquier sombra de sospecha que pudiera recaer sobre Olmo y que Paula lo trate con el mismo mimo y la misma consideración que a Driss, que a Claudia, que a Yalal Hussein. Paula se pone del lado de los débiles, pero a mí no me desclava la espina del centro del corazón. Sólo he querido prevenir que Paula me meta las manos dentro de una herida que ya está abierta y a punto de infectarse. Me rondan historias de tullidos que matan, de cheposos, de cojos mala leche —como Paula—, de tuertos que sacan los ojos a los niños mientras descansan en sus cunitas, de siameses separados por el cirujano, de personajes con el rostro destruido por el ácido sulfúrico, de condenados a la silla eléctrica que encargan crímenes a obedientes mongólicos, de tontos útiles, de enfermos terminales que ya no tienen nada que perder y se preguntan «por qué a mí»... No verbalizo para Paula mi desfile de criaturas monstruosas. No me arriesgo a que, por segunda vez, en la misma conversación me tilde de racista, de xenófobo, de nazi. Lo diferente no me asusta. Temo por y a Olmo y temer por y a Olmo es lo mismo que temer por y a mí mismo y, por esas razones, me pongo en lo peor.

Aunque no tanto como ella cree —me lo está demostrando—, Paula me conoce. Conoce los libros que he leído, las fotos que he visto, las entradas de las enciclopedias que he consultado. A veces soy casi transparente para ella. Paula es práctica y, pese a mis silencios y mis fintas, lee un fragmento de mi pensamiento y me conforta:

—Deja de pensar en monstruos de feria, en criaturas sin ojo del culo y en criaturas sin boca que se alimentan a través del olfato. Olvídate del rojo y piensa ¿por qué iba a matar Olmo a Cristina Esquivel?

Paula me recuerda una de las razones por las que me hice detective. Bien por Paula. Soy detective porque no creo que este mundo esté loco ni que sólo las psicopatías generen las muertes violentas ni que únicamente los forenses y los criminalistas que rastrean los pelos, las huellas parciales, las cadenas de ADN, la sangre y el semen que empapan las alfombras y las sábanas puedan ponerles un nombre a los culpables. Creo en la ley de la causa y el efecto. En la avaricia. En la desesperación. En la soledad. En la compasión y en la clemencia. En los argumentos de los prevaricadores. En la necesidad de un techo y de una caldera de calefacción. En el deseo de acaparar y en los motivos ocultos del mentiroso compulsivo. Creo en la eficacia de los tratamientos psiquiátricos y en la honradez de ciertos jueces. Creo que podemos comunicarnos a través de los lenguajes y en el desciframiento de los símbolos. En los especialistas en quinésica que se convierten en jefes de recursos humanos. No todo es aleatorio ni fragmentario ni volátil ni inaprensible. Existen las repeticiones. Soy detective porque creo en la razón y en la medicina preventiva. Busco las causas y los ecos. Lo que sucede dos veces. Los hilos que se tejen con otros hilos. Suelo encontrarlos.

—Zarco, ¿me escuchas?

—Sí, Paula.

—¿Sacrifican acaso a las mariposas con un cordón?

—No, Paula.

—Era una pregunta retórica.

—¿Perdona?

—Una pregunta retórica que quería introducir una sospecha: creo que has equivocado el argumento, el móvil, la causa para matar... Pero quizá hayas acertado con el ejecutor.

Permanezco callado. Ni mis verdades a medias ni las miguitas de pan con que he ido sembrando el camino para que ella se perdiese han desorientado a Paula.

–Bruja.

Paula está exultante e inspirada. Debe de estar mordiéndose un mechón de pelo mientras disfruta de una de las situaciones que prefiere: la de pegarme una bofetada para después consolarme como si fuera una madre de esas que castigan a destiempo a sus hijos.

–Coja.

Paula se descacharra. Cuando me desmadejo –también cuando cojo la gripe–, Paula se aprovecha de mi debilidad para recuperar posiciones. Y ahora nota que estoy a punto de desmoronarme no sé si a causa de lo que he vivido o por su culpa.

Dudo de si debo seguir relatándole a Paula, la cojita, la continuación de esta historia.

—Mi pobre Olmo.

Lo digo con los ojos abiertos mientras apoya la cabeza sobre mí y yo le abrazo. A lo mejor Olmo siente pena de sí mismo o quizá aprovecha una pena que no siente de verdad para acercarse a mí. La segunda posibilidad me parecería muy halagadora. Extraordinaria. Disfruto de aproximadamente unos treinta segundos de contacto físico con Olmo. La imagen de Luz me molesta durante unas milésimas de esos mismos segundos.

—Al fin y al cabo, el color rojo no es tan bonito, Olmo querido.

—Eso es lo mismo que me dice mi madre.

Me lo temía. Chaim Soutine busca la mejor pieza de carne en el mostrador de las carnicerías de París y Olmo me regala sus ojillos achinados en una sonrisa que es a la vez angelical y malévola. Olmo se aparta, recuperado. Mis brazos y el bombeo de mi corazón contra el suyo —de pajarito— tienen propiedades curativas. Ya no tenemos los corazones rojos. Ahora son violáceos, casi azules. No nos importa.

Olmo me pide que le espere en su habitación:

—Enseguida vuelvo.

Cuando abre la puerta, me fijo en que ya no se filtra la luz radiante del resto de las habitaciones y en que no llega ningún ruido de la casa. Ya debe de haber oscurecido. Miro el reloj. Son las ocho de la tarde. Olmo vuelve. Trae un bote de cristal congelado. Entre las espinas del hielo, distingo una mariposa. Olmo coloca el bote delante de mis narices:

—Es un bote de muerte.

Se llaman así porque dentro de ellos —dentro de un inofensivo bote de melocotón en almíbar, de espárragos, de borraja en conserva— las mariposas son sacrificadas. Hay dos procedimientos que Olmo pasa a detallarme: uno consiste en meter el bote en el congelador con la mariposa viva y esperar unas tres o cuatro horas hasta que el insecto muera; el otro es depositar en el culo del bote un material absorbente —una bayeta por ejemplo—, cubrirlo con un poco de escayola, rellenar el recipiente con cloroformo y, después, introducir dentro de él la mariposa y esperar a que, encerrada en el bote, agonice a causa de las emanaciones del éter con el que se ha empapado la bayeta.

Siento repelús:

—¿Y éstos son los procedimientos más misericordiosos?

—Éstos son los procedimientos que dañan menos las alas de la mariposa.

—¿Y sufren?

Otra vez soy un niño que quiere saber si él también se morirá, que pregunta por la existencia de los reyes magos, que desea que la respuesta a la primera pregunta sea no y a la segunda sí. Olmo retira el hielo del frasco haciendo dibujitos con el dedo índice:

—No te quepa duda. Pero no creo que ésa sea la cuestión más importante.

Olmo crece y yo decrezco, Olmo mengua y yo me estiro, Olmo envejece y yo me voy aniñando, Olmo me instruye y yo no soy rápido para aprender, Olmo tirita y yo lo protejo debajo de un ala, Olmo está perdido en medio de un bosque y yo tengo un mapa forestal, Olmo es mi pastor y yo su cordero. No sé si voy a poder soportar estas oscilaciones, este oleaje –los barcos pequeños me marean– durante mucho rato. Ahora soy el cordero:

–¿Y te da lo mismo?

–Arturo, yo amo a las mariposas.

Ama a las mariposas. Tal vez yo debería tener miedo de que me amase a mí –me ha permitido tocar su mano nacarada debajo de la luz, lo he abrazado, casi restriego mi vientre contra su rabadilla lampiña, he deseado incrustarle mis dedos en los huecos de las vértebras...–, pero mi pánico es un aliciente más para mi amor. Tengo ganas. Me tiemblan los labios y mis palabras se asemejan a un balido:

–¿Y te da lo mismo hacerlas sufrir?

–Un compañero de la facultad mata las mariposas presionándoles el abdomen. Como si un hombre muy gordo se sentara sobre el pecho de un niño pequeño. Lo reventaría.

–Tu compañero es un salvaje.

Olmo es mi pastor:

–¿Te das cuenta, entonces, de la diferencia que existe entre mi compañero y yo? Este trabajo requiere delicadeza y buen pulso. Es un trabajo científico y, a la vez, artístico. Fíjate.

Sobre una pieza de poliuretano, un aislante blanco de los que protegen los electrodomésticos dentro de sus cajas, Olmo dibuja una línea central y dos líneas paralelas a esa línea central. Con la cuchilla traza un surco profundo en forma de uve. Saca la mariposa del bote de muerte y, con los dedos índice y pulgar, la sostiene, apenas rozándola, por el tórax. Le clava una aguja dorada entre las alas.

—Así... He de clavar la aguja con cuidado justo en el centro del metatórax, en el tercer segmento torácico. Verticalmente.

La aguja sale entre las patas de la mariposa, la atraviesa de un extremo a otro. La empala en metal. Olmo toma su mariposa y la clava en mitad de la uve que ha trazado en el corcho; después incrusta dos alfileres al lado de la cabeza de la mariposa, otros dos a cada lado del tórax y otros dos a cada lado del abdomen. Olmo es un acupuntor, un maestro de vudú, un sastre, un forense, el practicante que saca sangre a los neonatos, el verdugo que se encarga de las crucifixiones. Olmo toma las pinzas y con una delicadeza extrema manipula las alas superiores; las extiende sobre la base del corcho. Después les coloca por encima una tira de celofán. El ruido del celofán y la cauta manipulación con las pinzas me producen un placentero espasmo. Siempre me ponen los pelos de punta los sonidos de las manipulaciones cuidadosas: el tintineo del garfio odontológico contra la plaquita de vidrio sobre la que el doctor fabrica la mezcla para los empastes, el crujido del papel con el que la dependienta envuelve los regalitos. Las alas quedan extendidas, sin pliegues, y Olmo las envuelve una a una con el papel de celofán. Pasa un rato acomodando cada ala sobre unas tiritas de aislante que ha pegado sobre la primera pieza de corcho.

—Hay que manipular el animal antes de que hayan transcurrido cuarenta y ocho horas de su muerte. Si no, las articulaciones se ponen rígidas y se rompen.

Olmo clava las puntas del celofán con alfileres. Usa las pinzas. Lo observo durante más de una hora, pero no puedo reproducir con exactitud todos sus movimientos.

Al final introduce el montaje en una caja con bolitas de alcanfor.

Salgo de mi relato, que ha pretendido ser minucioso, para que Paula no me pueda acusar de haberme quedado dentro de uno de esos botes de vidrio que Olmo maneja con precisión quirúrgica:

–La técnica requiere buen pulso.
–Zarco, cuídate.
–Es sólo un niño.
–Mata con frialdad.
–Mariposas.

Me despido de Olmo con una caricia en la cara. La casa está vacía. Luz ha debido de salir. Es sábado por la noche. Prefiero no encontrármela. Dentro del cuarto de Olmo he tenido miedo de abrir la puerta y de que ella me estuviese esperando para mirarme otra vez. Olmo no sale los sábados por la noche. Me tiende las dos manos como despedida:

–¿Volverás mañana?
–Claro.

Olmo retiene mis manos un poco más. Yo aprieto las suyas y, después, me suelto. Mientras bajo, él aguarda en el quicio de la puerta. No la cierra hasta que llego al portal. Cuando alcanzo la calle, miro la fachada del edificio en el que vivía Cristina Esquivel y vomito entre dos coches. No he digerido ni las fantas de naranja ni las croquetas de Luz.

–Cuídate, Zarco.

Paula empieza a estar preocupada por mi seguridad o quizá se arrepiente de ser tan desabrida o tal vez necesita demostrarme que me quiere más que nadie. Más que Olmo. Paula sigue muy despierta y abandona el tema de Olmo para no irse a la cama con mal sabor de boca:

–Dime una cosa; ¿por qué te concentras en la comunidad de vecinos?, ¿por qué no indagas más en la familia directa de Cristina o en su círculo de amistades o en sus compañeros de trabajo?

No estoy de muy buen humor. De golpe el peso de las horas se me echa encima de los párpados y caigo en la cuenta de que tengo que dormir.

—¿De verdad quieres que te conteste, Paula?
—Si no, no te habría hecho la pregunta.
—Llevo diciéndote lo mismo toda la noche.
—Es que no te puedo creer.
—No te va a gustar.
—Dímelo, Zarco.
—Me concentro en esa comunidad y mañana volveré porque un niño pedalea en un triciclo y su padre vive de alquiler y su mamá está de viaje; porque no sé quién es Josefina ni por qué teme que Yalal Hussein pueda hacerme daño; porque Luz Arranz es una abstemia que huele a anís e inventa canciones raras; porque hay dos viejos encerrados y su hijo clausura la casa echando dos vueltas de cerrojo; porque no sé qué le gustaría escribir de verdad a Claudia Gaos ni qué es lo que la señora Leo ve a través de su mirilla y, sobre todo, volveré mañana porque me he enamorado de un elfo daltónico que colecciona mariposas.

Paula se queda callada durante dos, tres o cuatro segundos. Mucho tiempo si se habla por teléfono. Después sale de su mutismo:

—Entonces, no me vuelvas a llamar, Zarco.

Paula cuelga sin darme tiempo a nada más. Estoy cansado. No importa.

En *Adiós muñeca*, en *Cosecha roja*, al detective se le somete a una prueba donde resalta su extrema vulnerabilidad. Se le droga o se le golpea en la nuca y su percepción del mundo cambia. Se convierte en un ser hipersensible e indefenso: no puede reaccionar, ve entre brumas. Sin embargo, esa hipersensibilidad, ese estado lisérgico y volátil, le permite captar lo que antes nadie captó. Descorre los velos, las capas de niebla, las fibras que enmarañan los huecos de las habitaciones –se libera de los hilos pegajosos y de la migraña–, las páginas que se superponen sobre el aire. Al fin entiende. Todo se recoloca de un modo natural.

Yo aún no he llegado a ese instante de lucidez que surge del caos absoluto, del ojo del remolino, pero sé que debo aprovechar mi fascinación –posiblemente mi amor– por Olmo. Que él me ha sumido en un estado de confusión e hiperestesia semejante al de los detectives noqueados por una hipodérmica, por una cachiporra o por un litro de whisky. Que en el centro de mi pasión voy a hallar, como los poetas y las mariposas, la luz. Que este estado de aparente aturdimiento me llevará hacia la verdad.

El barrio disfruta esta mañana del silencio y de la pulcritud del domingo: los barrenderos ya han acabado su trabajo. Los adoquines relucen empapados por el chorro de agua a presión de las mangueras. Se encharcan los alcorques de los arbolitos decorativos. Más tarde, Olmo –a quien también le interesa la botánica, en especial las plantas carnívoras– me informa de que los arbolitos son catalpas y aligustres.

–Zarco, ¿plantas carnívoras?

–Estás a la que salta, Pauli. Sólo lo he dicho para pincharte.

–No me llames así.

Paula me ha llamado al móvil por la noche para que le haga el resumen de mi domingo de trabajo. Está arrepentida de su espantada.

Hombres y mujeres pasean con el periódico y el pan bajo el brazo y otras personas se asoman al balcón: miran la calle y fuman echando el humo al viento, para que no se contamine el interior de su vivienda; para que ni sus niños ni sus perros contraigan enfermedades respiratorias. De vez en cuando un coche pasa a toda velocidad calle abajo. Hoy no oigo ni los pitidos de las grúas ni las piquetas que acuchillan los cimientos de los edificios en rehabilitación. Hace sol. Llevo puestas mis gafas. Hoy, al colocármelas sobre el puente de la nariz he homenajeado a Olmo: con mis gafas veré del mismo color que él la piel de los tomates y algunas fibras coloreadas de mi carné de identidad. Mi traje está un poco arrugado. No me he cambiado de ropa.

–Quién te ha visto y quién te ve.

Si supiera dónde estoy en estos momentos, Paula se arrepentiría más todavía. Pero no se lo voy a decir hasta el final para que su mala conciencia se transforme en una masa de bilis y a la boca le suba el sabor de los metales pe-

91

sados. Siempre le sucede lo mismo: cuando vivíamos juntos y, por fin, se atrevía a gritarme o a proferir una amenaza, volvía rápidamente con el rabo entre las piernas como si sus chillidos invalidaran unos argumentos sólidos. Yo fui un hijo de puta. También fui un hijo de puta conmigo mismo. Quizá Paula temía que la dejase; sin embargo, ahora su miedo es otro y no renuncia a ser un poco ácida para encubrirlo. Por la noche, desde esa casa que una vez compartimos ella y yo, me escucha al otro lado del hilo telefónico. No sospecha las barbaridades que he de relatar ni la traca que le reservo como fin de fiesta. Abro mi cuadernito para narrarle a Paula los sucesos paso a paso. Como a ella le gusta.

Los domingos por la mañana, exceptuando a los idiotas que aman las excursiones y las caravanas, tal vez los templos, se encuentra a la gente en sus domicilios. A traición.

La puerta del portal de la finca en que vivió Cristina Esquivel está rota. Alguien pegaría una patada y ha descoyuntado los goznes y el cerrojo. Entro sin llamar a ninguno de los telefonillos y me encuentro con Claudia. Sostiene una bolsa de plástico.

—¿Otra vez por aquí, señor Zarco? Parece que nos ha tomado usted mucho cariño.

Esta mañana Claudia es una mujer hermosa. Hay mujeres que un día parecen decididamente feas y, al siguiente, se transmutan y muestran una belleza nada vulgar. Como Claudia. Lleva el pelo recogido y le brilla. Se ha pintado las pestañas y de repente le han aparecido en la cara dos ojos claros que ayer formaban parte de la carne, velados por gasas quirúrgicas, entre la leche de su cutis. Acuso aún más los celos por la devoción que Olmo profesa a la escritora. Su saludo me indica que quizá Claudia ha comentado los acontecimientos de ayer con Luz o con Olmo o con ambos. Su saludo me obliga a justificar mi reaparición. Vengo, entre otras razones, por ese cariño que ha mencionado Claudia, pero no sólo por el cariño. También los Esquivel me pagan un dinero que he de ganarme con el sudor de mi frente:

—Ayer dejé pendientes algunas visitas.

—¿A quién no visitó?

—No tuve ocasión de charlar con la vecina del primero ni con los Peláez...

—Con Leo no va a tener usted ningún problema, pero los Peláez no le van a abrir si no le conocen, señor Zarco.

—¿No?

Claudia habla como una metralleta. Antes de que yo acabe, ella se adelanta, me pisa, no espera a que le dé el pie:

—No. Su hijo se lo tiene prohibido. Lo mejor es que acuda usted acompañado de alguien que les inspire confianza.

—¿Y a quién me recomienda usted como acompañante?

—Olmo no sería mala opción.

Claudia se queda parada. Me escruta. Ladea la cabeza y se sonríe casi malintencionadamente. Después coge aire por la nariz y se encamina, dando una carrerita, hacia la calle:

—Bueno, le dejo que no quiero quedarme sin pan candeal. ¡Se acaba enseguida!

Claudia se para antes de alcanzar la puerta y vuelve sobre sus propios pasos:

—Por cierto, como parece que la escritura es para usted una actividad sospechosa, no me gustaría que creyese que yo soy la única que escribe en esta casa. No sabe cuánto me arrepiento de haberme metido ayer el dedo dentro del ombligo y de no haber pensado en nadie más que en mí.

Voy a intervenir, pero antes de que pueda hacerlo, Claudia me aclara a quién se refiere su último comentario:

93

—Debería pedirle a Luz que le enseñe sus escritos. Son impresionantes.

—¿Escribe Luz?

—Maravillosamente. Porque ella sí lo hace con valentía. Y con inocencia.

—¿Como usted?

—No, señor Zarco. Ya le dije ayer que yo sólo escribo basura.

Entre las sílabas de su última frase, Claudia se carcajea. Comienza a hablar de nuevo antes de acabar de reír. Se atraganta. Se reconstruye:

—Me encantaría que me contase cosas de su oficio. Yo a mis detectives los pongo a funcionar de oídas. Los pinto de memoria. Pero en realidad carezco de recuerdos, de experiencia. Usted podría ayudarme mucho...

Me voy a ofrecer como fuente de información para las novelas de Claudia Gaos, advirtiéndole que tal vez sepa darle más datos sobre los procedimientos de Salvo Montalbano que sobre los míos propios, pero ella no me deja empezar y mucho menos acabar:

—También me haría un favor si leyese los textos de Luz. Para mí, son tan familiares que no los entiendo bien. Es necesario que alguien los lea con otros ojos. Desde fuera. No lo olvide, señor Zarco.

—Y Olmo, ¿ha leído los textos de Luz?

—Aún conoce muy poco a Luz, señor Zarco. Luz es una madre protectora.

Por mi expresión Claudia deduce que necesito informaciones más explícitas:

—Naturalmente que Olmo no ha leído los textos de su madre. Al menos, que yo sepa.

No me da tiempo a despedirme de Claudia Gaos, que se va corriendo para no quedarse sin pan candeal. Ayer busqué su nombre en internet y no es una escritora con demasiado éxito. Pese a sus renuncias o quizá precisamente por ellas. No entiendo por qué hoy está de tan buen humor. No entiendo por qué está guapa. No tiene demasiados motivos.

Comparto mis sospechas con Paula:

–Se habría metido algo.

–Tomará vitaminas. Me pones enferma con tus suspicacias.

–O quizá es ciclotímica.

–Pareces un cura, un psiquiatra iluminado, un poli...

–Soy casi un poli.

–Qué va, Zarco. No tuviste huevos.

«No tuviste huevos, Arturo Zarco.» Casi inconscientemente anoto –más bien dibujo con mi caligrafía inglesa y manierista– las palabras de Paula en mi cuadernito. A Paula no le sientan bien las palabras malsonantes y, sin embargo, no para de arrojarlas por la boca cuando habla conmigo. Sabe que me molestan las frases y los chascarrillos soeces, las escatologías, la gente que se tira pedos. Y me molesta especialmente que sea ella quien lo haga. Sólo hay un taco que Paula no me dedica casi nunca: «maricón». Es como si con esa palabra se insultara a sí misma.

–¿Me estás escuchando, Zarco?

Mi cuadernito hoy está repleto: me ciño a sus anotaciones a fin de esbozar para Paula un relato ordenado. Cuando acabe nuestra conversación, es muy posible que Paula se trague sus palabras, que se le caiga el auricular, que se tenga que ir corriendo al baño para vomitar la cena. Una malsana satisfacción me recorre desde la boca del estómago hasta los dedos de los pies. Durante un instante es como si el cuerpo hubiera dejado de dolerme.

El timbre del segundo exterior derecha es un berbiquí de campanillas. Es un timbre no para sordos, pero sí para personas que han perdido oído. Un campanazo que se superpone al ruido de un aparato de televisión con el volumen al máximo, se amplifica a través del hueco de la escalera y se prolonga después de que ya haya retirado el dedo del pulsador. Todos los vecinos deben de oír ese timbre y reconocerlo como el de la casa del señor Peláez, ingeniero de minas, según reza en una plaquita clavada en la madera de la puerta. El detalle es obsoleto, de aquella época en que todos los vecinos ponían plaquitas con sus nombres, colocaban paragüeros en el recibidor, enmarcaban las fotos de familia y vestían las ventanas con visillos blancos.

—Hijo, una casa sin visillos está desnuda.

Era uno de los dogmas del hogar. Como poner un ambientador, comprar alimentos frescos o recoger la cocina justo después de comer. Mi madre, desde que me divorcié, casi no me dirige la palabra.

—Ya se le pasará, Zarco.

—No creo: una cosa es ser maricón y otra que todo el mundo se entere.

Paula calla. A veces está incondicionalmente de mi lado. Paula me entiende, aunque no quiera entenderme. Su comprensión la lastima, y por eso se rebela contra mí. Entonces me pongo en su lugar y sólo yo puedo comprender su acritud. Sólo yo sé lo que le pasa.

Desde detrás de la puerta me llega una voz de timbre lírico, pero también un poco arrastrada.

—¿Quién es?

—Señora, me llamo Arturo Zarco y me gustaría hacerle algunas preguntas.

—No abro. Vete.

La señora prolonga cada sílaba y después la marca dentro de cada palabra. Le cuesta vocalizar. Como si tomase algún tipo de medicación.

—Sólo será un momentito.

—¿A qué vienes?, ¿a hacer una encuesta? Vete a la mierda.

—No, señora, vengo por lo que ocurrió aquí el año pasado.

La señora se pone más tabernaria si cabe:

—He dicho que me dejes en paz. O llamo a la policía. Todos os queréis aprovechar de las personas mayores. Queréis quedaros con nuestras cosas. Carroñeros, sinvergüenzas. No nos dejáis dormir. Puercos. Basura. Sois todos unos cerdos, una basura. Una basura, una basura, una basura...

Encima del timbre hay un cartel de una empresa de seguridad privada que indica que esta casa está bajo su protección. Perros doberman. Esta mujer me los echaría encima si pudiera.

—¡Mariconazos! ¡Yonquis! ¡Asesinos!

Comienzo a pensar que está borracha. Que le pega al anís y se desfoga conmigo. Mientras la vieja me insulta a través de su puerta cerrada a cal y canto, Olmo baja las escaleras y se coloca justo detrás de mí. Vuelvo a notar su

97

temperatura y las emanaciones a lápiz y a vainilla que desprende su cuerpo. Me reprocha dulcemente:

—¿Es que no ibas a llamarme?

—Primero quería hacer un par de cosas.

Le hablo casi sin mirarlo porque, si lo miro, se volatiliza mi capacidad de concentración y toda mi astucia. Pero es inevitable. Soy la víctima de una lobotomía. También pierdo mi astucia sólo con oír su voz de leñador del bosque que me susurra al oído:

—Piedad no te va a abrir.

Olmo me adelanta para colocarse frente a la mirilla. Toca la puerta con los nudillos marcando el ritmo de una melodía popular. Es una contraseña:

—Piedad, soy yo. Olmo. Ábreme que quiero presentarle a un amigo mío.

—¡Ay, mi amor! Pero ¿eres tú, mi príncipe?

Parece que la vieja se hubiese lavado la boca con agua y con jabón de flores.

—Sí, Piedad, soy yo.

—Pero, cielo mío, ¿tu amigo es el de la encuesta?

La vieja ya no ruge. Ahora cada frase es el estribillo de una canción.

—No, Piedad. Mi amigo no hace encuestas. Sólo venimos a ver qué tal están.

—¡Ay, corazón! ¡Qué majo eres, pero cuantísimo te quiero, prenda mía!

La vieja muestra una infinita capacidad de amar. Demasiado amor, demasiada ira. Cuando nos abra, voy a revisar el nivel de las botellas de licor en su mueble bar.

Piedad abre los cerrojos con lentitud. El de arriba, los dos de abajo, el pasador central. Una anciana renqueante con las piernas como dos salchichones se abalanza hacia el cuello de Olmo. Se agarra a él como si fuera a caerse. La anciana se lo come a besos con una boca desmesuradamente grande y torcida, pintada de un rojo subido que Olmo verá de color gris. Debe de darle mucho asco, pero aguanta sin devolverle los besos, dejándose. El carmín excede las líneas de los labios de la vieja, carnosos pese a que la edad va devorando las vulvas de nuestro cuerpo sin compasión. Quiero preguntarle a Olmo a qué huele la mujer. Piedad nos mira con dos ojos que me recuerdan los botones del abrigo de mi madre: pueden descosérsele de la cara en cualquier momento. El pelo, teñido de rubio ceniza, le deja transparentar parte del cuero cabelludo. La vieja se dirige a mí con los ojos vidriosos. Olmo aprovecha para limpiarse la cara:

—¿A que es una prenda, a que es un tesoro este Olmito? Ay, si no fuera por él y por su madre, no sé cómo nos las íbamos a apañar. Son tan buenos con nosotros. ¡Ay, corazón, cuánto te quiero!

La vieja besa las manos de Olmo. Muchas veces. Se acaricia la cara con las manos de Olmo. Se restriega en ellas como un gato y después las vuelve a besar. No se quiere separar de las manos de Olmo. Él, incómodo, se las guarda:

—Piedad, que no soy el Papa. Ande. Hacemos lo que tenemos que hacer. Mire, le presento a mi amigo, Arturo Zarco. Viene a hacerle algunas preguntas sobre lo que sucedió el año pasado. ¿Se acuerda?

—¡Ay, corazón! Pero ¡cómo no me voy a acordar! Si yo a esa muchacha la quería mucho, mucho. Si era majísima. Estaba pendiente de avisarme cuando teníamos que pagar los recibos. Yo es que soy muy mayor, hijo de mi vida, y no sé hacer las cosas porque siempre las hacía mi marido, pero mi marido, ¡ay, rey mío! Mi marido, mira cómo está...

Piedad nos franquea el paso hacia el salón que comunica, mediante un arco, con una alcoba en la que se ve una cama de matrimonio deshecha. Piedad me coge de la mano y me coloca delante de un viejo, sentado en un sofá con lamparones. Imagino a Piedad dándole de comer mientras él le escupe la comida. El viejo va vestido con un pijama marrón. Me sonríe y me dice algo que no sé descifrar. El viejo tiene un aspecto muy simpático. Alza su mano derecha trazando figuras delante de su rostro. Se entretiene con sus manos, pero sin perdernos de vista.

—¡Ay, pobre hombre! Hijo mío, que no os veáis así nunca, nunca. Cagándoos y meándoos encima y yo ya no puedo atenderlo bien. Con la artrosis y las piernas, que es que no me tengo. Que no me tengo. Olmo, corazón mío, explícaselo a este señor, que tú lo sabes.

Verdaderamente, Piedad no se tiene en pie. Se trabuca al hablar. Olmo la conforta:

—Venga, Piedad, estate tranquila. Tienes a tus hijas y a Clemente. Y a nosotros siempre que te hagamos falta.

—Sois todos buenísimos. Os quiero tanto, tanto. Ay, Dios mío, qué gente más buena. Mis hijas es que no tienen tiempo las pobres, con mis nietos, con sus trabajos. Pero son buenísimas y mi Clemente no tiene parangón. Con nosotros hasta el último momento. Se acaba de ir de casa con una chica muy buena, pero todos los fines de semana viene y afeita a su padre y me hace compañía. Y nos ha puesto la seguridad privada y un timbre para apretarlo si nos pasa algo y, enseguida, viene aquí una ambulancia. El otro día llamé y se llevaron a papá, al pobre viejo, y yo creí que ya no volvía, pero míralo, ahí lo tienes...

Piedad acaricia el pelo ralo del viejo. Lo acaricia dejando caer el peso de su mano gorda. Lo acaricia como si quisiera aplastarle el cráneo y no se decidiera. El viejo responde a la caricia de Piedad mirándola como un adolescente enamorado. Después sigue balbuciendo frases incomprensibles que sólo me dedica a mí. Parece muy contento dándome explicaciones:

—¡... ero de inas!

Mientras limpia la babilla con un pañuelo que saca de su manga, la vieja me traduce:

—Le está diciendo, hijo de mi vida, que él es ingeniero de minas. Pobre hombre, ¡anda que no hace de eso!

Piedad para la mano del viejo que trazaba movimientos explicativos en el aire y le acomoda las dos, la derecha y la izquierda, sobre los brazos del sofá. Se dirige al viejo ingeniero de minas con la cadencia de las maestras del parvulario:

—Para, papá, para. Que este señor ya se ha enterado. Que eres ingeniero de minas. Que sí, papá, que sí.

—¡... ero de inas! ¡De ...inas!

Ahora el viejo me ha lanzado una mirada desafiante. Después calla. Se queda contemplándonos muy risueño. No para de mover las piernas. Su mujer, por fin, nos invita a sentarnos:

—Pregúntame lo que quieras, rey mío, que yo, aunque me duela recordar, te cuento lo que sepa... Con lo que yo quería a Cristina, hijo de mi vida y de mi corazón, además ella sabía bien cuáles eran nuestros problemas. Era médica de las personas mayores, ¿cómo se llaman, Olmito, mi amor, esos médicos?

—Geriatras.

—Gracias, cielo mío. Si es que eres un sol. Pues sí, Cristina era geriatra y, para mí, era una tranquilidad tenerla aquí al lado. Siempre pendiente de papá. Pasaba a verlo. Le tomaba la tensión. Y lo trataba, ¡con una dulzura! Le dio unas pastillitas para que estuviera más tranquilo. Y también se preocupaba por mí. «¿Cómo va ese azúcar, Piedad?», «A ver las piernas», «Usted tiene mucha carga aquí

101

sola». Me parece que la oigo. Qué buena muchacha. Ella sabía que yo no debía descuidarme. Porque yo me desvivo por el pobre viejo y nadie se acuerda de que tengo ya muchos años. Ochenta y cuatro, hijo mío. Que ya me tiene que subir la compra a casa el chico de la tienda. Cristina se hacía cargo de que papá estaba mal, pero yo también. Casi una hija era para mí... ¡Ay qué lástima!, ¡qué lastima!

Piedad se vuelve a sacar el pañuelo y se limpia los mocos y los lagrimones. Puede ser pena o una secreción espontánea de las rijas. El sentimentalismo del borracho. Lo apunto en mi cuaderno: «La vieja ¿llora?» Olmo la interrumpe:

—Piedad, ¿no huele algo a quemado?

—¡Ay, mi vida, los pimientos para la comida de Clemente!

Piedad hace el ademán de levantarse para salir corriendo hacia la cocina, pero Olmo se adelanta:

—Quédese aquí, que ya voy yo.

Piedad observa a Olmo con arrobamiento:

—Un ángel, este niño. La suerte que tiene su madre.

La primera frase de Piedad ha estado impregnada de melaza; la segunda ha sonado casi arrabalera. Tomo nota, pero Olmo vuelve de la cocina antes de que Piedad pueda extenderse en sus comentarios sobre Luz. Olmo está pendiente de todo. Yo trato de tomar las riendas de la conversación:

—O sea que usted quería a Cristina Esquivel como a una hija. ¿Y ella se llevaba bien con su marido?, ¿los oyó alguna vez discutir?

La vieja se concentra y contesta con repentina mesura:

—Parecía que los dos se entendían estupendamente, pero eso nunca se sabe, corazón mío: estoy un poco sorda. Además, yo no dormía con ellos.

—¿Le gusta a usted Yalal Hussein?
—¿El moro?

Asiento cabeceando. Piedad ahora responde como si no tuviera que colocar la lengua en la posición correcta cada vez que se propone pronunciar una palabra:

—Ah, no, corazón mío. Ése a mí no me gusta nada. Y ya se lo he advertido a Josefina que es un pedazo pan y que va a acabar mal seguro. Porque ése se droga y es un delincuente. Cuando Cristina estaba viva, disimulaba el muy ladino, ya sabía bien él la joya que tenía en casa, pero en cuanto a ella la mataron, mandó a la hija a la morería y ¡a vivir!...

Tengo la sensación de que Olmo me está vigilando. Trato de olvidarme de él. Me concentro en mi conversación con Piedad:

—Entonces, ¿conoce usted a Josefina?

—Anda, claro. Yo y éste y la de arriba y la Leo y todos. Viene a limpiar a mi casa y a la de Leo. Y a la de la mamá de Olmo y a la de la escritora del cuarto una vez a la semana. Es una chica muy buena, Josefina. Me sube el pan. Pero no me gusta que ande con ése. Medio enchochada está, corazón mío.

Al final Josefina era lo que yo pensaba: una fregona. Le pregunto a Olmo:

—¿O sea que tú también conoces a Josefina?

—Claro.

—¿Y cómo no me habías dicho nada?

—No me preguntaste.

Mientras Olmo y yo hablamos —creo que Olmo a partir de este instante me guarda un poco de rencor—, Piedad nos mira alternativamente a uno y al otro. Me parece percibir cierta sorna detrás de la botonadura de sus ojos. Detrás se vuelve a escuchar al fantasma del señor Peláez:

—¡...ero de inas!, ¡DE ...INAS!

103

El viejo está casi al borde del asiento y Olmo se acerca para acomodarlo. Es un chico cuidadoso, Olmo. Un chico que no sale los sábados por la noche. Un chico buenísimo. Evito distraerme con Olmo, reviso mi libreta, continúo con mis preguntas a Piedad:

—¿Y desde cuándo está Josefina con el marido de Cristina Esquivel?

—¡Ay, corazón mío! A mí eso no me lo preguntes porque yo no lo sé. Yo no me meto en la vida de nadie. A lo mejor Leo sí le ha tirado de la lengua a Josefina...

—Pero ¿usted qué piensa?, ¿qué intuye?

Esta mujer de voz cantarina y anestesiada me asquea y a la vez me inspira compasión. Estoy convencido de que no tiene un pelo de tonta. También sospecho que no me contestaría igual si Olmo no estuviese presente. Sería más deslenguada. Yo jugaría sucio y le pediría una copita de anís mañanero y me indignaría un poco:

—Pero, Piedad, ¿es que usted no va a acompañarme?

—Es que con las pastillas no debo, corazón mío.

—Mujer, ¡un día es un día!

Pero eso es algo que ya no va a suceder. La vieja vuelve a esforzarse en articular las sílabas como si los medicamentos, o tal vez el licor, le hiciesen efecto a oleadas:

—No creo yo que una muchacha tan buena sea una sinvergüenza que tenga un lío con un casado, pero, como éste es moro, ¡vaya usted a saber!

Olmo alza las cejas. Piedad echa mano a un vaso que no existe. Desde el recibidor, nos llega el ruido de los cerrojos. El hijo de Piedad aparece en el umbral de la sala. Si nos saluda, yo no soy capaz de oírlo.

—Es que habla para dentro mi Clemente. ¿No le vas a dar un beso a tu madre, mi rey?

Clemente se queda parado y nos observa. Grueso, la barba a medio crecer quiere esconder una papada considerable, la cabeza rasurada. Por las sienes le resbalan unas gotas de sudor. El esfuerzo de subir andando mina el cuerpo poco atlético de Clemente Peláez que, iluminado por la casualidad de las luces de este interior-día, parece un personaje de James Hadley Chase. Una bestia. Un animal de cerebro pequeño. Me levanto y le tiendo la mano, pero él pasa por alto mi gesto amistoso y regaña a Piedad:

–Te tengo dicho que no le abras la puerta a nadie. ¿Quién es éste?

La voz de Clemente Peláez es la de un enfermo de cáncer de laringe.

–Mi vida, no te enfades conmigo, cariño mío, no te enfades: es un amigo de Olmo.

–Te tengo dicho que no abras.

–Pero es que este señor es de la policía. Como tú, mi amor.

Clemente me apunta con el dedo:

–Este señor no es policía. Ni yo tampoco.

Enseguida vuelve a recriminar a su madre:

—No se abre. No estás. No contestas.

Detrás de mí, Olmo parece asustadizo y tímido. Yo sé que no lo es. Tomo la palabra para ponerme del lado de Clemente:

—Su hijo tiene razón, Piedad. No soy policía. Soy detective privado.

—¿Y quién le paga?

Estoy a punto de darle una mala contestación a Clemente Peláez. Pero la cortesía y el saber estar son los mejores antídotos contra la falta de educación:

—Los padres de Cristina Esquivel. ¿Y usted a qué se dedica?

—Soy guardia de seguridad.

—Entonces me podrá ayudar usted mucho.

—No creo.

La adulación no sirve para que Clemente me mire ni una vez a los ojos. Da por zanjada nuestra charla y se acerca a su madre para darle el beso que le había pedido. Ella le sujeta con sus manos hinchadas el cabezón y casi le mete las puntas de los dedos en los ojos. Clemente se zafa y va hacia el cuarto de baño, concentrado en las punteras de sus botos camperos. Del fondo del piso nos llegan sonidos de metales que entrechocan y el ruido de viejas tuberías.

Piedad cacarea. El fontanero. Su soledad. Todo se gasta. Todo se rompe. Ella necesita ayuda. El pobre viejo que sólo saldrá de su casa con los pies por delante. La cabeza. Las piernas. Las subidas de tensión. Papá. La comida en el fuego. Josefina le sube el pan. El buen hijo. Su buen hijo. El mejor hijo. Se ha ido de casa. Qué disgusto. Los cables pelados de la luz. La cuenta del banco. No se maneja. No entiende. La mujer de su buen hijo es una divorciada. El timbre para pedir socorro. La cama sin hacer. La santa misa desde la televisión. Todo está sucio. Las pastillas. Ella no puede. No puede.

No les presto atención a los hilos que unen el discurso de Piedad. Sólo me interesan los sonidos metálicos, la cacharrería desprolija de Clemente. Regresa cargado con una palangana, un trapo, los utensilios para afeitar.

—Hablas mucho, mamá.

Clemente nos da la espalda. Introduce la cuchilla dentro de la maquinilla y ajusta las tuercas. Comienza a enjabonar el gañote y la sotabarba del viejo, levantándole la barbilla mientras Piedad calla durante unos segundos. Enseguida olvida el comentario del buen hijo y continúa con un palique que a mí ya no me interesa, pero que a Clemente sí parece interesarle porque, de vez en cuando, deja de pasar la maquinilla por la papada del viejo ingeniero de minas. Se detiene. Resopla. Debería recordar las palabras de Piedad, pero se me escapan. Menos mal que Olmo está a mi lado para asentir a la cháchara de la vieja mientras yo me fijo en lo que no debería.

—Ayayayayayayay.

El viejo llora. Clemente le ha hecho un corte. Piedad justifica a su hijo como todas las madres:

—Papaaaá, no es para tanto.

De reojo observo cómo Clemente empapa la sangre con una tirita de papel. Después, tira de los lóbulos de las orejas del viejo para que gire la cabeza en un sentido y en otro. El viejo se revuelve, pero Clemente es implacable.

Piedad, de pronto, se desinfla y comienza a hablar a cámara lenta con una salivación deficiente. Clemente se concentra entonces en que el apurado de su padre sea perfecto. Cuando parece que la vieja va a apagarse, que los párpados le pesan mucho y van a caer, uno de los dos ojos

107

se abre repentinamente y, con un guiño patético, continúa con su charla:

–Ay, hijo mío, Olmito, estas malditas pastillas me pueden, corazón mío, me pueden...

Clemente vuelve a mirar a su madre. Piedad se asemeja a un cíclope, un solo ojo despierto, desencajada, la boca torcida y seca. Clemente mantiene en alto la punta de la nariz del viejo para rasurarle el bigote. El viejo se queja, pero él no deja de ejercer la misma presión. Piedad sale de su letargo intermitente:

–Clemeeeente...

Clemente no afloja. El viejo gruñe, se cabrea. Ya no parece tan simpático. Le levanta la mano al hijo.

–Papaaaaaá...

La dulce reconvención de Piedad –la babosa reconvención de Piedad– apacigua al viejo, pero el buen hijo lanza una mirada furibunda a su madre. Enseguida se corrige porque otros dos pares de ojos, los de Olmo y los míos, lo están observando. Clemente pasa un trapo humedecido por la cara del viejo. La restriega. Se pone colonia en el cuenco de la mano y la frota por la cara del viejo ingeniero de minas:

–Pica, pica, pica...

–Clemeeeente... Con cuidadito, hijo.

Clemente propina pequeñas bofetadas sobre el cutis del viejo, cachetitos tonificantes, que cabrean cada vez más al ingeniero de minas que, impotente, manotea y se queja:

–Pica, pica, pica...

Clemente se lleva los utensilios del afeitado y la palangana casi desbordada de un agua gris en la que flotan icebergs de espuma de jabón a punto de derretirse. Es un mejunje asqueroso. Cuando Clemente regresa, secándose las manos en las perneras de los pantalones, le formulo una pregunta:

108

—¿Y usted qué pensaba de Cristina Esquivel?
—Que se portaba muy bien con mis padres. Demasiado bien.

Dejo de mirar las frases literales de Clemente que he apuntado en mi cuaderno y le pregunto a Paula:

—¿Qué significa portarse «demasiado bien» con alguien, Paula?, ¿puedes explicármelo tú?

—Portarse «demasiado bien» con alguien es portarse como yo lo hice contigo, Zarco.

—Ahora veo la luz.

A Paula mis ironías le dan igual. Me ha lanzado una de sus estocadas y yo no le he escamoteado el cuerpo con la suficiente rapidez. Me sale un poquito de sangre. Posiblemente Paula se pone contenta y mueve el rabito; luego procura hablar en serio:

—O a lo mejor es que Cristina Esquivel no daba puntada sin hilo.

Me despido de Olmo en el descansillo de la escalera. Quiero ver a Leo solo. No quiero tener la sensación de que Olmo me vigilia o de que alguien me desvelaría secretos que, estando él presente, evita contarme. Enseguida me convenceré de que he tomado la decisión correcta.

–¿Me avisarás antes de irte?

Le digo que sí.

–¿Me lo prometes?

Se lo prometo.

–¿Y tu madre?

–Duerme. Ayer llegó muy tarde.

El hijo espera despierto a su madre los sábados por la noche. Quizá le agarra la cabeza si ella necesita vomitar y después le prepara una infusión para asentarle el estómago. Me da pena el pobre Olmo. Aunque él parece contento matando mariposas dentro de sus botes de muerte. Me encanta la inquietud que me produce. Le acaricio la pelusilla de la mandíbula como en mis imaginaciones de ayer, encerrados los dos en su cuarto de mariposas. Él apoya su rostro en el dorso de mi mano y me roza la piel con los labios sin llegar a besarla. Siento vergüenza y me retiro. Me entran unas dulcísimas ganar de orinar.

Bajo al primero y Leo me abre sin que yo haya llamado.

—Pensaba que hoy tampoco iba a pasarse por aquí.

Leo habla como si estuviese sorda. A voz en grito. Es raro que una mujer que habla tanto y supuestamente de cosas tan oscuras no lo haga entre susurros.

—No podía dejar de tener una charla con usted, doña Leo. Todos sus vecinos me lo han recomendado.

Leo pone cara de susto. Yo tengo una urgencia:

—¿Sería tan amable de dejarme usar el baño un momentito?

La mujer me invita a entrar y me indica dónde está el cuarto de baño. Mientras recorro la línea del pasillo, me van llegando olores de distintos tipos de productos de limpieza: detergentes, suavizantes, ceras, algodones mágicos para abrillantar metales, lejías, amoniacos, ambientadores, lavavajillas, sprays para la plancha. Una casa venenosa. El baño exhibe una pulcritud inquietante: ni una gota jabonosa contra el cristal del espejo, ni un pelo en el lavabo, el agua de la cisterna del retrete sale tintada de Azul Klein Internacional. El rollo de papel higiénico —con dibujos y caritas— está colgado sobre un portarrollos forrado de ganchillo. Sobre una repisa, un cepillo con mango de alpaca sin pelusas en las púas, un cepillo de dientes y uno para las uñas, un tubo de dentífrico, un frasco de agua de colonia, crema nivea, un carmín asalmonado. No puedo resistirme. Abro los compartimentos del mueble y encuentro obsoletos fetiches de aseo que evocan imágenes de mi infancia cuando, presa de la fascinación, observaba a mi madre en su toilette de clase media: rulos de plástico, grandes para los bucles y menudos para los ricitos de detalle, horquillas y pinzas, redecillas para que el peinado no se descoloque sobre la almo-

111

hada. Un frasco de desinfectante, tiritas, alcohol de romero, un cortaúñas y una lima, unas pinzas, un arsenal de pastillas de jabón. Un bote de gel –colocado boca abajo a fin de aprovechar hasta la última gota– y un champú se apoyan contra los azulejos rosa pastel de la bañera alfombrada de pegatinas para evitar resbalones fatales. La cortina de baño es de un rosa más subido que el de los azulejos. Un jaboncillo rosa descansa sobre una concha de porcelana negra. Veo también un cesto de mimbre para la ropa sucia vestido con lazos y puntillas. Y un albornoz colgado de un gancho. El bidé tiene tapa, igual que el retrete, y las dos tapas están forradas con una funda de ganchillo que combina con la del portarrollos de papel higiénico. Las toallas huelen igual que las de casa de mi madre y penden, bien estiradas y secas, de toalleros con apliques dorados. Cuadritos de niños y de niñas con el culito en pompa sobre el orinal.

Cuando tiro de la cadena, bajo la tapa del retrete y salgo, me parece que acabo de abandonar el país de las maravillas. Doña Leo pasará muchas horas jugando dentro de su casita rosada. Yo me hubiera muerto. Me hubiesen florecido las hemorroides. Sería víctima de estreñimiento crónico y de un choque anafiláctico. Me brotarían llagas en la punta de la lengua. El olor a rosas rojas, procedente del dispositivo colocado al lado del retrete, me hubiese producido un ataque de asma fulminante.

Leo me espera ataviada con un delantal de esos que se meten por la cabeza y se ajustan a los costados anudando dos tiras. Mi madre también se pone uno así para estar en casa. Igual que Leo, mi madre es rubicunda, de nariz ancha, simiesca, y luce una nívea caballera hermosísima. Sin embargo, la voz de Leo no se parece en nada a la de mi madre:

—Me pilla de milagro. Estaba a punto de vestirme para ir al hospital: han operado a mi hermana.

—Vaya, lo siento, ¿es grave?

—Piedras en la vesícula, pero no se preocupe: es muy vieja.

Leo se olvida de su hermana y de la visita al hospital:

—Yo ya le conozco, señor Zarco.

—Me alegro. Así me evita el tener que presentarme.

Leo se expresa con retintín:

—¿Le puedo preguntar una cosa?

—Pregunte.

—¿Por qué habría de averiguar usted lo que la policía no averiguó?

—Ellos llevan muchos casos, doña Leo, y yo sólo me concentro en uno.

Mi respuesta parece satisfacerla. Ella admira a las fuerzas de seguridad del Estado. Ha firmado papeles con peticiones para que coloquen en cada esquina una pareja de guardias con perros de los que olfatean droga. Perros que muerden. Leo justifica los golpes en las comisarías. Es lo normal. Es lo justo. Es lo eficaz. Va con el oficio.

Paula me interrumpe:

—En eso a Leo no le falta razón.

—¿En qué?

—En que la violencia es intrínseca a la policía.

Leo reivindica golpes, cadena perpetua, pena de muerte, para los chorizos, los conductores borrachos, los cantantes de serenatas nocturnas, los porreros, los secuestradores de niñas y los maltratadores de esposas, los maleantes, los okupas, los terroristas, los sin papeles, los políticos corruptos, las adúlteras, los morosos, los manifestantes, los niños que hacen novillos, los yonquis, los ladrones, las mujeres que meten a sus bebés en picadoras

113

de carne, los adolescentes que provocan a los hombres de la Iglesia enseñándoles la puntita de la lengua entre los labios, los atracadores, los ateos, los asesinos, los violadores de vírgenes, los suicidas, los que se niegan a pagar una multa de tráfico, los sindicalistas, los profesores pusilánimes, los esquizofrénicos que clavan cuchillos a sus madres en mitad del esternón, los que se exceden en cualquier cosa, los que no llegan, los negros de la manta, los estafadores, los que fuman en las escaleras de incendio de los sanatorios, los viejos que sacan a bailar pasodobles a una vieja, los chinos de la mafia, los paparazzi, los pirómanos y los travestis que ejercen la prostitución y las putas bielorrusas y los vendedores de pañuelillos de papel. Jarabe de palo para las maricones hormonadas que pasean por la calle con la barba a redondeles. Palos para los moñas que hacen botellón y se cagan en la escalera, para los gitanos, los chabolistas y los mendigos que beben vino arrebujados en los huecos de los cajeros automáticos, para los vagos, los huelguistas y los pinchaúvas. Leo no es hipócrita. Cada vez me recuerda más a mi madre. El que la hace la paga.

Paula ha llegado al límite y me susurra con tono pavoroso a través del auricular del teléfono:

—Exterminio...

—No creo que Leo llegara a tanto.

—No te fíes de la gente que dice que no es hipócrita. Esa gente da miedo. Lo mismo que los Esquivel. Y que tu madre algunas veces, aunque se pusiera de mi parte, Zarco.

No, mi madre no se puso de su parte. Mi madre pensó que Paula no había sido lo suficientemente mujer como para curarme de mi enfermedad hormonal. La encontró más coja que nunca. Contrahecha por completo. Ella no había visto esos pezones castaños de Paula, capaces de mirarme con la misma melosidad que sus ojos. Unos pezones muy entretenidos. Pero lo que pensaba mi madre no se lo voy a decir a Paula. Porque mi madre es mi madre.

Leo me aclara el punto de vista desde el que va a relatarme los hechos que conoce: del huevo revuelto de la seguridad y de la libertad, se queda con la intacta yema de la seguridad. Cuando la gente es libre no sabe qué hacer con las libertades. Cuando ella se quedó viuda no supo qué hacer con su libertad. Estar solo se parece mucho a ser libre y eso no hay bicho viviente que lo aguante. La libertad sólo es el punto de partida para buscarse nuevas ataduras.

Leo es una ideóloga y una deportista de la vida que pasó de un piso interior de este edificio a uno exterior con su esfuerzo y con su capacidad de ahorro. Los pobres son vagos. Que trabajen. Hay que luchar. Leo nació en esta finca hace ya sesenta y cinco años. Conoce a todo el mundo y ha vivido transformaciones que no le han gustado: los inmigrantes y los cocainómanos de la comunidad, los vecinos que no limpian su rellano de escalera, los que follan con las ventanas de par en par y berrean como cerdos en matanza, como perros, como demonios.

—Antes esta casa era otra cosa. En el tercero, frente a los padres de Luz, vivía Isabelita, que era la hija del notario y se hizo profesora de música. Isabelita era muy buena y me dejaba jugar con sus cosas. Éramos muy amigas...

Isabelita puso su piso en alquiler y se fue a vivir a una capital de provincias con su marido.

—Los Peláez también eran una familia muy buena. Ingeniero de minas. Un hombre cabal y recto.

Pero los Peláez envejecieron, se volvieron locos, sus hijos no fueron a la universidad.

—Y los padres de Luz...

En este punto Leo cambia la deriva de la conversación. Los que menos le gustan a Leo son los que no han tenido redaños –«huevos», dice ella, Leo también es una mujer bastante malhablada– para luchar, trabajar, sacrificarse, ahorrar y aspirar a algo mejor. Los que no han salido de dentro hacia fuera y ahora odian a Leo. Los habitantes de los pisos interiores: los niños con los que jugaba en la calle siguen encerrados en sus treinta metros, sin luz natural, alrededor de una mesa camilla con braserito. Ella está segura:

—Los de dentro son unos resentidos. Cualquier día salimos todos ardiendo...

Leo, la advenediza, no me ofrece nada que echarme a la boca, ni un refresco ni un café. Yo no pediría más a esta hora de la mañana. Sin embargo, Leo es generosa para ofrecerme narraciones, un alimento con el que la gente suele ser avara y especula, sobre todo, cuando conocen mi profesión:

—Yo podría contarle muchas cosas, señor Zarco.

—No me cabe ninguna duda.

—¿Por dónde quiere que empiece?

—Por donde usted quiera, doña Leo.

Leo lleva años con el ojo pegado a la mirilla, asomándose a la ventana del patio interior, controlando en el balcón quién entra y quién sale del edificio. Conoce los horarios de toda la comunidad. Leo lleva una imaginaria gorra de guardiana de la ley y galones cosidos a la pechera, es viuda y dispone de mucho tiempo libre. Usa con desparpajo las estrategias de la narración: dosifica las informaciones con inteligencia y sabe que, para contar, es importante empezar en el momento preciso, escamotear certezas, sugerir preguntas, cortar justo a tiempo. Experimento un mórbido placer escuchando a Leo. A su manera, como Claudia, como Luz, Leo también escribe. Pero con otro tipo de tinta.

A Leo, Driss le cae bastante bien.

—Se ha sabido adaptar a nuestras costumbres.

Un tipo trabajador que saca a sus hijos adelante. No habla mucho. Eso está bien en un varón, me dice Leo.

A Leo también le gusta la mujer de Driss; educa a los niños con mano férrea. La que mira con cara de asco desde detrás del cristal del marco de la fotografía es una excelente pedagoga. Sin embargo, Cristina Esquivel le parecía una engreída.

—Una malhuele.

Lo mismo que la escritora. A la escritora no la puede soportar. Leo está segura de que tiene al marido acoquinado y eso es algo que un hombre no debería consentir.

—¿Y Luz y su hijo?

Olmo le parece el típico niño que puede levantarse una noche, sonámbulo o despierto, coger una catana y degollar a los vecinos mientras duermen. No le da buena espina. Es amanerado y está enfermizamente enmadrado.

—Ése nos sale o psicópata o maricón. O las dos cosas a la vez.

Luz es la peor. Una mentirosa. Un insecto de los que matan a sus parejas tras el coito. Luz echó a su marido de casa y ahora se restriega contra la barandilla de la escalera. Y contra algunos vecinos. Leo la conoce desde que era niña y tenía piernas de alambre: los padres de Luz eran los propietarios de la casa donde ahora viven ella y Olmo. Leo sabe muchas cosas de Luz:

—Una ninfómana.

Y no dice más. De Piedad, Leo me cuenta que maltrata al pobre viejo, le llama hijo de puta cuando le da de comer. Leo sospecha que es Piedad quien tira al anciano del sofá y después pide ayuda. Sobre Clemente, opina que es anormal desde pequeñito.

—Y está más salido que el pico de una plancha.

Pero lo más escandaloso para Leo es que Piedad bebe y, cuando bebe, se le calienta la boca. Piedad se metió en asuntos que no le incumbían.

—A mi familia no la toca ni Dios.

El cuarto exterior izquierda, frente a la casa de la escritora, está desocupado desde que Esperancita, funcionaria del ministerio del ejército y otra de esas inmejorables personas que tanto se echan de menos en la comunidad, murió. Sus sobrinos pelean por la herencia. Mientras tanto, el piso se está deteriorando aunque algunas veces Leo, que tiene las llaves, sube y ventila. Frente a Luz y Olmo vive el inquilino de Isabelita. Las guarras que vienen a revolcarse con él gritan como cerdas, como perras, como demonias.

—Y, como hacía poco ruido, el muchacho lleva un año aprendiendo a tocar el trombón.

Yalal Hussein es un drogadicto y Josefina, en eso coincide con Piedad, una pánfila que va a acabar enganchada a la heroína.

—Yo soy más clara que el agua, hijo mío.

—Desde luego, doña Leo.

Paula no quiere ni llamar a Leo por su nombre:

119

—Con personas como ésta lo raro es que no nos matemos los unos a los otros.

Leo cada noche baja al portal a asegurarse de que la puerta está bien cerrada. Pero la puerta está rota y Leo inventa procedimientos para dejarla atrancada. Parece mentira que Leo no caiga en que todas las serpientes están en el interior de este terrario. Es mucho mejor dejar rendijas por las que poder escaparse.

Paula concluye:

—País de fieras.

—No lo sabes tú bien.

19

Yalal Hussein sale gritando de su casa.
—¡Josifina! ¡Ay, mi Josifina!
Es increíble la velocidad a la que Leo sube las escaleras. Me adelanta y llega antes que yo al rellano del segundo. Allí, los dos vemos a Yalal Hussein que se agarra la cabeza de jíbaro como si le doliese emitiendo atiplados gemiditos que se le clavan en la garganta y le ahogan. Se sienta en cuclillas apoyado contra la pared. Tiene el reverso de las manos sucio y, cuando deja de apretarse el cráneo, las abre y las cierra como un niño que ha comido algodón dulce y no ha encontrado una fuente donde lavarse. La puerta de la casa de Yalal está entornada. Miro hacia arriba y, por el hueco de la escalera, distingo las caras de Luz y de Olmo que, asomados a la barandilla, se esfuerzan en atisbar lo que ocurre. Desde el patio interior llega el sonido de puertas que se abren y de algunos pasos precipitados. No muchos. Me dirijo al rostro afilado de Olmo, en el que no soy capaz de distinguir ninguna expresión. No le veo bien los ojos ni los dientes.
—Meteos en casa ahora mismo. Y llamad a la policía.
Empujo la puerta entornada del piso de Yalal. Mi cuerpo tapona el marco de la puerta. Creo que lo que hay que

ver sólo debo verlo yo. Josefina yace en mitad de un charco en el vestíbulo. No la toco, pero parece tener una herida de arma blanca sobre el pecho izquierdo. La cabeza se recuesta sobre el lado derecho de su rostro. Una red de pelillos que se le ha escapado de las horquillas le ensucia el perfil visible de la cara. La boca, agrandada por una cortadura, ha segregado saliva y sangre.

Echo de menos haber mantenido con Josefina un pequeño diálogo. Ahora las palabras se le escaparían a borbotones por el corte que deja al descubierto parte de la mandíbula inferior. Sólo reparé en aquella mujer caballuna cuando Paula me lo dijo. Algo en su trabajo, en su conducta o en su anatomía me apartó de ella. No es que no me gustara: sencillamente no me parecía interesante. Pero ella debía de saber muchas cosas que se han quedado detrás de una mampara de vidrios de colores: el ojo abierto de Josefina relampaguea entre varias capas de rímel. Parece que la sien está perlada de sudor. Pero no sé si los muertos sudan. La muerta me enseña las palmas de las manos como quien prevé que un bloque se le va a caer encima. Y no quiere verlo; sólo apartarlo. Sus manos son purpúreas, y las líneas palmares, hondas: un quiromántico no le tiraría de los dedos para descifrar su destino; un destino que es la pierna amputada tras el accidente. Dos botones desabrochados de la camisa dejan al descubierto el torso sobre el que destacan lunares oscuros, quizá manchas lenticulares o nevus. Un dermatólogo hubiese debido extirpárselos. Josefina se ha ahorrado ese dolor. Las piernas, intactas, se abrigan con unas feas medias que no disfrazan sus rodillas de fregona. Las rodillas de fregona de Josefina, que parece más joven, en reposo, tendida sobre el suelo de la casa de Yalal Hussein. Josefina sería una de esas personas que no parecen la misma estando dormida o despierta.

Sigo mirándolo todo sin tocar nada como si mis ojos tuviesen la capacidad de mover, por control remoto, el cuerpo de Josefina, de ladearlo o incorporarlo según las necesidades de mi mirada, que actúa como una lente de precisión. Minuciosamente y de arriba abajo. A veces corrijo la trayectoria descendente de mis ojos. Retrocedo. Los muslos, recorridos por arañas vasculares, permanecen juntos, pero la posición de Josefina tiene algo infantil porque su pierna derecha esta doblada y forma un ángulo de noventa grados con su pierna izquierda. Me imagino a una muchacha de los años veinte que baila el charlestón. Me imagino a una niña con pies planos que anda metiendo hacia dentro las rodillas antes de que sus padres puedan comprarle unas plantillas en la ortopedia. Los zapatos de Josefina son de medio tacón, cerrados, sin cordones, y muestran las suelas desgastadas. Con mi cuerpo, voluntaria y persistentemente, impido que Leo se fije en los detalles perturbadores. Soy un hombre grande, atlético, lo suficientemente corpulento como para que ella, detrás de mí, procure buscar resquicios. No los encuentra. Al final, me empuja:

—Quite.

—No, doña Leo. Baje a su casa. No es agradable.

Leo me mira con una mezcla de escepticismo y de desprecio que cuestiona mi autoridad:

—Apártese. A mí estas cosas no me dan impresión.

Entonces Yalal Hussein se incorpora soltando exabruptos:

—¡Vieja asquirosa! Mi Josifina no es un pidazo de carne de la carnicería...

Yalal se lanza sobre Leo, que se transforma en un bloque, en un mojón, sobre el que el hombre estrella débiles manotazos. Los golpes son fofos y no consiguen siquiera que la mujer dé un paso atrás.

123

—¡Asquirosa! Mi Josifina istá harta di ti y del inginiero y del niñito raro. Ocho iuros por hora paga a mi Josifina, la asqueriosa de la Lío, mala mujer, perra asquirosa, asquirosa, asquirosa...

Leo se aprieta a sí misma todavía más. Se protege de los flácidos bofetones de Hussein colocando sus antebrazos sobre la cabeza. Cierra los ojos. Siento la obligación de proteger a doña Leo. Me interpongo. Entonces, Yalal Hussein se abalanza sobre mí. Forcejeamos, le sujeto los puños delante de mi cara, nos bamboleamos, quizá bailamos como dos osos en el circo, dos pensionistas que marcan las revueltas de un pasodoble en la fiesta del centro de día. No sé por qué la segunda imagen me parece mucho más apropiada. Yo sólo trato de no lastimar al quebradizo Yalal, pero, sin entender cómo he llegado al borde de la escalera, cómo he perdido pie, me caigo y aterrizo justo en la puerta de la casa de Driss, donde, pese al golpe, nadie da señales de vida. Pienso que podría morirme a la puerta de la casa del pacífico y buen Driss y ni él ni sus niños ni su madre me abrirían la puerta. Quizá lo haría la mujer con cara de asco; pero ella nunca está en casa. Noto cómo me sangra la nariz porque huelo un olor a limaduras de hierro y paladeo un sabor a alambres de ortodoncia. Veo un enjambre de avispones delante de mis ojos.

—¡Arturo!, ¿estás bien?, ¿dónde estás?

—Estoy en el Hospital Clínico. En observación.

A Paula ya no le interesa el destino de Yalal Hussein, que sale corriendo y es detenido en la calle por la policía; tampoco le importa la descripción morbosa del cadáver de Josefina. Me río entre las vendas sosteniendo en la mano el teléfono móvil al que mi ex mujer me ha llamado hace casi una hora. Seguro que Paula está culpándose por no haber marcado antes mi número.

—¿Cómo no me has dicho nada hasta ahora mismo?, ¿por qué no me has llamado antes?, ¿qué te han dicho los médicos?

Paula tiene razón al exaltarse, aunque está utilizando un tono lastimero, piadoso, que pretende atenuar la fuerza de sus reproches y reprimir su sentimiento de incomprensión hacia mi conducta.

—¿Por qué me cuentas así las cosas, Zarco?

Así es probablemente una palabra clave. Es cierto que disfruto contándole a Paula las cosas con deshonestidad. No comparto las informaciones con ella, sino que las utilizo, las ordeno, las coloreo, las subrayo, las escatimo y las gradúo para ponerla nerviosa, para humillarla, para quedar por encima de ella. Para hacerme valer. Y Paula es la horma de mi zapato: una receptora masoquista que siempre, siempre, me lo ha consentido casi todo. Ni siquiera ahora le descubro nada de esto y ante mi mutismo, quizá un tanto infantil, Paula insiste en saber cómo estoy:

—Dime qué te han dicho los médicos.

Le doy el parte con parsimonia.

—Me he fracturado algunas costillas que pueden dañarme los pulmones. Tengo una brecha fea en la frente.

—¿Has denunciado a Hussein?

—Por supuesto, Paula. Yo no soy tan bueno como tú.

No puedo resistir la tentación de restregarle a Paula mis victorias por su hociquito de animal herbívoro. A ella parece no importarle:

—Ahora mismo salgo para allá.

—Paula.

Su nombre pronunciado por mí ha sonado a «detente», «no te pongas los zapatos», «no cojas el bolso», «no llames a un taxi», «escucha», «no salgas esta noche».

—¿Qué?

—Olmo está conmigo.

Paula no me dice lo que realmente piensa:

—¿Confías en él?

Paula especula sobre la hipótesis de que un Olmo del que todavía no tiene una imagen nítida —no ha medido su peso ni su estatura; no ha olido su olor ni escuchado su voz de profesor de ciencias naturales—, manipule los aparatos de una habitación de hospital y, con su mentalidad científica y quizá un poco cuadriculada —¿como la de la propia Paula?— consiga que me entre en el flujo sanguíneo una burbuja de aire. Pero yo no estoy conectado ni a respiradores ni a cables de alta tensión. Si Olmo se desprende en la oscuridad de su mascarita santa para descubrirme su lado diabólico, yo me arriesgo, me pierdo, vuelvo a caerme escaleras abajo hasta el sótano oscuro, hasta el refugio del destripador. Mientras tanto, opto por seguir divirtiéndome con la ingenuidad de Paula:

—Olmo ahora duerme. Piedad Peláez está en lo cierto: es un ángel. Y no me importaría nada que me hiciese todo lo malo que él quisiese durante la noche.

Mi ex mujer pierde los estribos:

—¿Estáis todos locos?, ¿su madre está loca?, ¿cómo le ha permitido que pase la noche en el hospital acompañando a un tío rijoso a quien hace dos días que conoce?

Luz me ofrece a Olmo sin escandalizarse. Como una madre desprejuiciada y generosa que conoce bien las necesidades de su hijo. O tal vez me lo ofrece como un caramelo, como un regalo por el que deberé pagar la cantidad que ella estipule cuando lo considere oportuno. No le reprocho a Paula que me trate de rijoso y le hablo como si los acontecimientos se estuviesen desarrollando de manera perfectamente razonable:

—Luz ha estado aquí hasta que he salido de urgencias y

me han dado habitación. Es una mujer sorprendente. ¿Te acuerdas de que Claudia Gaos me comentó que ella no era la única escritora de la comunidad?

Paula responde que sí. Creo que experimenta una combinación de rabia y de miedo que refleja el amor y el odio que le inspiro. Teme y a la vez desea que me hagan daño. Quizá es que sólo ella se arroga el derecho de herirme y no quiere que nadie se le adelante. Aprieto el hematoma que coagula en el corazón de Paula. La meto en un mundo, el mío, del que ella aspira a escapar y en el que necesita permanecer. Como el demonio, la tiento:

—Luz me ha dado algo que quiero que leas. Tú lo harás mejor que yo porque ella y yo nos parecemos demasiado...

Al entregarme las páginas que escribió en torno a la fecha del asesinato de Cristina, Luz se ha comportado con la misma deshonestidad que yo con Paula, que, al otro lado de la línea telefónica, está desorientada. Luz, al entregarme el diario, me confiesa:

—Sólo lo guardo por vanidad.

Paula algunas veces me enseña las uñas. Pero yo, como ciertos gatos rastreros, con una plácida sonrisa de cansancio, después de la guerra y del amor, me pongo panza arriba. Me dejo vencer. Me rindo.

Black II
La paciente del doctor Bartoldi

Día 1

¿Me creo el ombligo del mundo?, ¿soy una enferma?, ¿pretendo encontrar la verdad?, ¿no quiero contarle nada a nadie –ni siquiera a mí misma–?, ¿me aburro?, ¿deseo oscuramente que alguien encuentre estas páginas secretas y que por fin se descubra que yo, autora de la anotación íntima, de la revelación vulgar, soy una persona maravillosa? Ser una persona maravillosa no significa lo mismo que estar sembrado de buenos sentimientos. También está la turbiedad. Y los entresijos y las veladuras y el hecho de ser un cuerpo oculto detrás de los visillos. Comienzo a escribir.

¿Es esto un diario? Escribir un diario es como ponerse una vela encendida al lado de la cara y mirarse al espejo buscando de mentira el rostro de la propia muerte. Como una niña a la que jugando le gusta tener miedo y deja abiertas las puertas del armario antes de meterse en la cama. Yo necesito mostrarme en la penumbra sin que una mano encienda de golpe todas las luces y aparezca detrás del telón un pequeño hombre con calvicie y gafitas que maneja una máquina distorsionante del sonido, un hombrecillo apellidado Oz.

En algunas ocasiones reacciono de una forma desconcertante. Quizá, haciendo memoria y el esfuerzo de escribir, descubra que no soy la hija de mis padres, que tengo pendiente un examen de semántica y que por tanto no he acabado la carrera, que a mi hijo se le ha borrado sospechosamente de la piel una marca de nacimiento. ¿Primero se piensa y, después, se escribe?; en el diario las reglas las pone quien toma la palabra y puede escribir mentiras que iluminan toda la verdad, episodios intrascendentes, síntomas... Escribir es un modo de pensar o de ordenar los cajones o de ponerle nombre a lo que nos va sucediendo o de detener lo que nos sucedió. Mis recuerdos son osos que hibernan en el fondo de la cueva. Carecen de importancia. Están dormidos. Son inofensivos; tal vez puros. Supongo que quien escribe un diario –y no sé si hablo por mí– es una persona que busca un camino para salvarse sin demasiadas esperanzas. Quizá al final me encontraré y será una auténtica desilusión y me saludaré diciéndome «desencantada de conocerte, querida».

También escribo un diario por recomendación expresa de mi psiquiatra, el doctor Bartoldi. Recogeré algunos datos fundamentales que pueden ser de utilidad para el doctor en el momento de calibrar la evolución de mi estado de ánimo. Utilizo otra grafía por si el doctor en la revisión de mis notas quiere ahorrarse los preámbulos y las disquisiciones, lo que de cualitativo hay en mí, e ir al grano.

Hoy no me siento deprimida ni eufórica. Mi ansiedad está en el grado 1 –obtengo esta cifra después de estudiar el baremo correspondiente–. Me he tomado la pastilla. He dormido cinco horas. Peso 57 kilos y trescientos gramos. No he bebido alcohol. No he comido más de la cuenta. No hay nada anómalo respecto a mi menstruación: sigo sin sangrar desde hace más de cinco años.

Día 2

Empecemos por el principio, tal como Bartoldi me ha recomendado. Tal vez el dato más relevante hasta el momento sea el de comenzar un diario con demasiadas preguntas y con una larga justificación. Apenas he comenzado a escribir y ya empiezo a justificarme por lo que hago o por lo que voy a hacer. Creo que esa actitud da buena cuenta de mi carácter y, si no hubiese tenido la oportunidad de releerme –la escritura fija, no siempre da esplendor–, no me habría percatado de un detalle tan trascendental.

Por lo demás, mi vida, en sus aspectos visibles, no es muy interesante. Tengo cuarenta y cinco años y, desde hace seis, padezco menopausia precoz. Estuve casada y ahora el que fue mi marido vive en el extranjero. Me pasa una pensión considerable de la que no puedo quejarme. No pago una hipoteca porque vivo en el antiguo piso de mi familia. Tengo un hijo de dieciocho años que padece daltonismo: protanopía, para ser más exactos. Vivo en un barrio del centro que es una especie de escenario gótico: las farolas lucen a medio gas, los transeúntes visten largos abrigos oscuros y es necesario abrir la puerta y traspasar el umbral de ciertos locales para saber qué sucede dentro. Me resisto a la tentación permanente de mirar por el agujero de las alcantarillas. Es ésta una ciudad de pasadizos secretos y de túneles. Estoy segura. Fui a la universidad, pero soy ama de casa.

Escribir un diario me provoca cierta culpa, porque es un tiempo que le robo a mi hijo. Podría estar conversando con él, pasando el rato sobre el tablero de un juego de mesa, pero me encierro aquí –la habitación en la que escribo es bastante amplia, tengo la espalda desprotegida, cualquiera podría llegar por detrás y darme un susto– y me pongo a escribir y no me siento bien, ni me olvido de nada, ni soy más yo misma que en otras situaciones. Tampoco se puede decir que disfrute mientras marco los trazos de mi caligrafía de niña educada en un colegio de monjas. Esta letra redondilla me insulta. Habla de mi ignorancia y de mi falta de destreza. Está demasiado bien formada porque la he usado poco. Es igual a sí misma desde hace treinta años. Aunque las palabras que escribo ahora son diferentes. Ya no escribo *sintagma* ni *fanerógama* ni *comprar leche*. Ahora escribo preguntas; sin embargo, he decidido que no quiero escribir preguntas, sino que deseo asumir una posición de mayor riesgo: dar respuestas y no escribir nunca palabras cobardes como *quizá* o *probablemente* o *tal vez*. Ni cuellos de cisne ni signos de interrogación. En este mundito de gente moderada. Tangencial. Plagado de palabras proscritas.

Acabo de ponerme a escribir y ya han salido a la luz dos rasgos de mi forma de ser: la necesidad de justificarme y el no sentirme contenta con las decisiones que tomo sin que nadie me presione. Por eso es necesario que esté usted ahí, Bartoldi. Cuando me comporto bien por propia voluntad no soy feliz, sino que me siento sola y estúpida. No encuentro recompensa a mi bondad. Quizá –otra vez *quizá:* soy incorregible–, dentro de unos días, descubra que podría purgar mis culpas y ser feliz haciendo un daño extremo a mis semejantes.

Podría entrar en el piso de abajo de mi casa. Mi vecina me franquea la puerta. A menudo la ayudo a levantar a su marido del suelo. El viejo está a punto de morir, pierde el equilibrio, se cae y mi vecina pide auxilio. Cuando estoy ayudando a la mujer a levantar del suelo al pobre viejo –así lo llama ella: ya no lo llama *mi marido*, sino *el pobre viejo*–, el hombre me mira con temor y balbucea que se va a caer, que se va a caer. Cuando volvemos a dejarlo atado a su sillón, me sonríe, aunque yo creo que sus ojos azules ya no pueden verme. El viejo tiene el azul de los ojos de los viejos, de esos ojos que ya son como una tela pasada, desgastada por el roce. No es un azul vivo, sino un azul transparente, de pecera sucia, un azul que está a punto de dejar de serlo para licuarse y desbordarse del globo ocular. El viejo tan sólo sonríe porque mantiene el culo pegado al sillón, porque está cómodo y seguro. Pues bien, podría franquear la puerta de mi vecina con la excusa de preguntar cómo se encuentra, si necesita algo. Y podría matar a los dos viejos sin hacerles siquiera sangre. Estoy segura de que ningún otro vecino sospecharía de mí y de que si a mi hijo le preguntaran si ha oído algo o si recuerda algún detalle, yo sería la última persona que se le pasaría por la imaginación. Yo, que lloro al eviscerar un pollo y me pongo los guantes de plástico de las gasolineras para no palpar la superficie de las vísceras, su temperatura, que a veces traspasa el plástico y me pone de punta las yemas de los dedos.

Mis crímenes justificarían la existencia de un diario. El diario sería el confidente de mi poder, el espejo de Blancanieves, el documento para construir mis coartadas. En él podría repasar mis errores. Superarme. Un diario, además, es como una caja. Dentro de ella pueden pasar cosas que no sucedan en ninguna otra parte. O cosas escondidas. O cosas que rezuman y se salen de los límites que imponen la madera o el cartón. Usted tenía razón, doctor Bartoldi: el mero hecho de coger la pluma —y, por supuesto, esta expresión no es más que una metáfora— ya me ha dado unas cuantas ideas.

También apunto, para que no se me olvide, que debo comprar un kilo de tomates.

Mi estado de ánimo hoy roza la euforia. Mi ansiedad, sin

embargo, está en el grado 0. Por supuesto, me he tomado la pastilla —la rosa chicle—. No he tenido sensación de dormir profundamente, pero he estado en la cama siete horas. Peso 57 kilos y quinientos gramos. No he bebido alcohol. He comido de postre dos pastillas de chocolate negro, cacao al 70 %. He fumado un cigarrillo. Sin novedades menstruales.

Día 3

Si el doctor Bartoldi no me hubiera sugerido que escribiese este diario íntimo, a mí nunca se me hubiese pasado por la cabeza sonreír a mi vecina y con mi sonrisa conseguir que me franquease el paso. Yo le dije: «Piedad, se le está quemando la comida; lo huelo desde mi casa.» Y eso no era desde luego una mentira, porque a Piedad se le estaban quemando en la sartén dos filetes de magro de cerdo con pimientos verdes. Yo lo había olido desde mi propia cocina, que está justo en el piso superior. Un olor a sangre churruscada, a hierro, a óxido, y un hilo de humo que iba ascendiendo por el hueco del patio, tiznando de gris las alas de las palomas y las sábanas en los tendederos.

Así que bajé y le dije: «Piedad, se le está quemando la comida; lo huelo desde mi casa.» Piedad me franquea el paso y yo tengo una visión alucinante: por primera vez caigo en la cuenta de que la casa, idéntica a la mía, sin embargo no se le parece. La casa de Piedad mantiene los tabiques primitivos: está llena de recovecos que en la mía no existen; es un laberinto con puertas cerradas y puertas entornadas que se ocultan detrás de tupidos cortinones. La casa de Piedad es y no es la mía, como si yo me mirase frente al espejo y reconociese mi silueta y, al aproximarme a mi imagen, notara que las venas me recorren los muslos con otras trayectorias, que no me nace en la dirección habitual el vello en torno al ombligo, que mi pubis está menos abultado o mis clavículas ya no se parecen al dibujo en la madera de una viola de gamba. «Pasa, pasa, hija», me dice Piedad, «no me había dado cuenta, es que, ay, ya no me doy cuenta, hija, ya no me doy cuenta.» No sabe Piedad cuánta repugnancia me está produciendo su casa que es igual que la mía y, sin embargo, no se le parece. Sus sillones de skai rojo, sus flores de plástico, sus calendarios con la Inmaculada Concepción, el olor a naftalina que se desprende del interior de los armarios donde se amontonan ropas pasadas de moda y restos del ajuar de una novia ya difunta. «Pasa, pasa, hija, es por aquí.» Ya sé yo por dónde es; sin embargo, Piedad me está repitiendo lo que sé de memoria: conozco el pitido de su olla a presión y las emanaciones del aceite refrito del pescado.

Pero Piedad ignora todo lo que me pone los pelos de punta: ella, su casa, el viejo de los ojos azules que en su desvalimiento, vestido con su esquijama de color marrón, no me da lástima, porque, aunque ahora sus manos estén surcadas de venas malvas y tiemble y sonría con sus dientecillos raídos, yo le adivino por detrás de su bigote canoso un pasado de mala persona. En la puerta de Piedad y de su marido reza «Sr. Peláez, ingeniero de minas». El señor Peláez era un jubilado recto que nos pasaba puntualmente los recibos del agua cuando aún estaba en sus cabales. No se equivocaba ni en un decimal y sonreía siempre y cuando todo fuera bien; pero cuando un vecino reclamaba o posponía el pago, el señor Peláez era inflexible: «Es así y es así. Aquí se paga y ya. Aquí hemos pagado así de toda la vida de Dios.» Una vena azul marino le surcaba la frente, mientras declaraba: «Yo soy ingeniero de minas.» El señor Peláez, que ahora lleva un esquijama marrón y se siente inseguro cuando lo levantas del suelo y te agradece con los ojos que le ayudes a dejar de ser un escarabajo patas arriba, es

137

una mala persona que merece que me suden un poco más las manos; cuando lo levanto del suelo, el señor Peláez merecería que se me resbalara y que se le abriera una brecha. El doctor de un centro de salud cerraría la herida con diez puntos de sutura. Pero el señor Peláez, en su ausencia de lucidez, guarda escondida la intuición de su propia maldad, porque en las ocasiones en que ayudé a recolocar su culo sobre el asiento, él desconfiaba y se me aferraba a los antebrazos, y mi hijo me decía: «Qué te ha pasado», y yo me miraba y tenía la piel enrojecida, amarilla, violeta, los surcos de los dedos del señor Peláez que me marcaban como la res de un ganadero. No sabía Piedad lo que me estaba irritando el canturreo del señor Peláez ni los doloooooores de cabeza que Piedad proclamaba a los cuatro vientos, amplificados por el embudo del patio, ni el volumen brutal de esa televisión de una casa de viejos y de sordos que no me dejaba echar la siesta ni concentrarme ni leer ni escribir estas páginas para Bartoldi que, tal vez, hubieran salvado a los Peláez de mi cólera.

Sigue la euforia. Nivel de ansiedad bajo. Hoy —¿por error?—, he tomado dos pastillas. Habré dormido unas tres o cuatro horas. A mitad de la noche he encendido la luz y me he puesto a leer. Peso 57 kilos y setecientos gramos. No he bebido alcohol, pero puede que esté reteniendo líquidos. No he comido nada especial ni he fumado. Ya no voy a sangrar nunca.

Día 4

Ayer estaba muy cansada a causa del esfuerzo físico y no tuve fuerzas para seguir escribiendo. Retomo, pues, lo que interrumpí.

«Pasa, pasa, hija.» El olor del cerdo refrito era cada vez más insoportable, tanto como el aroma a alpiste y a plumas que salía de la jaula del canario, tanto como el atisbo del dormitorio de Clemente tras una puerta entreabierta, el hijo de los Peláez, el niño, los carteles de deportes y un póster del Jesucristo Superstar interpretado por Camilo Sesto y las reliquias: la cabra de la legión en una foto, un tricornio de la guardia civil, las tetas de Samantha Fox, el toro de Osborne y una bufanda con la bandera española. «Pasa, hija, pasa, es que, ay, ya no me doy cuenta.» Y Piedad no sabe que me la imagino cuando se daba cuenta, fornicando con el señor Peláez, con sequedad y sin gozo, rezando por dentro para que todo acabara cuanto antes, pariendo un hijo que es un bebé renegrido y seco, que colecciona cromos de uniformes militares y come bocadillos de chorizo con mantequilla y es tan feo y tan torpe y tan obtuso que no puede entrar en ninguno de los cuerpos de seguridad del Estado y se conforma con defender a la patria en una empresa que vigila unos grandes almacenes, Clemente, que acaba de marcharse de casa con cuarenta años y mamá lo echa tanto de menos, aunque no de un modo egoísta: Clemente mira en la tele las carreras de fórmula 1, mientras Peláez, con su esquijama marrón, caído en el suelo, gime. Piedad llama a las vecinas para que la ayuden a levantar la masa del viejo. A mí me duelen las cervicales y Clemente hace como que no ve, como que no oye. Me molesta hacerle un favor a Clemente, que se ha marchado de casa a los cuarenta años con una mujer divorciada que tiene una hija de catorce o quince y otra de siete u ocho. Piedad no está conforme con la divorciada, aunque lo que en el fondo le da miedo es que Clemente viole a la hija, que fuma porros y se morrea con los novios en los portales y es una muchacha normal que se pone un top de licra y quiere ser la reina del asiento delantero de un coche tuneado.

Ahora Clemente viene los sábados o los domingos a afeitar a su padre y, mientras pasa la cuchilla por el gañote del viejecito, le nublan la mente malos pensamientos. Le mete a su padre la espuma de afeitar por los ojos y el señor Peláez se queja: «Pica, pica.» Después, el hijo baja las escaleras sin saludar a nadie. «Pasa, pasa, hija, es que yo ya no me entero.» Me repugna Piedad, que ahora no se entera, con su permanente de rizos amarillos, y me repugnaba también cuando se enteraba, cuando sabía quién era su hijo, cuando le dejaba colgar la foto de la cabra de la legión en las paredes. Paso, y Piedad no calibra lo que me molesta su voz. Es falsa. Es la voz de una mujer que llora de pena mientras le abre la cabeza a un negro con un rodillo de amasar. Pueden infligir tanto daño los seres indefensos. La voz de Piedad es la de una mujer que se retuerce de dolores porque se ha torcido un tobillo y llama a su prima, a su amiga, a su hijo, a su hermana, y contiene el llanto tras el auricular al decir: «No, no, cielo, no hace falta que vengas, si no ha sido nada.» Y, mientras, la boca parece que aprieta un palo para contener el grito de dolor. Una voz que sacrificándose pide.

No sabe Piedad lo que me debe, los ruidos, las conversaciones telefónicas a grito pelado, «No, hijo, no, no hace falta que vengas», el olor a pata de pollo chamuscada en el quemador del gas, las horas en punto de su puto reloj de pared; no sabe lo que me debe mientras avanzo por ese pasillo, idéntico y radicalmente distinto al mío, y llego a la cocina y cojo un trapo, con el que me cubro la mano con la que apago la lumbre y retiro la sartén calcinada de los quemadores y aguanto un instante hasta que la puedo poner bajo el grifo sin que el aceite me salte a la cara y, después, mientras pienso que todo eso podría haberlo hecho Piedad igual que yo, con un giro automático de la muñeca, reviento con el culo de la sartén la cara de Piedad, que no dice ni esta boca es mía –«No, hijo, no, no hace falta que vengas», la voz se va apagando como en esos autómatas que se quedan sin pilas–, y salgo de esa cocina que está hecha un desastre, con los trozos de cerdo calcinado, con la sangre cerda y solitaria de Piedad, esparcidos por las baldosas *art nouveau* de este bloque de casas aseguradas contra incendios en 1924.

Salgo de esta cocina después de haber impedido la catástrofe de que el edificio se vea envuelto en llamas a causa del despiste de una vieja que compra en el mercado y se cuela en la pescadería porque es vieja y conoce bien sus privilegios. Piedad insulta a una mujer más joven que reivindica su puesto en la cola: «Señora, me toca a mí.» Otro día Piedad hubiese fingido con toda su dulzura: «Lo siento, hija, es que ya no me doy cuenta, ay, ya no me doy cuenta de nada», y se hubiese llevado el moquero desde debajo de la manga hasta el punto del ojo por el que se derrama la rija. Con los dedos de la otra mano, escondida tras su espalda, hubiera formado el símbolo de una cornamenta. Hubiera repasado muchas veces a la chica de arriba abajo para que no se le olvidase su cara, aunque se pintase los labios o se pusiera morena o se la encontrara vestida con un chándal en el parque corriendo absurdamente de un lado a otro. Pero no, hoy Piedad ha discutido con su hijo por teléfono, y su voz se alza ante la desfachatez de la joven compradora y comienza a salirle como un plañido, como humo, como una disculpa. Piedad se prepara para embestir y alrededor las mujeres de la pescadería buscan los altavoces desde los que sale ese chorro de voz, ese efecto sonoro, la ventriloquia de Piedad, el desajuste entre la boca y el doblaje del film: «No tenéis vergüenza. No tenéis consideración con las personas mayores. Sois unas maleducadas, unas guarras, unas sinvergüenzas, unas zorras...» La voz de Piedad se va fortaleciendo. La pescadera arbitra desde detrás del mostrador: «Esta chica iba antes.» A la pescadera la desacreditan sus guantes de plástico, las vísceras de los peces pegadas en el delantal. Piedad se aleja del puesto, ya no quiere las sardinas, olvida las virtudes del pescado azul, busca la aquiescencia de sus contemporáneas a lo largo de las galerías del mercado: «Todas son unas zorras, unas pestilentes.» Mujeres encorvadas, cheposas, apergaminadas, con los cuellos rígidos y las articulaciones comidas por las artrosis, tiran de sus carritos y siguen a Piedad en procesión un poco renqueantes, pero implacables. Sus cuerpos oscilan de un lado a otro. Se agrupan y con sus movimientos imprecisos van dibujando cercos para encerrar a la gente. Puedes empujar a una para buscar una salida pero no sirve de nada porque, desde el fondo, atisbas muchas más que llegan con sus carritos, bamboleándose como una barca entre las olas, sin perder pie, con los ojos clavados en tu centro de gravedad.

Piedad no va a formar ni uno más de esos conciliábulos. Ayer, antes de salir del piso de mi vecina, cerré también la llave de paso de la bombona de butano. El señor Peláez dormitaba en un sillón escondido tras un tabique. Todo estaba en calma y sólo Bartoldi, hipnotizador de niños en los circos estables, es la causa de que me haya impuesto la obligación de cumplir mis deseos y mis buenas obras, no sólo para mejorar, sino también para poderlos escribir en este diario. La escritura me obliga a conquistar la felicidad. El doctor Bartoldi es sin duda un gran médico.

Mi estado de ánimo es normal. Me he tomado la pastilla –sólo una–. He dormido mucho mejor que otras noches: 6 horas de un tirón. Peso 57 kilos trescientos. No he bebido alcohol. He comido de postre dos pastillas de chocolate, cacao al 70 %. Es luna llena, pero no hay sangre por ningún lado.

Día 5

Llegué a la consulta de Bartoldi hace ya más de una semana. Me derivaron allí desde ginecología, aunque no me eximieron de mis visitas semestrales a la doctora Llanos. La doctora Llanos me recibe con afabilidad. Es una mujer esbelta que parece una presentadora de la televisión y que me habla de usted como si yo fuera mucho más vieja que ella o mucho más inculta. La doctora Llanos me trata exactamente igual que yo a la mujer que viene a limpiar a mi casa por horas. Me pregunta con su voz empastada: «¿Cómo se encuentra usted?», «¿cómo va todo?». Y yo me pongo a temblar como un pollito y me da vergüenza imaginarme mi estampa, vista desde arriba, con la barbilla pegada al pecho y agarrada al bolso. Cuando voy a visitar a la doctora Llanos, me arreglo de una manera especial. Me meto el jabón entre los dedos de los pies, me corto las uñas, me depilo los sobacos. Sin embargo, nunca me desnudo en la consulta de la doctora Llanos, que, para mí, es una especie de sala de interrogatorios. «¿Cómo va esa tensión?», «¿se toma usted el diurético?». Al responderle parece que estoy muy enfadada. Pero no estoy enfadada. Sólo tengo la boca seca y muchas ganas de sentarme en un asiento del autobús que me devuelve a mi barrio, a mi piso, a mi alcoba.

Cuando la doctora me llama por mi nombre de pila, sé que lo peor está por llegar: «María Luz, le voy a dar el volante para una mamografía.» Aparento naturalidad, pero no me atrevo a decirle que me llame sólo Luz; no le aclaro que nadie me llama María Luz, que ese nombre sólo figura así en mi carné de identidad. No le confieso que me aterrorizan los mamógrafos, que me hacen mucho daño y que luego me da miedo esperar los resultados de las pruebas. La doctora me pone maternalmente la mano sobre el hombro después de escribir con letra grande en sus papeles. Aprieta mucho el bolígrafo sobre la página y ese detalle me produce una sensación de falta de pulcritud. De tienda de comestibles o de recambios para el coche. La doctora aprieta el bolígrafo con una mano huesuda de largos dedos; el dedo corazón de la mano derecha luce una enorme sortija de azabache que se quita cuando hace los reconocimientos ginecológicos. Está acostumbrada a usar sus dedos para insertar espéculos y separadores, para palpar los quistes de los ovarios, para realizar cirugías intrauterinas. La doctora sabe transmitir malas noticias como si el mundo no se acabase. Pero con cada mala noticia el mundo se acaba un poco siempre. Cuando ese día la doctora me dice: «María Luz, le voy a dar el volante para una mamografía», me desmorono y me pongo a llorar en mitad de la consulta. «¿Qué pasa, María Luz?» La doctora me aprieta más el hombro, pero no se arriesga a abrazarme. Me receta pastillas, parches y lubrificadores vaginales. Revisa mis analíticas. Hace años me curó de una candidiasis y, una vez cada seis meses, me obliga a mear en un bote durante veinticuatro horas. Regula mi dieta. Domeña mis vicios. Ahora soy una señora que sólo bebe cerveza sin alcohol.

«María Luz, ¿qué le pasa?» La doctora aparca la ternura y se está poniendo imperativa. Le explico que estoy mal, que no necesito los lubrificadores vaginales, que mi vulva no es una rosa marchita que recupera su carnosidad con un poco de agua, que no tengo ganas, que me aburro, que estoy arrepentida de casi todo, que echo de menos a mis muertos aunque no tenga donde ir a visitarlos –¡malditas cremaciones!–, que me arrepiento de haberlos esparcido por playas y por mesetas, que no sirvo para nada, que nadie me pone la mano encima desde que mi marido se fue, que a mi hijo sólo le interesan las mariposas y a mí me da asco el polvillo que se les desprende de las alas, que tengo miedo de morirme, no sé por qué, que soy una persona muy inteligente aunque no lo parezca, que me duelen las mamografías y los análisis de sangre, que no tengo amigas, que mis vecinos me molestan, que miro mucho la pantalla del televisor, que pienso cosas profundas que más tarde soy incapaz de verbalizar, que a veces finjo que sé hablar en inglés, que no, que no tengo ganas...

La doctora Llanos coge su teléfono y se pone en contacto con el doctor Bartoldi y, después de hablar con él unos segundos, me invita a subir a la tercera planta haciéndome una advertencia: «María Luz, en la vida no son todo las hormonas. Creo que la he descuidado un poco. Discúlpeme.»

Hoy estoy un poco triste, incluso deprimida. Mi nivel de ansiedad oscila entre 1 y 2 –puede llegar incluso a superar el 2–. Me he tomado la pastillita rosa. Sólo he estado cuatro horas acostada y he sufrido pesadillas. Peso 57 kilos y trescientos cincuenta gramos que se amontonan alrededor del vientre –mi ombligo cada vez se hunde más entre la carne–. Es importante anotar que me veo muy fea. No he bebido alcohol. He comido de postre dos pastillas de chocolate negro, cacao al 70 %. He fumado tres cigarrillos. Tengo la tripa un poco dura y me duele como el muñón de alguien que hace años perdió la mano.

Día 6

Ayer, el recuerdo de la consulta de la doctora Llanos me puso bastante triste. Hoy no ha sucedido nada especial, así que volveré a escribir sobre el día en que le reventé la cara a Piedad con el culo de una sartén. Me extraña que aún no haya venido la policía. Quizá Clemente entró, se asustó y se marchó. A lo mejor alimentó al viejo y salió escurriendo el bulto para que no le cargaran la muerta. Las hijas no vienen casi nunca por aquí. De momento, en la escalera no huele a nada raro.

Había olvidado un detalle importante de ese día. Antes de salir del piso de Piedad, rellené con alpiste los comederos de sus pájaros. También les cambié el agua y les puse una hojita de lechuga y una jibia nueva para que se afilasen el pico. No quiero que los animales pasen hambre. Los pobres pájaros no tienen la culpa. También compré los tomates de mi lista y, al llegar a casa, me lavé las manos. Mi hijo estaba en su habitación con sus instrumentos de entomólogo. Entré en el cuarto de baño y sobre la loza de la bañera encontré un gusano carmesí. Gordo, peludo, del mismo color que un vestido de madrina de boda. Me dan asco los gusanos, las lombrices, las larvas de las mariposas, las polillas. Más que las serpientes o que las cucarachas. Más que las ratas y que los ratones: sus gritos y su rechinar de dientes se escuchan por toda la ciudad de noche si se presta un poco de atención. Como un ultrasonido. No hay más que permanecer unos segundos en silencio y ya se oye: ese rechinar, ese pitido, por abajo y, lo que es más estremecedor, por encima de la cabeza, en los balcones, dentro de los muros de los edificios, sobre los cables del tendido eléctrico, en las azoteas. Me pongo las manos encima de la cabeza por si una rata pierde pie y se me prende al pelo y me muerde la cara. Las arañas, sin embargo, son hermosas: sus telas al trasluz se irisan, un líquido que ha cristalizado como una perla, como el caramelo.

Pego un grito y mi hijo sale de su habitación. «¿Qué pasa?» Le señalo la loza y mi hijo dice: «Hay algo en la bañera.» «Sí.» No le doy más pistas porque quiero que él descubra entre la gama de grises, azules y amarillos de sus retinas esa pizca carmesí que va deslizándose hacia el sumidero. Mi hijo ahora pregunta: «¿Hay algo en la bañera?» Guiña los ojos, se acerca más para palpar la loza. Freno su mano. Me da asco pensar en la piel de mi hijo sobre el gusano, aunque él pincha con un alfiler el torso de sus mariposas. La mancha carmesí sobre su piel. «Sí, hijo, hay un gusano.» «¿Como los de siempre?», dice mi hijo. En mi casa aparecen de vez en cuando gusanos carmesíes. No sé de dónde salen. No sé si entran por la ventana porque su naturaleza es la de un bicho volador y metamórfico que, en su madurez, se convierte en gusano. No sé si son crisálidas pegadas a las paredes de un hueco al que yo no alcanzo o que no puedo ver, o si suben escalando por los sumideros. Tal vez son el parásito fecal de una paloma.

En algún momento llegué incluso a pensar que eran mariposas que se habían escapado de la vitrina en la que, ya muertas, las encierra mi hijo; pero él me aseguró que no. Estuve a punto de tirarle su mariposario y eso hubiera sido una liberación porque, a veces, cuando entro en su alcoba noto cómo los ojos de las alas de las mariposas me vigilan desde detrás de los cristales y tengo que darme la vuelta, deprisa y asustada, para comprobar que no parpadean, que no aletean, que no pueden romper el vidrio para esconderse por la casa y mancharme la ropa con sus escamas. Pero no, mi hijo me aseguró que era imposible. Yo aún entro con reparos en esa alcoba donde las mariposas me vigilan a través de sus mirillas.

No sé si los gusanos carmesíes salen de algún alimento podrido o de una planta del balcón. Las plantas de mi balcón son como los ojos de mi hijo. Grises de carbonilla. Cuando mi hijo se asoma a mirar, ve el color marengo de las hojas; las flores, cadmio y azul, contrastan con el blanco sucio de los tallos y con la tierra oscura, completamente oscura, de la que se alimentan las raíces invisibles. «Como los de siempre», le digo a mi hijo. Él se acerca para aplastar el gusano. Ha visto un hilo, una brizna, que se mueve sobre la bañera blanca como mi vestido de primera comunión. Vuelvo a detener la mano de mi hijo. «No lo aplastes, cógelo con un papel y tíralo por la ventana.» Me dan asco los gusanos carmesíes. Mi hijo protesta: «Pero, ¡mamá!, es un gusano.» Le tiendo a mi hijo un pedacito de papel higiénico. «No lo aprietes», le vuelvo a advertir. Mi hijo me mira con sorna y yo se lo repito: «Te he dicho que no lo aprietes.» A mi hijo le entra la risa y es un momento de alegría en mi casa. Me río con él y le acompaño a la ventana de la cocina. «Tíralo por ahí. A ver si por lo menos se puede prender a las sábanas tendidas y, en otra parte, sobrevive y funda una familia feliz.» Mi hijo me quiere muchísimo. «Estás como una cabra, mamá.» Asiento y asevero: «Yo no mato.» Él está respondón: «Matas los ácaros del colchón cuando te tumbas sobre la cama.» Y yo imaginativa, erótica: «Los ácaros me rodean y se acomodan a mi cuerpo.» Mi hijo, burdo, obvio, progresivamente desagradable: «Matas los animales que te comes, matas con medicamentos las bacterias que te ponen enferma.» Mi hijo es más sensible, mucho más raro que yo, pero yo tengo más años: «Yo no mato cosas vivas que pueda ver.» Mi hijo se calla. No me he acordado de sus pupilas grises ni de su dificultad para aprehender los contornos. Me alejo, por tanto, del sentido de la vista porque no tengo ninguna intención de herir a mi hijo: «No mato moscas que viven un día ni el pulgón de los rosales ni los caracoles que se comen los tallos. Devuelvo al océano las medusas que se secan sobre la arena y también los pepinos de mar. Nunca me como una almeja vertiendo un chorro de limón que le escuece y la encoge.» Mi hijo vuelve a decírmelo: «Estás como una cabra.» Y, entonces, justo en el momento en que mi hijo libera al gusano y vemos cómo cae y se agarra a una sábana para fundar quizá una familia feliz en la curvatura de un bodoque, comenzamos a oír los gritos de la nueva vecina, la que vive en el piso primero, justo debajo de Piedad. Los gritos, como cada día, llegan a la hora de la cena.

Un poco mejor que ayer: normal dentro de la escala. Ansiedad: 1. Me he tomado la pastilla: la he dividido en dos porciones porque me cuesta tragarla. No he dormido apenas porque me picaba el cuerpo. Peso 57 kilos y trescientos cincuenta gramos —debería tener en cuenta que mi estatura es de 1,65—. No he bebido alcohol. Hoy sólo he ingerido líquidos, frutas y vegetales. He pasado mucho frío. Necesitaba una purgación, una limpieza. La tripa vuelve a estar blanda. No me duele. No existe. No sangro.

Día 7

Hoy estoy de un humor tan bueno que quiero recordar el día en que usted y yo, doctor Bartoldi, nos conocimos. Hablaré de usted como si usted fuera un personaje y no como si siempre, siempre, tuviese la capacidad de verme, de oírme, de olerme —hoy, ya lo sabe, me he puesto l'air du temps detrás de las orejas—, de tocarme con sus dedos e incluso de catar a qué sabe la carne de mi vientre que no tiene el mismo gusto que la de la nuca —más adulterada por los detergentes y por los perfumes— o que la de la curcusilla del codo. A veces, doctor Bartoldi, usted me hace cosquillas.

Aquel día, tras el disgusto en la consulta de la doctora Llanos, subí a la planta psiquiátrica y busqué el nombre de Bartoldi sobre las placas que había al lado de las puertas. Era la primera puerta. La empujé y el doctor me preguntó:

«¿Qué cree que hace usted aquí?» Para mí, el asunto era transparente: «Ingréseme, doctor Bartoldi. Mi hijo a menudo me dice que estoy loca.» El doctor me invitó a sentarme lanzando su brazo con un gesto de bailarín, amplio y abierto. «Me he comportado como una loca en la consulta de la doctora Llanos.» El doctor me dijo que eso ya lo sabía, pero que no estaba muy seguro de que mi comportamiento hubiera sido efectivamente el de una loca. «No tengo adónde ir esta noche.» Pero yo no llevaba maleta y no me podía quedar allí. Bartoldi me lo hizo notar: «¿No se da cuenta de que no lleva usted maleta?» Me sentí avergonzada, desnuda, como una mosquita tonta de las que planean en los cubículos de los retretes. Mosquitas redondeadas. «Mosquitas redondeadas», me escuché a mí misma diciéndolo en voz alta. «¿Mosquitas redondeadas?», repitió interrogativo Bartoldi, que se echó a reír; entonces supe que nunca sería capaz de acordarme bien de su rostro. De que no podría describir los labios que en ese instante hacían un par de valoraciones: «Es muy divertido, pero ¿no cree usted que está exagerando?» Al acabar de pronunciar la última sílaba de la palabra *exagerando*, Bartoldi dejó entreabierta la boca y pude atisbar los puntitos de su rojiza lengua de vaca; lo vi por dentro pero no sabría describirlo por fuera. Bartoldi siempre lleva una media sobre el rostro. Está difuminado.

Bartoldi me explica que a veces todo es una cuestión de hormonas, que no tengo que esforzarme en parecer más loca de lo que en principio puedo estar, que todos lo estamos un poco. «No me trate como a una estúpida, por favor, doctor Bartoldi, se lo ruego.» No recuerdo si el doctor llevaba bata blanca, pero me acuerdo de que olía a una colonia de sándalo. Temí que volviera a derivarme a la ginecóloga o a un endocrino porque no paraba de insistir en que el cuerpo estaba demasiado condicionado por sus sustancias: «Las hormonas, Luz, las hormonas, ¡mosquitas redondeadas!» De nuevo, al acabar la última palabra de su frase, pude distinguir su lengua entre los dientes a través del agujero de la boca. Mi hijo la hubiese visto del color de la violeta de genciana.

Mis dos médicos ofrecían visiones divergentes de mi malestar: la doctora del cuerpo me había hablado del alma y el doctor del alma subrayaba la importancia de las reacciones químicas. En el tramo intermedio, tomé la decisión de someterme a Bartoldi. A las chispitas de sus ojos. No sé si eran ojos oscuros o claros, pero irradiaban energía eléctrica. Llegué incluso a creer que, si el doctor pensaba en mí por las noches, mi cuerpo ascendería, se elevaría sobre el plano de la cama y saldría por el balcón, planearía sobre una ciudad con las luces encendidas y con un poco de bruma. Que Bartoldi podría dormirme incluso cuando yo no tenía sueño y llevar mi mano sobre un papel en el que yo, más tarde, leería el soneto más hermoso que nunca nadie hubiera escrito.

Bartoldi debió de percatarse no sé si de mis fantasías o de mis enajenaciones, pero se me quedó mirando sonriente y me hizo una pregunta: «Luz, querida, ¿usted sabe cantar?» «Como un perro sordo», confesé. «¡Ah! Entonces yo bien podría ser su Svengali y, mediante la hipnosis, convertirla en la cantante de ópera más famosa y admirada del planeta.» «¿Svengali?» «Sí, querida, busque en una biblioteca el libro. Es extraordinario.» Bartoldi me estaba poniendo de muy buen humor hasta que otra vez se interesó por mis antecedentes ginecológicos en particular, y médicos en general. Yo se los expliqué, aunque la doctora Llanos le había enviado –no sé por qué conducto secreto, por qué tubería de aire del hospital– un informe que ya descansaba encima de su escritorio. El doctor Bartoldi era encantador: «Prefiero que me lo cuente usted, querida.» Le di algunos datos que no estaba segura de que figuraran en el informe: «Tuve sarna.» Bartoldi preguntó: «¿Y siguen picándole las areolas, los espacios interdigitales, el pabellón auditivo, el ano?» Asentí: «De noche cuando me pongo nerviosa.» Bartoldi cabeceó compasivamente: «Si le vuelve a picar, no se preocupe, es la fobia.» «¿La fobia?» El doctor me lo aclaró todo: «La fobia a la sarna. En esos casos, tómese usted un atarax.» El doctor lo arreglaba todo con pastillas, pero también era un ser humano: «Tuvo usted que pasarlo muy mal, querida.» El doctor Bartoldi no podía ni imaginar cómo lo pasé o quizá sí porque zanjó el tema con cariño: «Otro día tiene que contármelo.» No sé si el doctor llevaba pajarita, no sé si era homosexual o me lo pareció, no sé si era una persona un poco desaliñada o muy elegante, pero yo seguía teniendo la impresión de que podría rajarme la tripa con las manos y extraerme el apéndice sin dañarme mientras únicamente me mantenía la mirada sobre la mesa de operaciones.

Después de oírme y de mostrar una extrema cortesía al no preguntarme sobre mi marido ausente ni aturullarme con tópicas indagaciones sobre un posible complejo de Edipo de mi hijo, el doctor Bartoldi me recetó unas pastillas color rosa chicle y unas pastillitas blancas. Las blancas sólo debía tomarlas en ocasiones muy concretas que el doctor esperaba que no llegasen a producirse. Me advirtió que eran peligrosas.

Bartoldi me sedujo completamente cuando me anunció que, además del tratamiento convencional con las pastillas, íbamos a llevar a cabo un experimento. ¿Tenía Bartoldi el aspecto de un científico, de un astrólogo, de un alquimista, de un mago?, ¿era enjuto, pulcro y bajito o alto y escuálido?, ¿se dejaba crecer las patillas?, ¿era un hombre, un hermafrodita, un gañán? Ni siquiera podría asegurar si lucía barba o mosca, o si su cara estaba pulcra y azulinamente rasurada. «Va a escribir un diario, querida.» Bartoldi reflexionó para mí mientras jugaba con sus manos, que no recuerdo si eran rechonchas o de estilizados dedos y uñas pulidas –¿tenía Bartoldi una tirita negra por debajo de la uña, una cinta de suciedad?–: «La escritura, Luz, es una técnica proyectiva, lo mismo que la caligrafía y que el dibujo, ¿le gusta dibujar, Luz, querida?» «No, dibujo incluso peor que canto, doctor Bartoldi, aunque si usted me llevara la mano, quién sabe.» El doctor se rió: «Bien, entonces lo mejor es el diario.» Bartoldi repasó otra vez mi historial médico y prosiguió con sus explicaciones: «Proyectar es poner fuera algo que pertenece al dentro.» Bartoldi se llevó las dos manos al pecho e hizo como si sacara de él una gran caja hueca, mientras repetía «poner fuera lo que pertenece al dentro. Pro-yec-tar». Me interesaba saber si la caja era de cartón o de plomo o de vidrio transparente. Hablábamos del *dentro*. «De *su dentro*, querida.» Bartoldi se dirigía a mí como si fuera un psiquiatra anglosajón. «La proyección es un sistema de defensa. Cuando empiece a proyectarse es muy posible que se sienta mejor.» Bartoldi continuó: «Proyectará lo sano y lo insano, los deseos y las vivencias, las pesadillas..., ¿sufre pesadillas, querida?» Asentí. «Otro día tiene que contármelas.» Me encantaba tener ya dos citas pendientes con Bartoldi, dos relatos: el de la sarna y el de las pesadillas. Sobre las segundas sólo le adelanté a Bartoldi que a veces sufro pesadillas que no me pertenecen. «Querida, ¿cómo puede ser eso? Sus pesadillas son sus pesadillas.» Me explico para él: blam. Un portazo. Un golpe seco y sonoro que no tiene nada que ver con el hilo de la pesadilla que yo vivo una noche cualquiera, y que, pese a no ser mío, me despierta abruptamente. También vivo a menudo la pesadilla de una madre que no soy yo. Se trata de una madre que fuerza a sus hijos a mirar por una rendija a través de la que sus criaturas descubren algo horrible. No necesariamente sangriento, pero horrible. Algo que produce frío para siempre. Me despierto temblando por pesadillas que no me pertenecen y no sé a quién se las robo. «Usted no sería capaz de robarle nada a nadie, querida.» Bartoldi no le dio demasiada importancia al asunto y, desde entonces, aquellas pesadillas robadas no volvieron a torturarme. Bartoldi volvió al diario para advertirme que debía constar de una parte en la que yo podría escribir lo que quisiese y de otra cerrada, objetiva: «En ella anotará su estado de ánimo y su nivel de ansiedad según este baremo, así como su dieta, la manera en que ha dosificado su medicación, sus horas de sueño o de descanso, y las posibles anomalías en su estado físico general y en su estado ginecológico en particular, ¿está todo claro, querida?» Bartoldi puso un broche de oro a nuestro encuentro: «Se divertirá, querida. Será muy divertido..., ¡mosquitas redondeadas!»

Antes de irme, Bartoldi había subrayado una idea clave: «¡Querida!» Me volví antes de tocar el pomo de la puerta paralizada por la voz del doctor Bartoldi. «Recuerde que el diario es una ayuda, pero que lo más importante son las pastillas: las pastillas la ayudarán a limpiar *su dentro*. Las palabras le darán sólo el último toque, el brillo.» Había entendido perfectamente al doctor. Me despedí de él. No había hecho falta que nos diéramos siquiera un apretón de manos.

¿Le interesa, querido Bartoldi, la visión borrosa que tengo de usted? Otro día quizá vuelva a su consulta con mis gafas de miope y me ponga a mirarle con toda atención.

Bien, normal, estable. Ansiedad: 1. Me he tomado la pastilla partida otra vez en dos porciones. He dormido unas tres o cuatro horas, aunque al meterme en la cama me picaban los pezones y las ranuras de los dedos de los pies: es posible que el recuerdo tenga la culpa. Peso 57 kilos y trescientos gramos. He bebido una copa de vino español. He comido carne y patatas, hidratos y proteínas para no padecer el mismo frío que ayer. Mi solomillo sangraba sobre el plato; yo no.

Día 8

Al principio pensaba que estos detalles para usted podrían ser una redundancia, pero ahora sé que no lo son. Además, he decidido olvidarle como destinatario y colocarme a mí en el centro de mis polifonías. Mi voz se une a mi voz, pese a mis desafinaciones y a mi ronquera. No puede usted negar que su mano mueve mi mano y que estamos viendo los dos exactamente lo mismo. Usted ha colocado su butaca detrás de mis ojos. Mi voz es su voz, doctor Bartoldi, y yo me acuerdo. El oso se despierta. Es importante.

Ayer ya no pude soportarlo más y, cuando a la hora de la cena la nueva vecina empezó con sus alaridos, preparé un plan. Desde que escribo soy más creativa y he logrado entender aquello de que, cuando la inspiración llega, es mejor que le encuentre a uno trabajando. Yo estaba precisamente cortando unos tomates para la ensalada. Los tomates, por dentro, son un fruto hermosísimo. Se parecen a las aurículas y a los ventrículos de un corazón abierto, a una granada, a una colección de fetos milimétricos envueltos en la gelatina aislante de sus líquidos amnióticos. Cada feto, cada pipo, está dentro de una cubeta y colocado en una hornacina. No hay más que mirar el tomate bien de cerca. Pegar el ojo a la pulpa seccionada del tomate y ver cómo los pipos están rodeados del flujo de sus futuras sangres. Cuando preparo la cena y veo los alimentos, la carne roja, el tomate, la sandía, me acuerdo de que mi hijo ve los rábanos de un color azul ultramar, pero mortecino. Siempre se lleva a la boca un trozo de fruta envuelto en papeles de periódico. Hay que tratar a los hijos con muchísima ternura.

Por eso, cada vez que oigo a la nueva vecina gritar a los suyos, me pongo enferma y echo en falta un servicio de asistentes sociales que patrullen por los barrios. Los hijos de mi nueva vecina son dos niños muy pequeños: no había acabado de parir a uno cuando ya se la veía otra vez subir las escaleras de la casa con un bombo inmenso. Echo en falta un servicio de comadronas que expliquen a las mujeres la necesidad de respetar la cuarentena y de vacunar a sus cachorros para protegerlos de las enfermedades. Pero no vivimos en un mundo perfecto y, ahora que me he parado a contemplarlo con un poco más de calma, he llegado a la conclusión de que no se trata de que no sea perfecto, sino de que es completamente repugnante. Los niños de mi vecina, aunque me dan pena, son también repugnantes. Verdosos, oliváceos, parece que sufrieran algún tipo de mal hepático. Y tienen los ojos caídos en mitad de los mofletes como si alguien estuviese tirando de ellos hacia las mandíbulas. El niño mayor, que tendrá unos tres años, no balbucea, no habla, sólo gruñe: «¡Abú!» Al rato lanza otra emanación gutural: «¡Abú!» Con cada *abú* –no sabe decir nada más– le darán agua o leche o correrán al orinal para limpiarle el culo. El niño Abú debe de hacer cosas terribles: tal vez quiera meter en el bidé rebosante a su hermanito, ahogarle con el contenido de un tarro de mermelada, meterle la cabeza entre los barrotes del balcón. Entonces la madre aúlla como una sirena, y yo la oigo gritar y estoy segura de que vapulea al niño, que cada día está más tonto, gruñe más y no conoce los signos del lenguaje por culpa de las vibraciones que sufre su masa cerebral cada vez que la madre lo agita. Al niño se le han estirado tanto los brazos que parece un monito disfrazado de persona. La barriguita destapada estará llena de pelo. Cuando lo visten de domingo para salir a pasear, este niño me da tanta pena que llega a abrumarme.

Un día, al encontrármelo por la escalera cogido de la mano de su mamá, corrí hasta mi casa y busqué el osito blanco de mi hijo para regalárselo. El niño cogió el osito, me miró y, mientras me miraba, dejó que el osito se cayera al suelo. Como si no hubiera aprendido a agarrarlo, como si no supiera qué hacer con él. Lo recogí del suelo y volví a dárselo, y el niño volvió a dejarlo caer. Su madre, una mujer asténica y joven, con voz de sirena de la policía, ni siquiera me dio las gracias. Tiró del brazo del niño –cada día más largo– y siguió subiendo. Abajo se había quedado el carricoche del niño más pequeño, que es exactamente igual que el otro pero achatado. Niños con carita de enfermos del hígado. Niños que gruñen.

Al caer la tarde, la madre les prepara la cena y el patio se impregna de olores nauseabundos. No puedo imaginar lo que guisará esa mujer para sus niños. Tampoco puedo imaginar por qué los ha engendrado. Su marido trabaja mucho. Se levanta muy temprano y llega tarde a casa, cuando los niños ya están amordazados dentro de sus camitas. A veces lo veo fumar en la calle. Solo. Es un hombre extranjero. Nunca da los buenos días ni mira de frente. Nunca veo juntos al padre y a la madre paseando con sus criaturas. Sin embargo, por la noche y dentro de la cama, él debe de buscar la humedad y el calor de un agujero, y así tienen un niño detrás de otro y los alimentan con piensos y con grasas que la madre cuece en una olla cuyas emanaciones impregnan de olores nauseabundos el hueco del patio. Prepara un puré o una papilla que obliga a comer a sus hijos, especialmente al mayor, que huye por el pasillo de la casa, apoyando las manos en el suelo, para que su madre no le alcance. El niño gruñe y la madre primero finge que está jugando. Finge que está jugando y que ella tiene paciencia. Que es una buena madre que nutre a sus criaturas con la mejor leche, el mejor azúcar, las frutas más saludables y las carnes magras. Lo llama «Ismaeel. Ven, Ismaeel. ¿Dónde está el niño más guapo?» Ismael no está en ninguna parte. «Isma, mi amor, ven, que mamá te ha preparado algo muy rico.» Ismael es todavía demasiado pequeño para esconderse bien y enseguida su madre lo descubre detrás de los sillones. «¡Ismael!» Entonces es cuando le tira del brazo y, sin fijarse en sus ojos, lo arrastra hasta la cocina. Ismael patalea. Yo lo siento, pero a su madre no le importa. Después, cada frase de la madre es un alarido «¡Ismael!», «¡estate quieto!», «¡no hagas eso con la cuchara!», «¡límpiate, asqueroso!», «¡te he dicho que te lo comas!», «¿estás tonto o qué te pasa?». No hay una brizna de amor en las palabras de su madre; una madre que habla así a sus hijos no puede arroparles con ternura, no puede afirmar que lo siente de verdad si el niño se abre la cabeza en el parque, si el niño se muere de una meningitis. Cada noche lo colocará al borde de la cunita y quitará los protectores para ver si el niño, en sueños, se cae y se muere porque nadie ha oído la caída y no lo van a descubrir desangrado por su brecha, congelado sobre el suelo de baldosas, hasta la mañana siguiente. Así, mamá podrá recibir otra vez por la noche al hombre que fuma solo en la calle y concebir, sin que ocupen espacio, nuevos niños verdes con los ojos estirados hacia las mandíbulas.

«¡Niño asqueroso! ¡Te he dicho que te limpies!» El niño ni siquiera llora y cada noche me acuerdo de cuando mi niño era pequeño y no quería comer los tomatitos, el trozo de añojo; no quería probar el chorizo ni la sandía ni siquiera el puré de calabaza o las piruletas rosas, porque las veía feas. Los alimentos nos entran también por el sentido de la vista. Yo trataba a mi niño con un cariño extremo. Me lo colocaba en el regazo, aunque ya fuera siendo mayor, y lo acunaba y lo convencía con razones y le explicaba a qué sabían las cosas y que la leche era buena para los huesos que lo mantenían de pie, igual que los yogures, y que la carne imprimía fuerza a sus músculos y que el chocolate le daría alegría para reírse y la lechuga le iba a ayudar a dormir. Mentiras, invenciones. Inventar una mentira para convencer a un niño es una forma de quererlo. «¡Ismael! ¡No escupas!, ¡que no escupas!» Me sonrío, el monito Ismael está sacando a la mamá de sus casillas. Me da miedo que ella en uno de sus vapuleos consiga que al niño se le salga por las narices su masita encefálica. La mujer grita y el patio cada vez huele más a las tripas mal lavadas de las aves, a las piedrecitas sebosas de los buches de las gallinas, a caldos amarillos, a pastillas de avecrem. «¡Es que te voy a matar, te voy a matar!» Si en mi barrio hubiese patrullas de asistentes sociales que embolsaran a los niños maltratados por sus madres, los metieran en una furgoneta y se los llevaran a un almacén de niños tristes, yo no habría tenido que dejar de picar los ajos ni que retirar del fuego el agua que hervía aromatizada por una hoja de laurel ni que ponerme a escribir en las páginas de mi diario estas razones para el ataque, así como un plan efectivo para su ejecución.

Un poco alterada, pero, al mismo tiempo, contenta. Nivel

de ansiedad: 0. Me he tomado la pastilla partida otra vez en dos porciones. Anoche dormí más de seis horas de un tirón y ahora mismo he dejado de escribir porque tengo mucho sueño. Peso casi 58 kilos, pero no voy a anotar ningún dato sobre mi regularidad intestinal. Tomé un laxante. No bebí alcohol. No comí chocolate. Fumé un cigarrillo. Ni sangro ni deseo sangrar. Que sangren los otros.

Día 9

En la calle, hoy, he dado un respingo. Entre dos coches, al ir a cruzar la calle, un bulto grisáceo me roza la pierna. Pienso en una rata, pero es una paloma. Me aparto. Temo que la paloma me contagie enfermedades pulmonares, diarreas, pulgas. Las palomas defecan contra la ropa tendida –siempre la más blanca–, y los arrullos de las que han hecho nido en los alféizares de los pisos desocupados no dejan dormir a la vecindad. Sobre el asfalto, en tinta roja, destacan los cadáveres de palomas aplastadas por las ruedas de los coches: bodegones de pollería sucia. Un conductor pisa el acelerador, al avistar una paloma yonqui que bebe algo parecido al agua en el hueco que separa dos adoquines. Por los parques se observan palomas cojas, tuertas, cada día más estúpidas. Las mamás les advierten a los niños: «No las toques.» Las espantan a manotazos. Los transeúntes insultan a los viejos que las alimentan ensuciando las calles con granos de maíz o con papillas de miga de pan. En ciertas capitales de provincia, los vanos de los edificios se rematan con pinchos que atraviesan las alas, las pechugas y los muslos de las palomas que lentamente se desangran sobre los paseantes. Las palomas, en las terrazas de verano, se lanzan sobre los platillos de cacahuetes. Tienen hambre, las palomas, y los bebedores de aperitivos temen que les piquen o les contagien enfermedades pulmonares, diarreas, pulgas. El terror es una forma de la mala conciencia. Hay vergüenza en la prevención de los bebedores de aperitivos. Los excrementos de las palomas son la causa principal de la degradación de las fachadas de nuestras catedrales.

En pocos lugares se ve volar todavía una bandada de palomas, con las alas pintadas de colores, para saber quién se empareja con quién. A los niños las palomas ya no se les suben a los hombros sin que les atenace un repentino ataque de histeria: se van a poner malos; van a ensuciarse. Las estatuas ya no quieren estar rodeadas de palomas y, quizá, dentro de no mucho, el símbolo de la paz deje de ser una paloma blanca. Olvidaremos las utilidades de las palomas mensajeras y las manos de las bailarinas ya no se moverán como palomas. El enamorado no le dirá a la enamorada «paloma mía», y Paloma será un nombre desaparecido del santoral.

Las palomas son animales mutantes, tóxicos e intoxicados, tuertos, pobres, numerosos, fecales, pedigüeños, parasitarios, una población que hay que mantener alejada... Me pregunto, al sobresaltarme por el roce de un ala en mi tobillo, al restregármelo compulsivamente, quién ha hecho de las palomas lo que son: necesitamos que existan palomas parias y, cuando no haya palomas, ya se nos ocurrirá otra cosa.

A mis vecinos también les molestan las palomas y han puesto en sus alféizares pinchos y polvos para matar cucarachas. En la última reunión, el presidente de la comunidad, un cura, incluso amenazó: «¡Voy a sacar la escopeta de perdigones!» Y es bien capaz de apoyar la escopeta en su alféizar y disparar contra las palomas. Hoy en la televisión he visto cómo los deanes acribillan a las palomas que revolotean en las bóvedas de la catedral.

161

Todos los hombres de Dios se parecen mucho en todas partes.

Inmensamente triste. Nivel de ansiedad: 1 o 2. Me he tomado la pastilla. Entera. De una sola deglución. He dormido más que de costumbre y no tenía ganas de levantarme de la cama. Peso 58 kilos exactos. No bebí alcohol. No comí chocolate. No fumé ni un triste cigarrillo. No sangro.

Día 10

Hoy he salvado a unos niños del cazador. En un piso de esta ciudad, el cazador o la madrastra o la bruja tenían encerrados a dos niños muy pequeños para fabricar jabón con su grasa o para matarlos y vender sus órganos a los traficantes. Los alimentaban con engrudos, sobras recocidas y chocolate anestésico. No les importaba que se les picaran los dientes. Los dientes, que perduran a lo largo de los siglos, sólo pueden usarse como cuentas de collar; no sirven para trasplantes ni tienen aplicaciones cosméticas. He salvado a dos niños de que experimentaran con ellos para sintetizar cremas y geles como hacen con las cobayas, con los perros y con los gatos en los laboratorios. He sido mucho más lista que la bruja, la madrastra o el cazador, tres en uno, santísima trinidad, encarnada en una mujer asténica cuyo volumen ocupaba la mitad del volumen de mi cuerpo y parecía un hilo de humo.

«¡Toc, toc!» Llamé a la puerta a la caída de la tarde, cuando la bruja estaba preparando su repugnante puchero para engordar a las criaturas. «¿Quién es?», me respondió la bruja, desconfiada, porque todos los malos desconfían. Yo respondí: «Soy yo. Tu buena vecina.» Pero la bruja siguió desconfiando porque todos los malos creen que el mundo encierra tanta maldad como ellos. «¿Qué vecina?» Le respondí bajito para que nadie me oyera: «Luz. Soy Luz.» Ignoraba, la oscura, hasta qué punto era yo la luz que iba a aniquilarla. «¿Y qué quieres?», sin atender a mi nombre, el cazador, la bruja, la madrastra, quisieron tapar su miedo a las bombillas de cien vatios. «Contarte un secreto.»

Estuve genial. Me imagino que, antes de abrir, el cazador volvería a adoptar la apariencia de una madre cansada por las labores del hogar y el cuidado de los hijos y las horas de trabajo en una oficina o en una tintorería o en el cubículo de la caja de un banco. Los hijos de la bruja o del cazador son verdes porque su útero está recubierto de musgo y no fueron alimentados con la sangre del cordón umbilical, sino con bilis y con chicles de clorofila. «¿Contarme un secreto?», la bruja no puede resistirse porque todos, los buenos y los malos, quieren atesorar nuestras confesiones y nuestras debilidades. Vi cómo la puerta se entornaba y no daba más de sí: la bruja no había quitado la cadenilla pese a su curiosidad. Los malos compran rejas, cadenillas, cepos, alarmas, no entienden que los ladrones roban porque lo necesitan; los malos acumulan en la despensa fiambres de su pueblo y, si alguien se deja olvidada una cartera sobre el mantel de un restaurante, no dudan en metérsela al bolsillo con un ademán de ratero, después de mirar hacia un lado y hacia el otro. «¿Un secreto?», inquiere la bruja a través de la rendija. «Algo muy importante.» El cazador o la bruja, reconvertidos en una madre con el delantal puesto, desenganchan la cadenilla, abren y, desde la escalera, puedo ver el fondo de otra casa que es idéntica a la mía, aunque no se le parece, porque aquí no hay luz y huele a salazones y a colonias que consiguen que todos los bebés, al ser olfateados, exuden el aroma de una bolsa de plástico. Ésta es la casita de chocolate, pero solamente por su color marrón. Asquerosamente marrón. El color del parqué, el de los marcos de las puertas y de los espejos, el de las tapicerías, el beige amarronado por el humo de los guisos que ensucia la pintura de las paredes.

«¿Un secreto?, ¿qué secreto?» Cuántas preguntas y siempre la misma. La curiosidad mató al gato. La curiosidad mató a las mujeres de Barbazul. La curiosidad va a destruir a la bruja de este cuento. «No puedo contártelo aquí, en mitad de la escalera.» La bruja debe de haber atado a las criaturas porque no manifiesta temor a que se le escapen. Al fondo, oigo: «¡Abú!» Pero es un *abú* ahogado que no presagia ninguna mala acción. La bruja o el cazador me escudriñan y no dicen palabra. Me siento igual que el demonio cuando los tiento todavía un poquito más: «Tienes que verlo con tus propios ojos.» La bruja o el cazador se hacen los buenitos: «Pero no puedo dejar a los niños solos...» Las brujas saben fingir mejor que nadie, pero a mí no me engaña. «Es sólo un momento. Ya verás.» La madre, el cazador, la bruja echan una mirada hacia el fondo del pasillo, cogen las llaves de la mesita del recibidor, cierran la puerta tras ellos —no pueden arriesgarse a que nadie entre en la casa en su ausencia y descubra la mesa de operaciones, los calderos, los extraños animales disecados, las especias dentro de sus botes de cristal— y me siguen escaleras arriba.

Los conduzco a los tres —¿o son cuatro?— hacia los trasteros que ocupan las buhardillas exteriores del edificio. La bruja, el cazador, la madre, la madrastra suben delante de mí y cada vez que lanzan la pierna un escalón más arriba veo cómo la silueta se filetea en todos los perfiles que lleva encerrados. Veo: la pierna estilizada de la madrastra, la media negra, el arranque del liguero; veo: la saya remendada de la bruja y la pantorrilla recia del cazador dentro de sus calzas; veo: la pierna-palillo de la madre asténica que chilla de cansancio y de crueldad. Estoy a punto de arrepentirme. Subimos juntos hasta la zona de los trasteros y aprovecho para sugerirle a la madre cansada que se tome un respiro y, desde el tejado, disfrute de una vista de la ciudad mientras anochece. «¿Y el secreto?» «Ahora, enseguidita.» Me han salido una bruja o un cazador un poco tontos, infantilizados, con ilusión. Salimos al tejado por una trampilla y todos me sonríen. También la madre, que está contenta de perder de vista las cucharas, los fogones, los baberos, las papillas, las gotas para diluir las mucosidades del pecho de los niños. La madre parece una mujer dulce que disfruta del airecillo del anochecer y de ese color azul amoratado que, durante un instante, se aclara y sube un tono de luz para apagarse enseguida. La ciudad desde el tejado es maravillosa: se ven las cuestas arriba, las plazoletas, los rascacielos, las calles estrechas al fondo de un precipicio, las caperuzas de las farolas, las cabezas de la gente que se convierten en vastas rayas en medio, qué poco pelo tenemos casi todos. Se oyen hasta las voces más íntimas y los susurros al oído, por la amplificación de embudo de las edificaciones que, a pie de calle, están casi juntas –los portales se miran cara a cara– y, al ascender, se van separando progresivamente. Por eso es tan difícil saltar de un tejado a otro. Oímos las voces de los transeúntes desde un bosque de antenas que es bellísimo. Parece que la bruja, la madrastra, la madre, el cazador y yo vamos a empezar a jugar escondiéndonos detrás de los troncos de las antenas, poniendo muchísimo cuidado en no perder pie porque el tejado está inclinado y las tejas se descolocan y son resbaladizas. Me sudan las palmas de las manos a consecuencia del vértigo. La madre deja de contemplar la panorámica, de tomar aire por las narices, se da la vuelta y me mira de frente: «¿Y el secreto?»

El secreto hubiera sido facilísimo si yo la hubiera empujado y ella hubiese caído hasta el fondo de la calle. El secreto de volar y de morirse después del regalo de un minuto de felicidad casi plena sobre el alzado punto de vista de los tejados del barrio. Pero eso hubiera perturbado la belleza del paisaje. El vuelo de los vencejos que, dentro de poco, serán un animal proscrito y perseguido. Quizá tampoco yo hubiera tenido tiempo de bajar a mi casa y de recomponerme el gesto y la ropa. No necesito cadáveres rápidos ni gente que se arremolina en la calzada instantáneamente y descubre, debajo del guiñapo de la madre, la sofisticación de la madrastra, los amuletos de la bruja, el puñalito del cazador. Necesito una pausa, un silencio, un calderón, un lapso, un paréntesis. «¿El secreto?» Ahora soy yo la que hago como si me hubiese olvidado, pero me corrijo enseguida: «El secreto. El secreto está dentro. Es algo escondido en las buhardillas.» La mujer me sigue hasta la zona abuhardillada de los trasteros. Allí todo es muy fácil. Abro una puerta y la dejo pasar delante de mí. «Mira, allí, en el fondo, en aquella esquina, bajo las sábanas.» Sus pisadas crujen sobre el plástico que he extendido por el suelo a primera hora de la mañana, justo después de que el vecino que más madruga para irse a trabajar cerrase la puerta rota del portal, antes de que la mujer que vive enfrente de esta bruja colocase, fijo, su ojo en el agujero de la mirilla. Ahora, mientras la bruja se inclina, cojo un ladrillo y la golpeo por detrás. La bruja floja, el cazador sin músculo, la madrastra curiosa se desmayan. Le rodeo la cabeza con una toalla, para que no salpique, y se la machaco a ladrillazos.

No soy una asesina profesional ni elegante. No tengo acceso a pistolas. Uso objetos de andar por casa: sartenes, ladrillos, cuchillas de afeitar, venenos domésticos. Cuando ya está muerta, la abandono en un trastero sin propietario. Cierro con un candado que acabo de comprar en un barrio donde nadie me conoce. La bruja, el cazador, la madrastra, momias encerradas en su nicho, se van a quedar aquí momificaditos hasta que alguien, después de mucho, mucho tiempo, los encuentre.

Antes, he recogido mi toalla, mi ladrillo, mis plásticos. Lo he guardado todo en una bolsa de deportes. En casa, mi hijo está en su cuarto. Los vecinos preparan la cena. Oyen a todo volumen sus televisores. Bajo la basura y dejo el ladrillo en un contenedor de obra. Lavo la toalla y enjuago los plásticos; los coloco sobre las plantas del balcón para que ni mis geranios ni mi rosal se hielen con los fríos de la noche. Hoy he salvado del cazador a dos niños pequeños. Cuando su padre llegue del trabajo, se los encontrará atados en sus tronas, sanos y salvos.

«¿Y la mamá?, ¿dónde está la mamá?»

«En el fondo del mar, matarile-rile-rile; en el fondo del mar, ¡matarile-rile-rán!»

Agotadita. Nivel de ansiedad: 0. Me he tomado la pastilla. Anoche dormí regulín. Peso 58 kilos y cien gramos: me voy poniendo turgente. Me he bebido una copita de vino tinto de una buena añada. Me comí un bombón. Fumé un cigarrillo. Decir «sin sangre» resulta un poco inapropiado.

Día 11

Cuando era chiquitín, yo le contaba cuentos a mi niño, aunque este último no voy a podérselo contar. Yo le contaba *La princesa y el guisante, Peter Pan, Alicia en el País de las Maravillas, El sastrecillo valiente, La casita de chocolate, La cenicienta, Pedro y el lobo, La gallina Marcelina, Alí Babá y los cuarenta ladrones, El rey Midas, Cazuelita cuece, La niña de los fósforos, Pulgarcito, El enano saltarín*... Con el enano mi hijo se ponía nerviosito: «¿Te llamarás Pedro?», «No, no, no», «¿Te llamarás Juan?», «No, no, no», «¿Te llamarás acaso *el enano saltarín*?», «¡Rayos y centellas, sí, sí, sí!"». *Aladino y la lámpara maravillosa* también le encantaba: pedíamos nuestros propios deseos y enseguida entendimos que desear –que desear bien– es de las cosas más difíciles del mundo y que, cuando elegimos satisfacer un deseo, nos quedamos desnudos y mostramos el significado de lo que es para nosotros la riqueza y la pobreza.

Mi hijo es un muchacho inteligente y muy sensible y, por eso, *Caperucita roja*, durante su primera infancia, era un cuento tabú. Estoy hablando de un niño. Había más tabúes: los labios de rubí de las princesas dormidas, las rosas y las amapolas de los ramos y de las guirnaldas, la sangre de los heridos por peines de marfil y puñalitos de oro, o de los afilados colmillos del vampiro, el color del ketchup con el que aderezan sus patatas fritas los sobrinos del pato Donald. Le contaba a mi niño historias de sirenas de cabello azul y de estatuas grises que comienzan a respirar para conversar con golondrinas, negras y blancas, que terminan muriendo de extenuación por volar y volar dejando caer sobre la gente, de color blanco sucio, las esmeraldas verdes y los zafiros azules; y otros relatos sin colores también le contaba. La historia que más le gustaba a mi hijo era la del hombre de la arena que, cada noche, se hacía invisible y les echaba en los ojos a los niños un polvillo que les escocía y les obligaba a cerrar los párpados. El polvillo del sueño. Mi hijo, cuando fue un poco más mayor, comenzó a coger un miedo cerval al hombre de la arena y yo dejé de contarle esa historia que, por lo demás, era lo siniestro en estado puro. Mi hijo pensaba que el polvillo que cada noche derramaba el hombre de la arena sobre sus ojos se le había colado hasta lo más profundo del globo ocular y le había dañado sus receptores para captar el rojo. El arenero fue el monstruo responsable de su protanopía. Mi hijo siempre ha hecho gala de una mentalidad causa-efecto que convierte lo maravilloso en un horror tan real y cotidiano como las enfermedades, la deformidad congénita o la contaminación. En eso mi hijo ha salido a su padre. Yo, por mi parte, creo en Dios y en los fantasmas y en lo que no se puede decir.

Cuando mi niño era pequeño, yo elegía cuidadosamente su ropa para que no se pusiera una prenda que no pudiera describir y nunca le dejaba mirar mientras le hacían un análisis de sangre... Al mirarse la boca por dentro, mi hijo nota que su carne es del color de la ceniza. El rojo no excita su lubricidad ni su violencia. Hoy temo que mi hijo sea un *hikikimori,* un japonés encerrado en su cuarto para siempre, anoréxico, psicopático, antisocial y ciberadicto, al borde de la epilepsia a causa de las descargas de la pantalla del ordenador, un rumiante vegetariano con calvicie prematura, un monstruo adelgazado, un pajillero... Pero no, mi hijo es un muchacho guapo y delicado, tranquilo, cariñoso, al que no le gustan los cómics. Colecciona mariposas con ojos en las alas. Y me quiere mucho, mucho.

Bien: sólo un poco nostálgica. Nivel de ansiedad: 0-0,5. Me he tomado la pastilla. Sueño superficial, papel de seda, tan quebradizo como las puntas de mi pelo. Peso 58 kilos y ciento cincuenta gramos. Tengo que comprar una báscula de precisión. No he bebido alcohol. No he tenido ganas de comer. Nunca fumo con el estómago vacío. Nada.

Día 12

Asuntos prácticos. En el piso de los huerfanitos no se escucha ningún jaleo. La abuela, una mujer muy silenciosa con un velo en la cabeza, ha venido a cuidarlos y el patio ya no huele a cocimientos ni a melazas repugnantes. El niño Abú se ha dulcificado y no grita. Nadie ha dicho nada. El marido extranjero debe de pensar que la mamá se ha marchado sin mirar atrás, sin equipaje, y que se ha llevado su útero musgoso y su piel de pescado azul. A lo mejor está triste o a lo mejor es, de pronto, feliz. Tal vez durante una de sus noches de apareamiento los ojos del cazador miraron al esposo desde las cuencas de la esposa que, a causa del gozo, no pudo guardarse todas sus caras por debajo de la piel. La familia no ha notificado la desaparición de mamá a la policía. Esperan. Quizá tienen cosas que ocultar –¿tiene los papeles en regla este papá foráneo?, ¿teme acaso que le carguen el muerto? Se ven tantas desgracias en la tele...–. Quizá estén disfrutando de la paz que se ha instaurado en la vivienda marrón. Quizá sientan un poco de pena, pero no mucha.

Sea como fuere, la mamá tardará mucho tiempo en ser encontrada y se momificará en la buhardilla, fresquita y húmeda, a lo largo del invierno que está a punto de empezar. En realidad, la mamá no se momificará –para eso hace falta un ambiente seco que amojama la carne– ni se corificará sino que se saponificará. Saponificación es el nombre de un fenómeno de conservación cadavérica sin líquidos ni aditivos, sin conservantes ni colorantes, ajeno a la ciencia de los taxidermistas: lo he visto en una serie policiaca y después he rastreado nuevos datos en el internet de mi hijo –ha puesto un fondo de pantalla rojo en su ordenador que me hace temer que quiera adiestrarse con un adiestramiento que se parece mucho a un reglazo contra los dedos–. Abú, tu mamá va a saponificarse, ¿cómo me saponificaría yo?, el cielo está saponificado, ¿quién los desaponificará?, el desaponificador que lo desaponifique, buen desaponificador será... Abú, la saponificación es un proceso químico mediante el cual se obtiene el jabón, seguro que tu abuelita, Abú, sabe mucho de saponificaciones.

Lo que no me parece lógico es que Piedad se saponifique y no huela –no se dan las condiciones mínimas en su piso–, que no haya invadido mi casa una procesión de gusanos carmesíes, que el ingeniero de minas no se haya caído de la butaca de terciopelo, que no le suenen las tripas, que no se le oiga gritar por el patio: «¡Yo soy ingeniero de minas!» Clemente viene una vez cada dos días. Abre con su llave y al rato se marcha echando las dos vueltas del cerrojo. Clemente ha debido de lavar la ropa sucia. Los paños de cocina ensangrentados, los palominos de los calzoncillos. Me dan igual sus razones, pero yo necesito saber qué ha hecho Clemente, así que hoy, cuando ha abierto la puerta con su llave, ha entrado, ha salido y ha vuelto a cerrar echando las dos vueltas, he pensado a gran velocidad y me he desabrochado la mitad de los botones de la blusa. Le he llamado, desde el piso de arriba, por el hueco de la escalera, y él, cosa rara, me ha respondido enseguida: «¿Qué?»

La vecina del ojo pegado a la mirilla –ojo de cristal incorporado al cuerpo o mirilla orgánica, no sé si la mujer emparedada forma ya parte del muro maestro o si las paredes son una mujer con un ojo vidrioso que lagrimea y una vagina en el cuarto de contadores y el pelo en las antenas del tejado–, la vecina de enfrente de la mamá desaparecida, Leonor, Leo, ha entreabierto la puerta de su casa y, fingiendo limpiar la mierda de debajo del felpudo, ha convertido el hueco de la escalera en caracola para oír el mar, en trompetilla a través de la que ha captado mis sonidos y los sonidos de Clemente. Yo también la he oído a ella y me he imaginado el aguijón de su curiosidad clavándosele en mitad de sus dos muñecas cuando le he sugerido a Clemente: «¿Por qué no subes un momento?» Me he recolocado el pecho dentro de las cazuelas del sujetador. Me he humedecido los labios. La vecina, Leo, ha lamentado no poder verme la punta de la lengua con su ojo de cristal, reptil y ascendente, un periscopio. Nos separan dos pisos. Se ha asomado un poquito apoyada en su escoba. Ha guardado un silencio que Clemente interrumpe: «Tengo prisa.»

He pensado en usted, doctor Bartoldi, y el clítoris se me ha encrespado como la trompa de un elefantito pequeño. He apretado los muslos para sentirlo bien y ese dulce encrespamiento ha debido de notárseme en la voz: «Es que estoy preocupada por tus padres.» Clemente ha bufado pero ha subido hasta mi rellano. Le he invitado a pasar y he cerrado tras él dando un portazo que ha retumbado en todo el edificio. La vecina Leo se ha recogido rabiosa dentro de su casa. Se ha prometido esperar hasta oír los pasos plantígrados de Clemente, que, según ha pensado Leo, «alguna vez tendrá que bajar»; entonces, ella volverá a abrir la puerta para preguntarle: «Hijo, ¿cómo va todo? Hace mucho que no veo a tu madre.» El marido de Piedad era ingeniero de minas y el de Leonor, Leo, el dueño de un negocio. Hasta que dejaron de hablarse porque Leo acusó a Piedad de maltratar al marido enfermo –«¡No puedo soportar cómo chilla al pobre hombre, no puedo soportarlo!», Leo es una mujer que todo lo oye, todo lo ve, todo lo huele y no, no puede soportar sentir más de la cuenta tantas cosas...– y Piedad arremetió culpando a Leo del ingreso de su madre en una residencia de ancianos –«... donde los dejan pudrirse. Mucho querías tú a tu madre, yo no le voy a hacer nunca eso a mi marido...»–; hasta ese día mítico en el que rompieron la baraja por el hueco del patio, Piedad y Leo charlaban a menudo de ventana a ventana; insultaban a las vecinas guarras, a las vecinas pobres de la escalera interior, a los nuevos vecinos, a los jóvenes que celebran fiestas, a los que no asisten a las reuniones de la comunidad, a los que abren a los carteros comerciales, a los inmigrantes de los bajos. Yo atendía por si alguna vez me tocaba, pero para hablar de mí las dos viejas debían de bajar la voz. La voz de Leo no será como la mía –una voz de clítoris como la trompa de un elefantito– cuando Clemente baje recolocándose la bragueta y ella, por mal que piense, no pueda ni imaginar las dimensiones de los actos repugnantes que el plantígrado y yo hemos perpetrado. Por eso, Clemente no se detendrá mucho tiempo en el rellano de Leo. Porque su voz no es prometedora. Si la voz de Leo hubiese encerrado una promesa de carne, de saliva o de axila extensa con aroma anisado, Clemente tampoco le hubiera dicho que no.

Un par de veces más con su pollita chiquita dentro de mi nido calentito y clausurado por vacaciones durante mucho tiempo y Clemente –incontinente– me va a contar hasta las vicisitudes del día de su primera comunión. No hará falta ni que yo le pregunte.

Me ha reconfortado esta pizca de violencia, esta brutalidad babosa que me ha redescubierto mi cuerpo olvidado. Tengo los muslos bien prietos. Nivel de ansiedad: 0-0,5. Me he tomado la pastilla. La noche anterior me desperté varias veces porque tenía sed. Peso 58 kilos y trescientos gramos. He bebido con Clemente un vaso de anís del mono a palo seco y una palomita –más ligera– después del amor de cerdos que nos hemos dedicado. He comido embutido. He fumado medio paquete de tabaco. Dormiré mal, seguro. Si hoy hubiese sangrado, hubiera sido otra la causa de mis sangres.

Día 13

He ido al fisioterapeuta porque me dolía la espalda. Últimamente he hecho demasiados esfuerzos. Soy una paciente: la de la doctora Llanos, la del doctor Bartoldi, la de la dermatóloga que me diagnosticó sarna, la de este fisioterapeuta que me ha dado tanto miedo que me he visto obligada a salir de mí misma para contar este episodio como si no fuera yo, como si no hubiese sido yo la mujer que estaba tumbada en la camilla y apoyada contra la pared. Cojo aire, me distancio y escribo la historia. Quiero que no me duela. Me miro desde arriba como cuando la doctora Llanos me anuncia que he de apretar mis pechos contra las placas del mamógrafo. El fisioterapeuta da comienzo a la representación:

«La columna vertebral es la madre.»

Hacía dos minutos que, después de que ella se hubiera quedado en bragas y sujetador, el fisioterapeuta le había invitado a bajar de la camilla y a quedarse de pie, delante de él. Ella le miraba como miraba al maestro cuando a los ocho años no conseguía entender las operaciones matemáticas. Sin embargo, aquel hombre era más joven que ella y lo contemplaba incómoda y a la vez buscando ayuda. Él insistía: «La columna vertebral es la madre.»

Antes, al llegar a la consulta, la había tratado como si la conociese de siempre, como si tuvieran un montón de amigos comunes que le hubiesen contado todos sus secretos: «¿Algo importante en tu historia clínica?» «No, nada.» El fisioterapeuta le había mirado directamente al centro de los ojos. A ella no le quedó más remedio que corregirse: «Me rompí el brazo de pequeña. El húmero.» Se palpó esa parte del brazo que está por debajo del codo. Él sonrió, mordiendo su bolígrafo. Aquel hombre le recordaba a alguien, pero no sabía a quién. Él la trataba como si, de hecho, tuviese que acordarse y fuera un error que no lo consiguiera: «¿El húmero?» «Bueno, no sé, el húmero, el cúbito, el radio...» Se había confundido de hueso. Sintió vergüenza. Él cerró su cuaderno de notas.

Pasaron a otro cuarto. Ella se quedó en bragas y sujetador. El fisioterapeuta la colocó de pie, de cara a la pared. Ella no podía verle mientras la escrutaba: «Tu marido debería haberte dicho que tienes la oreja izquierda más alta que la derecha. Lo mismo ocurre con los hombros.» Ella se llevó las manos a las orejas y se encogió para ocultarse, porque se encontraba cheposa e inarmónica. Se subió un tirante del sujetador que se le caía todo el rato. «Tu marido es poco observador.» No le confesó que su marido se había marchado porque ella pasó por una época extremadamente susceptible.

El fisioterapeuta le pintó el cuerpo con un lápiz azul. Se lo pintó de arriba abajo, de un lado a otro. Las rayas eran los síntomas, las imperfecciones. Ella se sintió muy enferma o algo peor, torcida, fea. Pensó que ya nunca se quitaría el abrigo al entrar en las casas. El fisioterapeuta la invitó dulcemente a tumbarse y, mientras ella cogía y soltaba el oxígeno, levantando al máximo su caja torácica, deteniendo el máximo tiempo posible el aire dentro de los pulmones, él le apretaba las costillas: «No respiras bien.»

Después había sido cuando ella volvió a su infancia y sintió como si estuviera delante de un profesor que la trataba con condescendencia porque no conseguía resolver los quebrados y las divisiones con comas. El fisioterapeuta le contaba un cuento para que ella lo entendiese: «La columna vertebral es la madre.» Mientras le daba explicaciones, dibujaba esquemas del cuerpo humano sobre el papel que cubría la camilla. Con cada paciente un papel nuevo. A ella las rayas se le desdibujaban y le parecía que el fisioterapeuta hablaba en una lengua extranjera. Asentía, como si lo comprendiera todo, deseando que él no le formulase más preguntas. El fisioterapeuta la invitó dulcemente a tumbarse de nuevo. Ella se dejó, atenta a sus instrucciones, queriendo hacerlo todo bien.

El hombre no era muy grande, pero tenía mucha fuerza. Le flexionaba las extremidades, le colocaba una pierna encima de la otra, le paralizaba los brazos. Hacia un lado y hacia el otro. Él mismo entrecruzaba su cuerpo con el de ella para que ella se estirase, y la mujer era una almeja con las valvas apretadas. Supo, de pronto, que aquel hombre podía matarla con sus manos. Y se quedó desmadejada. Fue obediente. No protestó ni cuando le dolía mucho. Él sonrió.

Obviamente triste, pequeña y vulnerable. Nivel de ansiedad: 1. Me he tomado la pastilla rosa chicle, pero he estado tentada de tomarme también una pastillita blanca. Sueño muy ligero con algunas pesadillas vulgares –la caída a un vacío que esta vez estaba más vacío que de costumbre–. Peso 58 kilos y doscientos cincuenta gramos. Compré la báscula al salir del quebrantahuesos. He bebido tres cervezas sin alcohol y una copa de vino después de la cena. Dieta frugal. He fumado como si fumara. Nada de nada.

Día 14

El día ha sido rutinario y no había escrito hasta ahora ni una línea. Mi hijo ha estado en la facultad y después estudiando en su dormitorio; Clemente se ha pasado por aquí cuando yo estaba sola: cinco minutos y ni una palabra; vino Josefina a limpiar; he preparado la comida y la cena; no han brotado gusanos carmesíes de las junturas de las baldosas; la madre debe de andar saponificándose en el trastero; mi vecino de descansillo está aprendiendo a tocar el trombón: yo he bajado las persianas para amortiguar el ruido, pero quizá él debería empezar a preocuparse... Sin embargo, esta noche, ahora mismo, he estado soñando con usted, doctor Bartoldi, y me levanto de la cama –es de madrugada– para escribirlo en mi diario antes de que se me olvide. Como siempre, también en el sueño, estuvo muy simpático y me llamó querida todo el tiempo.

Hoy tenía usted la cara de Svengali en los dibujos de George du Maurier. Yo no podía desoír su recomendación. Compré el libro enseguida y enseguida me puse a leerlo. Lo acabé hace un par de noches y me pareció tan ingenuo que me dio miedo decírselo por si usted se lo tomaba como una ofensa. «¿Cómo me voy a ofender, querida niña? Yo jamás podría enfadarme con usted: no sea ridícula.» Casi me muero de gusto dentro de mi sueño oyéndole hablar como el lord de una película británica de los años cuarenta. Luego pensé que era hermosa tanta ingenuidad y que lo importante del libro eran el arte, las pasiones y la posesión. Que usted había creído que yo era como una niña impresionable y yo, se lo confieso, soy como una niña cuando me enamoro y me veo a mí misma, en un plano cenital, decrecida y con calcetines cortos, con las costillitas marcadas y sin tetas. Tan modosa y tan menguada, soy la niña a la que se le ocurre todo lo que debería haber dicho o hecho cuando ya es demasiado tarde; mientras tanto, me ruborizo. En el sueño me brotan dos tirabuzones de las sienes y llevo un polisón y empujo un aro. Le pongo a usted la cara de Svengali porque no me gusta el aspecto de los otros personajes del libro: la dulce flacidez de Little Billy, un bajito más con mala leche, un niñito consentido al que su mamá le compraría milhojas y profiteroles; ni tampoco me agrada la nobleza grandullona del buen Laird, el bruto rubio –¿por qué lo imagino vestido con una falda escocesa?–. Me vuelven loca, sin embargo, los rasgos –¿arábigos?, ¿orientales?– del músico hipnotizador capaz de curar la enfermedad por medio de una simple imposición de manos. Nadie tan generoso como este Svengali que después padece todos los dolores –las cefaleas, las migrañas, los calambres en el vientre, el pinchazo en los oídos...– y transforma a una vulgar costurera en un ángel y una diva. Yo soy la costurera y la diva, esa estatua fumadora con unos bellísimos dedos de los pies que, abducida por su mirada, canta y se desplaza sobre el mundo.

Usted es mi Svengali y yo le pongo ese rostro en mis sueños y, dentro de ellos, he reproducido para usted el sonido de la sartén contra la calavera de Piedad: ¿croc o clong?; le he contado el rato que pasé con el cazador y la madrastra en la azotea contemplando el cielo de un crepúsculo en el que usted hubiera podido aparecer volando ataviado con una capa de estrellas y lamé; le he relatado mi visita al fisioterapeuta –estaba molida–, las marcas azules de mi cuerpo; y le he descrito los rollitos de carne que afean el cogote afeitado de Clemente, sus vellosidades, los empastes gastados de sus muelas, su rijosidad y su orgullo de eyaculador precoz. Usted se ha reído y me ha dicho: «Qué divertida es usted, querida niña.» Y yo le he respondido: «Todo se lo debo a su diario, querido doctor Bartoldi.» En mi sueño he vuelto a notar el alargamiento de mi clítoris, su repentina dureza, y he apretado mucho, mucho, los muslos mientras usted seguía sonriéndome y con eso me bastaba, querido Bartoldi. Sólo con eso. Después usted me interrogaba: «¿Y no tiene nada más que contarme en esta ocasión? Recuerde, querida, que sus problemas me interesan mucho.»

Y aquí el sueño se ha hecho un poco incómodo porque usted volvía a quedarse sin cara, se echaba hacia un lado, y a mí se me subsumían los tirabuzones dentro de las sienes. Su despacho desaparecía y yo estaba sentada en una camilla de las consultas de especialidades de un ambulatorio. Primero aparecía una sala de espera con un niño lleno de vendajes que supuraban un líquido amarillo. Yo no quería mirarlo, pero no lo podía evitar. Al ver al niño, yo pensaba: «Lo mío es una tontería: debería irme para que la doctora se concentre en los pacientes graves.» Después —usted estaba observándolo todo desde un ángulo muerto de esta pesadilla que sólo era una transcripción de la verdad— una mujer rubia me colocaba una lupa entre la piel de los dedos. Me miraba con un poco de asco. Yo le preguntaba. «¿Qué es lo que pasa?, ¿qué tengo?» Y ella me respondía: «¿Acaso es la primera vez? ¿De verdad tengo que decírselo?» Yo notaba sobre mi pecho el roce constante de un collar de moscas. Alergia al pescado. Un eczema. Sequedad en la piel por culpa de extremar la higiene, de las duchas diarias. Pero no entendía cómo la mujer podía diagnosticarme mirándome los dedos. En los dedos no me pasaba absolutamente nada. Levanto la cabeza para mirar a aquella mujer con cara ininteligente. La mujer rubia me espeta entonces: «¿Cuántas relaciones sexuales mantiene usted a la semana con hombres distintos?» La mujer es brutal. «Yo estoy casada», me defiendo. «Ya, pero ¿cuántas y con cuántos?» «Con uno. Una o dos veces a la semana. A veces ninguna.» La mujer se ríe: «No me lo creo.»

En ese momento me imagino a mí misma tal como esa mujer me piensa y tengo ganas de partirle la boca. Esa mujer se ha colocado por encima de mí y me desprecia porque me prostituyo y soy inculta y desaseada. Debería partirle la boca, pero tengo miedo y quiero saber cuál es mi enfermedad y al mismo tiempo mi culpa: «¿Me puede usted decir qué es lo que me ocurre?» La mujer me responde con aire de satisfacción: «Usted tiene sarna.» Pienso en la posguerra, en la lepra, en los bubones de la peste, pienso en suciedad y en arañas que se te comen la piel por dentro, en pequeños gusanos aradores que me van dejando delgadita y que ahora mismo me mordisquean y abren túneles y guaridas por debajo de mi pellejo. La mujer rubia me acusa: «La sarna es una enfermedad de transmisión sexual.» No sé si soy yo la que siente vergüenza verdadera o es esta mujer la que quiere que la experimente. La dermatóloga me inocula la vergüenza directamente hasta las arterias. No digo nada más y me aguanto el llanto mientras me prescribe un tratamiento, y luego, en un taxi, echo de menos a mi madre que está muerta y a mi hijo que está vivo, y lloro y noto cómo me va brotando el odio que me nace del plexo solar y se me va extendiendo por las extremidades como estos gusanos aradores que se me comen por dentro. Usted, Bartoldi, por fin, sale del ángulo muerto del sueño, se sienta a mi lado en el taxi e interviene para rebajar la tensión: «Debió de pasarlo usted fatal, querida.» «No lo sabe usted bien, doctor Bartoldi. Pero lo peor aún estaba por llegar.» En este instante todo mi sueño se ha venido abajo como en las demoliciones controladas de los viejos edificios.

Revuelta. Nivel de ansiedad: 1-1,5. Me he tomado una pastilla blanca, una pastilla fuerte, pero no he notado nada en especial. Sueños raros: ya se lo he dicho. Peso 58 kilos y trescientos cincuenta gramos. No confío en la báscula. He bebido una cerveza sin alcohol y tanta agua que siento ranas que croan en el charco de mi estómago. Dieta frugal que no justifica la complicación de los sueños. Nada de fumar y nada de nada: sólo las ranas.

Día 15

Esta mañana, con la excusa de que tengo que pagar el recibo de no sé qué derrama, Leo ha llamado a mi puerta y yo le he abierto con mucha cortesía. Nada más entrar en mi casa, Leo ha diagnosticado: «Aquí huele a tabaco. ¿Es que tu hijo fuma?» «No, Leo.» «¿Entonces? Porque... ¡vaya peste!» «Leo, es que fumo yo.» Entonces, mi vecina ha cerrado la boca. La verdad es que con Leo tengo bastante paciencia porque me hace gracia lo asquerosa que es. Lo insultante e intempestiva. Lo agria. Lo mal que disimula cuando viene a mi casa para detectar algún rastro de Clemente y sólo se encuentra conmigo enfundada dentro de mi bata de cuadros y sin pintar. Sin estar preparada ni para la batalla ni para el amor. Si Leo no dice la última palabra, revienta: «Pues es malo fumar.» Y pesar ochenta kilos y ser diabética y tener mal la circulación y poner ambientadores de pino en los dormitorios y lavar con suavizantes y ver la tele más de ocho horas al día y oír ciertas emisoras de radio y ver los concursos de misses y los *reality shows* y salir al balcón para controlar la calle como los serenos y mirar por la mirilla y guisar con teflón que no se agarra y decirle a todo el mundo lo que se piensa de él y freír con el aceite de los girasoles las chuletas de un cordero grande y seboso y hablar a voz en grito y tener hijos que son obreros manuales, habitantes de periferia, padres prematuros y carne de cañón, como Leo. Todo eso he pensado, pero Leo también tiene derecho a conservar su parcela de orgullo y de dignidad, como por ejemplo cuando asevera: «Ninguno de mis hijos se ha divorciado», y eso es un triunfo y una marca de las mejores familias, mejores que las de los duques y que las de los hombres de negocios; por eso, por la dignidad de Leo, he dejado que ella zanjara la cuestión de los olores dañinos para la salud o la de la delicadeza selectiva de su pituitaria y sólo le he dicho: «¿Quieres un café?» Leo no lo ha querido –sin ceremonias– porque piensa que mi café es malo o que yo no lo sabría preparar como a ella le gusta.

Nos hemos sentado las dos en el salón y Leo, con la carpeta azul de gomitas sobre los muslos, la carpeta de las derramas, los justificantes y también de las listas negras, me ha advertido: «A ver qué haces con Clemente.»

Me encanta Leo. La he tranquilizado: «Nada, Leo. Con Clemente no hago nada.» Después hemos hablado de mi vecino de descansillo, Tony, que folla con las ventanas abiertas de par en par con una que grita; Tony, que fuma porros y esnifa cocaína y «Vete tú a saber qué más, Luz»; Tony, que ha colocado un aparato de aire acondicionado cuyo ruido no nos deja dormir por las noches y que, además, está aprendiendo a tocar el trombón y es tan imbécil como para que le guste que le llamen Tony anglosajonizando el empaque romano de su nombre de pila –esto tampoco se lo he dicho a Leo que a uno de sus hijos lo llama Franky, de Francisco–. Leo profundiza un poco más en los pecados de Tony: «Josefina se le ofreció como asistenta y no la quiso.» Como si Josefina fuera mala o no limpiase bien o fuera a irle a Leo con el cuento de los objetos extraños que decoran la casa de Tony –¿una arguila?, ¿la moqueta roja?, ¿los cacharros sucios?, ¿el olor a marihuana?, ¿las chicas desnudas?, ¿los perritos sodomizados?, ¿las pastillas de colorines?, ¿los preservativos?, ¿las bragas de leche de burra que se comen a bocaos?, ¿las sábanas revueltas?, ¿los vasos largos?

También hemos hablado del cura que vive en uno de los pisitos interiores, porque es un cura muy raro que fuma y sale los fines de semana a horas intempestivas; y de Manuela, otra vecina del interior que mantiene un contencioso con Leo desde que las dos eran niñas: el contencioso es cada vez más grave porque Manuela –que es como la viudita del conde Laurel que quiere casarse y no encuentra con quién– no ha tenido oportunidad de dar el salto del interior al exterior a través de la compra de una vivienda más luminosa y más grande, entonces Manuela protesta siempre por el reparto de los coeficientes entre los vecinos de la comunidad, por la cuota de la basura, por el recibo del agua, por la limpieza y la renovación de las antenas... «Me tiene mucha envidia, Luz.» Leo les ha cortado un traje a los chinos del bajo que tienen un perro que ladra de noche y a la chica guineana del otro bajo que debe de ser puta y cuelga las bragas en el patio en una cuerda que ha enganchado de dos muros perpendiculares haciendo agujeros sin pedir permiso a la comunidad. Leo brama: «¡Es antiestético!» Cada vez que Leo insulta, yo procuro atenuar su ira: «Venga, venga, Leo, no hay que pensar tan mal de la gente.» Pero en el fondo gozo porque Leo saca todo lo que me gustaría pensar sin ruborizarme para ser completamente feliz. Hemos acabado la ronda con Cristina, la médica que ha comprado el piso de enfrente de los señores Peláez. «¿Médica? ¡Ésa debe de ser tan médica como yo!», suelta Leo. Me relamo con Leo y ella sigue: «Pero si está casada con un moro y ¿tú has visto las pintas que lleva?» La médica lleva un *look* casual, pero Leo no se acostumbra al *vintage* ni al *casual look* y no voy a ser yo quien recicle estéticamente a Leo, que sigue pensando que los niños deben lucir la raya al lado con el pelo pegadito y bien empapado en colonia, y que un vestido bonito es como una bata cruzada con un estampado de flores y que una mujer sin zapatos de tacón no es una mujer elegante y un hombre sin corbata es un galocho y un cutre.

Me gusta llevarme bien con Leo. A su lado me siento más buena que un pan. Y protegida porque sé que ella siempre será del bando ganador y llevará la cabeza bien alta. Si alguna vez no estoy cuando llega el cartero, Leo recoge las revistas de ciencias naturales a las que está suscrito mi hijo. Para que no se estropeen. Para que no se doblen las estampas. Para que no nos las roben del buzón. Lo que le gusta a Leo es palpar el bulto del paquete, echarles un ojo a las portadas a través del sobre a contraluz. No importa. Es una buena vecina. Quizá es que poco a poco soy más de las suyas porque a mí tampoco me gustan el cura ni Tony ni la escritora que vive encima de mí ni los resentidos de los interiores –«¡Joder!», dice Leo, «¡que hubieran ahorrado como nosotros!»– ni los advenedizos ni la gente que no puede vivir sin aparatos de aire acondicionado porque se asan de calor en agosto –«¡Qué delicados!»– ni, desde luego, Cristina. Me vienen a la cabeza mis sueños nocturnos, me revientan los *¡hola!* de Cristina que suenan a *¡hula!*, su buen rollito, y me pregunto cuál será la especialidad de esta médica falsa, cómo atenderá a sus pacientes en su consulta «María Luz, una mamografía», «La columna vertebral es la madre», «Su marido no debe de quererla demasiado», «¿Acaso tengo que decírselo yo?» «No me lo creo», «Es sarna». Demasiado ruido.

A medida que se me afilan los colmillos –aunque me los recojo dentro de la boca para que Leo no me los note–, me siento más cómoda con ella: formo parte de algo que está por encima de los otros y es primigenio, más rancio. «Una carroñera. Ahí, tan flaca, subida en el palo, esperando a que los viejos se mueran... ¡Me da asco!» Leo pasa por alto su edad; ella siempre habla de sí misma como si fuera una mujer mucho más joven. Una mujer como yo: «Nosotras...», dice Leo, y me llega un sofoco de ternura y, a la vez, una resistencia, una descarga que me desgaja de Leo, me lanza hacia atrás y me coloca en otro sitio que no es el suyo. A Leo me la gané un día con un gesto muy simple: «¿Leo?, ¿de dónde viene Leo?, ¿de Leocadia?, ¿de Leoncia?» Leo miró hacia su felpudo aunque estaba hinchada como un pavo: «No, no viene de Leocadia ni de Leoncia. Viene de

Leonor.» «Pero ¿te llamas Leonor y no lo usas? ¡Si Leonor es un nombre precioso! No te dejes llamar Leo, mujer.» Ahí me di cuenta de la debilidad de una Leo a la que lo que más le gusta es que le digan que está guapa: «¡Pero qué guapísima estás hoy, Leonor!, ¿te vas de pingo?» «No, hija, me voy al médico.» Leo, pobre Leo.

Antes de marcharse de mi casa, mi vecina me hace dos advertencias: la primera: «No me chupo el dedo, Luz» –Leo, pobre Leo–; la segunda: «Cuidadito con Clemente, que su familia es buena pero ese chico siempre ha sido muy rarito.» Aunque esté reñida con los Peláez, Leo reconoce que son una buena familia. Siempre han sido uña y carne. Siempre se han ayudado. Ha tenido un encontronazo con Piedad, pero si Piedad llamara pidiendo socorro Leo acudiría. Es noble Leo.

Leo me cuida, se preocupa por mí, le doy pena porque cree que soy una mujer abandonada que cuido de mi hijo, un muchacho que da los buenos días; porque sabe que madrugo y aireo las habitaciones y le gusta lo que asoma por la rendija superior de mi carrito de la compra; porque no doy escándalos y, desde que mi marido se fue, no he abierto la puerta de mi casa para conocer varón. No sé si me he ido haciendo tan salvaje –tan «gente de orden»– por impregnación o si fue de repente en un momento que no logro identificar con nitidez. A veces pienso que soy una hipócrita con Leo, que la engaño para ahorrarme complicaciones, pero poco a poco voy viendo claro que Leo me ve tal como soy y que, precisamente por eso, me aprecia. A veces me trata con la misma confianza que a una hija. Como esta mañana cuando se ha despedido de mí: «Luz, estás más gorda.»

Leo nunca formaría parte de mi lista de saponificados, quizá porque nuestras iras son las iras de los seres semejantes.

Sigo inquieta. Nivel de ansiedad: 1,5. No tomo la pastilla blanca porque me da miedo acostumbrarme y hacerme inmune si alguna vez me subo por las paredes; sí me tomo la rosa. Los sueños de anoche fueron los sueños de Bartoldi; ojalá esta noche siga la película. Peso 58 kilos y cuatrocientos cincuenta gramos. He bebido una cerveza sin alcohol antes de comer y agua. Comida ligera y cena inusualmente opípara. He fumado bastante para rebelarme contra Leo y reivindicar mi casa. Si menstruara, sería como el milagro de las vírgenes policromas que lloran sangre. O quizá un tumor.

Día 15 (noche)

«Pero lo peor estaba todavía por llegar.» Me he oído a mí misma nada más cerrar los ojos y he hecho fuerzas para recuperar el hilo de ese sueño en el que usted y yo, doctor Bartoldi, nos sentábamos juntos en la parte trasera de un taxi y usted, brindándome amablemente el pañuelo blanco con sus iniciales bordadas, secaba mis lágrimas y me atenuaba el odio. «Vamos, vamos, querida: es el momento de desahogarse.» No le ha quitado importancia ni a mi vergüenza ni a mi cólera. No me ha dicho: «Vamos, vamos, no es para tanto. Tranquilícese.» No me ha dado dos bofetadas, como en las películas, para ayudarme a superar mi ataque de histeria. Yo le he mirado el rostro y mi Svengali tenía los rasgos de Iván el Terrible y, sin embargo, era dulce como un alfajor.

Juntos bajamos del taxi que nos deja justo delante de esta misma fachada que ahora me protege mientras escribo en mitad de la noche para no olvidar detalle. Soy un ave nocturna últimamente. Ninguno de los dos paga al taxista y me sonrío, en mi duermevela, por lo económicos que resultan los sueños. Subo a mi casa –usted me sigue los pasos, no crea que carece de protagonismo ni un segundo– y allí, en el salón, encuentro a mi marido. Me pide un beso. Entonces usted, doctor Bartoldi, tan discreto como siempre, se esconde detrás de una cortina desde donde puede escuchar nuestra conversación. No le digo a mi marido que la dermatóloga me ha humillado, pero tampoco le doy el beso que me pide –entre otras razones por consideración hacia usted, que no está obligado a presenciar semejantes comistrajos–. «Bueno, ¿qué te ha dicho el médico?» Mientras me rasco el escote, respondo: «Tengo sarna. La sarna.» Mi marido se queda como un bobo: «¿La sarna?» Y empieza a rascarse las rodillas y los muslos, pero frena en seco cuando yo, usando la misma cadencia despectiva que la médica, le informo de lo siguiente: «La sarna es una enfermedad de transmisión sexual.» Mi marido se queda mudo. Yo le echo en cara que sólo él puede haberme contagiado esos bichos que, cada vez que me meto en la cama, se despiertan reconfortados por el calor y comienzan a masticar mis pellejitos subdérmicos y me cosquillean las terminaciones nerviosas para desquiciarme. Me acuerdo de una canción «Rompa, rompa la tierra, la carne de esmeralda endurecida...», pero mi piel no es esmeralda sino capas de dermis y epidermis, lípidos y residuos preparados para saponificarse si llegara el caso. En este momento onírico los bichos rompen mi carne de la misma manera que sucedió en la realidad. Ponen sus huevos. Desde detrás de la cortina, usted, Bartoldi piadoso, extiende su mano y me la pasa por la frente para que se me borre de la cabeza esa imagen zoológica que me haría perderme o quizá saltar a otro sueño de tipo microscópico.

«No digas tonterías, Luz», mi marido habla en el sueño como habló hace unos años en el salón de mi casa. Experimento una sensación extrañísima: le echo a mi marido la culpa de todo y a la vez necesito que me abrace como si yo fuera una niña que acaba de despellejarse un codo contra la gravilla del patio del colegio. Odio a mi marido porque consigue que me sienta una mala persona, sobre todo cuando él no me echa en cara a mí la posibilidad de que mi contagio haya sido la consecuencia de un mal paso por mi parte. Yo pienso mal, soy mezquina y prolongo a lo largo de los meses mi mezquindad y esa extraña sensación de ser vulnerable y violenta a la vez. Mi marido me quería mucho pero se le fue pasando. Fueron meses en los que yo le bufaba cada vez que se acercaba a mí y fui más princesa-guisante que nunca y desconfié de él y me lo imaginé fornicando con otras mujeres —secretarias, cajeras, camareras, esposas adúlteras, prostitutas, profesoras de instituto, reponedoras de supermercado, ingenieras de caminos...— y con otros hombres —albañiles, mensajeros, arquitectos, chefs, peluqueros, maestros de escuela, empleados de una óptica...—, fornicando con burras y con gallinas y con cabras y con perros mastines sobre sábanas sucias, orinando contra la loza de un retrete salpicado de excrementos, y, después, me lo imaginé tocándome, inyectándome depredadores que acabarían reduciendo mi piel a un papel quemado que, al quebrarse, dejaría al descubierto las telarañas de mis músculos y los huevos de las crías de esa especie parásita y monstruosa. Me entró asco. Le creí el hombre más desconsiderado del mundo. Le repudié y él se marchó dejando todas mis necesidades cubiertas.

Esta larga secuencia temporal se concentra en mi sueño dentro de una sola escena en la que usted, Bartoldi, se hace cargo de todo y todo lo entiende. «La sarna es una enfermedad de transmisión sexual», digo yo, y entonces mi marido, mientras se excusa —«No digas tonterías, Luz»—, me mira fijamente a los ojos y me lee los pensamientos y ve las imágenes de mi furia contra él, de esa inseguridad en mí misma que le va a echar cubos de mierda por encima de los pelos y no se siente lo suficientemente fuerte y se va. En mi sueño el proceso de separación se concentra en una sola escena porque, después de analizar mi fondo de ojo como lo haría un asistente de nefrología, mi marido va a su cuarto, recoge su maleta, hace mutis y yo dejo de ser una torturadora miserable, un ser injusto, para convertirme en una víctima que ejerce el victimismo. Entonces, Bartoldi, usted interviene con su acostumbrado sentido de la oportunidad: «No se culpe, querida. Él se marchó porque no la quiso lo suficiente como para aguantar sus pequeños despotismos. Tan justificables en su estado, por otra parte.» Bartoldi coincide con el fisioterapeuta, pero yo ni siquiera tengo que hacerle tal observación porque él ya la ha adivinado: «Sí, querida, coincido, pero también insisto en que tenga presente que usted estaba atravesando una época muy difícil. No se trataba sólo de la sarna: su cuerpo, en general, se estaba transformando.» Mi queridísimo Bartoldi se acerca a mí y, sin tocarme, me habla y me conforta: «Estaba sufriendo una metamorfosis, Luz. Era extremadamente quebradiza.» Le pregunto a Bartoldi: «¿Me estaba convirtiendo en mariposa?» «Pero a la inversa, querida: se le estaban subsumiendo las alas y se estaba retrotrayendo al estado de crisálida... –pensé que estaba siendo usted inusualmente duro conmigo, hasta que le escucho acabar su frase–... al estado de crisálida que, ahora, le permite renacer.» Bartoldi, usted en mi sueño me ayuda a entender que mi marido no tuvo la culpa –quizá sólo un poco de desidia– y que mi hijo me clava alfileres en el punto exacto del plexo solar cada vez que coloca una nueva mariposa contra el fieltro acolchado de sus cajas de madera. Porque fui un poco despiadada –«comprensiblemente despiada-

189

da», Bartoldi me interrumpe el pensamiento para que no vuelva a herirme– con su padre. «Pero usted no debe culpar ni a su esposo ni a su hijo, que, sin lugar a dudas, la adora. No está sola, querida.» Bartoldi, tengo que confesárselo: me quedo un poco desconcertada en el sueño y usted me espabila: «Y, bueno, querida, ¿acaso no sabe lo que tiene que hacer?» Y, entonces, como usted diría, lo he visto todo perfecta, comprensible, extremadamente claro.

Día 16

La culpa no la tiene ni mi marido ausente ni mi descolorido hijo ni las mariposas ni Bartoldi –¡querido Bartoldi!–; ni los gusanos aradores que pueden llegar envueltos en penes de efebo o en ingles femeninas o en otros lugares menos comprometedores como la toalla resobada del lavabo de un bar o el recosido de un almohadón o un jerseicito –este razonamiento me ilumina después de haberme formulado una pregunta: ¿por qué a los neonatos la sarna les reconcome el arco ciliar y los deditos de los pies?, ¿han mantenido acaso los bebés relaciones sexuales?–; no tienen la culpa ni la resurrección de la carne ni Leo ni Clemente, el bruto; ni las palomas ni los gusanos carmesíes; ni el rosario de la aurora ni mis difuntos progenitores –castradores o consentidores, según se mire– ni el ingeniero de minas; ni Abú, que, desde que su mamá no está, come sin rechistar su pocillo de compota. La culpa es de la hija de puta de la dermatóloga.

He aprendido, a lo largo de los días, que llevo escribiendo este diario, el significado de la palabra *proyección* –recuerdo a Bartoldi que saca una caja voluminosa de dentro de su pecho y la coloca frente a mí encima de la mesa–. Hoy, sin embargo, he puesto en práctica el significado de la palabra *transferencia* –preveo el gesto de Bartoldi que desplaza su dedo índice muy rígido desde un imaginario punto *a* hasta un imaginario punto *b*–. Y no lo he pensado dos veces.

Cristina acostumbra a transportar a su hijita –monstruosamente grande– en una mochila de esas que las madres se colocan en el pecho. Sólo los idiotas están repoblando este país. Cristina, mi vecina, habla sin cerrar la boca. Su casa es la casita de papel. Se recuesta en cojines con corazones y tiene algunos adornos, muy pocos, pero todos étnicos. Quema incienso en palitos. No hay espejos frente a las puertas y, en su cocina, el fuego no se enfrenta al agua ni el agua al fuego. El cabecero de la cama está orientado hacia el este. La cama es japonesa, lo que denota que no es ella quien estira las sábanas cada mañana. Cristina coloca cactus al lado de las pantallas de su ordenador. No hay ceniceros sobre sus mesitas. En una esquina se oye el soplidito de un humidificador y tilines-tilines, campanillas, por los rincones de la casa. Ella y su marido, que es uno de esos calvos que se rapan la cabeza para disimular, dejan los zapatos en el descansillo al entrar en la vivienda: por su casa andan descalzos. Se han atrevido a tocar hasta los muros maestros para producir en el espacio un efecto de diafanidad y pulcritud totales. Cualquier día esta casa puede derrumbarse porque el piso de Cristina es como un *loft* de niuyor: sólo desentonamos los vecinos.

Me fijo en todos estos detalles bochornosos cuando tengo a Cristina agarrada por el cuello con un cordón de zapatos que me había guardado en el bolsillo. Mientras aprieto, proyecto mi vista circundante alrededor del espacio diáfano de la casa y así me distraigo de los latidos y estertores. Peso casi cincuenta y nueve kilos. He jugado con el factor sorpresa. La he pillado por detrás, desprevenida, mientras me daba la espalda y se agachaba para colocar algo en un revistero. Ha sido cuestión de un minuto –el apunte cronométrico es literal–. No ha habido estruendos ni muebles derribados ni gritos de Cristina, a quien se le ha quedado la misma cara que a las mujeres estranguladas en *Frenesí* de Hitchcock: los ojos abiertos y ojerosos –el rímel corrido–, la punta de la lengua que sale, redondeada, entre los labios de una boquita de pitiminí.

Hacía menos de un cuarto de hora –exactamente a las dos y quince– que Cristina me había abierto la puerta: «¡Huuuula, Luz!, ¿quieres pasar?, ¿te importaría quitarte los zapatos?» «Huuuula, Cristina», le respondo mientras me quito un zapato con el talón del otro y descubro que tengo una carrera entre los dedos de los pies. «Pasa, Luz, he venido a comerme una ensalada..., ¡la cafetería de la residencia da unos menús horrorosos!» El hecho de quitarme los zapatos –que debería haber previsto como condición sine qua non de acceso a la vivienda de Cristina– complica un poco mis planes, porque ella es más alta que yo y creo que me voy a ver obligada a estrangularla dando un respingo. No caigo en la cuenta de que Cristina puede agacharse como efectivamente sucede cinco minutos después. «Menos mal que he dejado a la niña en la guardería...» Cristina –que parece medio tonta– no me pregunta a qué vengo, pero lo más importante es que no se ha percatado de que llevo puestos unos guantes de plástico de los que vienen en los envases del tinte castaño oscuro con el que me tiño las canas –teñirme de caoba sería obligar a mi hijo a verme los cabellos grises– y, si se ha percatado, no me ha invitado a quitármelos. «Me pillas de milagro. ¡Tengo diez minutos!» Me ha salido mi chispa de humor: «Entonces no te entretengo.» Y me he puesto manos a la obra en cuanto ella me ha dado la espalda. Obviamente me había enfundado los guantes para no dejar huellas ni residuos de uñas ni briznas de mi piel por la casa o por el cuello de Cristina. Después de estrangular a Cristina mi vecina, me he vuelto a meter en el bolsillo el cordón de los zapatos que he usado para asfixiarla: más tarde lo he destruido. Compré el cordón en una zapatería situada en la otra punta de la ciudad. Elegí los cordones más vulgares, para que ningún policía pudiera seguir el rastro de una adquisición tan común y tan modesta. Aunque estos pisos son como hermanos siameses unidos por el cráneo –la zona exterior está pegada por un tabique; hacia el interior, separados por un patio, los pisos se alargan sin tocarse como líneas paralelas–, no he tenido ningún miedo a que los vecinos de enfrente, Piedad y el ingeniero, pudieran ver mis movimientos en el *loft* de Cristina. Tampoco el *loft* está al alcance de la mirilla de Leo, que, si me viese, quién sabe si se convertiría en mi cómplice para encubrir el ajusticiamiento. Carezco de móvil para el asesinato. Mato a lo tonto, pero a veces consigo cierto efecto de hermosura: la muerte y saponificación de la madre de los dos niños oliva me enorgullecen por su atmósfera y sus referencias a la literatura culta y popular. He visto muchas series de la televisión. Es imposible que me relacionen con el estrangulamiento de Cristina.

Como el marido de Cristina también es extranjero, a lo mejor pasa lo mismo que con la mamá de Abú: no hay denuncia y el falso rapado guarda sus trapos sucios dentro de casa como ha debido de hacer Clemente, el que lava más blanco, que, aunque ha venido a visitarme a la hora de la siesta, sigue sin desvelarme sus habilidades para deshacerse de los cadáveres de la familia. Mi hijo ha llegado a las cinco de la universidad. Todo estaba ya en perfecto orden.

Estoy nerviosa porque el día ha sido algo movido. Nivel de ansiedad: 2. Tomo la pastilla rosa. Los sueños de anoche fueron otra vez los sueños de Bartoldi: me estoy convirtiendo en una noctámbula. Presiento un cambio en mi ciclo vital. Peso 58 kilos y seiscientos cincuenta gramos. He bebido una copita de anís del mono –para darme ánimos– y una palomita para olvidarme de todo. Temo interacciones del alcohol con la pastilla rosa, aunque me siento más lúcida que nunca. He comido poco –tenía el estómago un poquito cerrado a mediodía– y he cenado huevos. No he contado los pitillos que he fumado. Clemente es muy bruto, pero no tanto como para hacerme sangre.

Día 17

Enciendo la luz de la escalera y voy preparándome para subir estos tres pisos que cada vez me producen mayor asfixia. Supero el primer tramo y al ir a enfrentarme con el segundo, escucho un sonido casi imperceptible, como un remoto lloro infantil, el lloriqueo de un niño que ha sido abandonado dentro de una caja de zapatos en la calle y ya casi no puede ni llorar; como un silbato de perro que me llega hasta la raíz del tímpano y me obliga a girar la cabeza de un lado hacia otro, buscando algo. Distingo un animal blanco pegado contra las molduras de madera del segundo tramo de escalones. Se restriega contra la pared como si se quisiera meter dentro de ella, en algún espacio escondido de la casa. Me acerco y lo levanto con una sola mano. Lo apoyo contra mi pecho, lo acurruco, y el gatito blanco, crudo, ronronea. La vibración repercute dentro de las zonas huecas de mi cuerpo. Me pongo a pensar de quién puede ser el gatito y me empiezo a poner nerviosa porque no sé qué hacer con la criatura, no entiendo cómo puede haber llegado al portal de mi casa y sólo se me ocurre que alguien lo ha abandonado allí. Tengo la facultad de tropezarme con todos los gatos de la ciudad. Con todos los gatos buenos y pequeños que se han criado entre recipientes llenos de pienso y algodones, y que son incapaces de buscarse la vida por los tejados de una ciudad de antenas electrificadas y de veneno para ratas inmunes a la química y a las enfermedades. Chillidos de las ratas que se escuchan con un poco de concentración. Sólo es preciso obviar la suciedad de los sonidos de fondo de las avenidas, las escobas de los barrenderos, los grifos abiertos, el agua que hierve dentro de una cacerola. Chillidos de las ratas que transmiten la gripe desde las azoteas del barrio.

La luz de la escalera ya se ha apagado, pero yo sigo subiendo. Noto que el gatito quiere escabullirse deslizándose por mi abrigo; no quiero que se me pierda, así que vuelvo a encender la luz y se me para el corazón como cuando alguien presiente que algo malo va a pasar y, al descolgar el teléfono, le comunican la más imprevisible y dolorosa de las noticias: encuentro otro gatito blanco, idéntico al anterior, que se parapeta contra el quicio de la puerta de mi casa y, en actitud defensiva, me bufa. Me acerco, con un poco de miedo, y el segundo animal me lanza una zarpa sin uñas que me permite alcanzarle el lomo y acariciarle. Se aproxima a mí y ronronea, aunque está nervioso y no permite que le agarre y le mantenga entre mis brazos como al primero. Son animales limpios, redondos, bien cuidados. Los dos gatitos están en el suelo y me miran; de repente, suben de estampida hacia el cuarto piso y yo corro tras ellos, pero desaparecen y no logro encontrarlos por ninguna parte.

Melancólica. Sin ganas. Nivel de ansiedad: 2. Tomo la pastilla rosa. Sueño entrecortado, ligero. Peso 58 kilos y novecientos gramos. Copita de anís del mono y palomita. Vino tinto. Dieta mediterránea. Soy fumadora. Clemente ha sacado de mi cuerpo, impoluta, su polla de Prosegur.

Día 17 (noche)

Paso la noche en blanco porque soy capaz de percibir los maullidos de los gatos desde algún lugar oculto de las tripas de este edificio. Vivo una resaca permanente en la que cualquier susurro me parece una estridencia. En camisón, me levanto a la una, a las dos, a las tres de la mañana y miro a través de mi mirilla por ver si los gatos arañan mi felpudo y yo les dejo pasar y, definitivamente, los adopto para que nadie pueda hacerles ningún daño. Para que las ratas no se los coman. El calor de la casa se escapa por las rendijas. Camino descalza por el suelo y a tientas palpo el interruptor de la luz. Los gatos están en uno de los peldaños que van del tercero al cuarto. Los llamo y no vienen. Justo cuando se vuelve a apagar la luz, mi hijo sale al descansillo. «¿Mamá?» «Es que hay unos gatos, ahí, en los peldaños de la escalera.» «Yo no veo nada, mamá.» Pero es que mi hijo ve muy mal con esta luz tenue. Los gatos escapan de nuevo escaleras arriba; me asomo y no los veo más. Se cuelan por algún hueco que los lleva hacia otra parte. Pero sé que están ahí, que me esperan, que no puedo hacer nada para recuperarlos. Mi hijo y yo entramos en casa, nos acostamos. Yo sigo oyendo los maullidos durante toda la noche y pienso en Clemente, que ha venido hoy aunque no le tocaba: si yo no hubiera estado seca, me habría llenado la tripa de gatos.

Día 18

Ayer estuve obsesionada con la aparición de los gatos y dejé de recoger en estas páginas un dato inquietante: pillé a Josefina hurgando en mis papeles. Ella fingió que los ordenaba después de pasar el plumero y yo no la regañé porque no quise dar al asunto una dimensión tremenda que despertara su curiosidad y le llevase a comentar más tarde el acontecimiento con Leo. Sin embargo, me queda el resquemor de no saber exactamente qué leyó Josefina o qué interpretó o qué cábalas se hizo: tal vez le diera tiempo a leer mientras pasaba páginas deprisa chupándose el dedo índice, palabras sueltas como *gatos, anís, cordones, Abú, diario, Bartoldi, pastilla, gusanos carmesíes...* O tal vez se concentró en una sola página de arriba abajo con esa minuciosidad lectora que va juntando las letras y las líneas y los párrafos. En mi diario hay páginas comprometedoras y páginas inocuas, aunque lo aparentemente más comprometedor –la sangre, los ladrillos, los cordones de los zapatos– puede ser lo más inocuo, y lo más inocuo –el agua mineral, las rutinas–, lo más comprometedor. No sé cuál de las dos opciones –las palabras sueltas o la página de arriba abajo– es más preocupante, con qué forma de lectura Josefina puede acceder a un mayor número de claves para reconstruir un significado que quizá –hoy estoy lingüística, filosófica, teológica, luterana, chisposa– no sea lo mismo que la verdad: veo a Josefina concentrando las piezas dispersas de una imagen fracturada –*anís, Abú, gusanos carmesíes...*–; veo a Josefina llegando, por ese procedimiento, a un lugar que no es el mismo que cuando Josefina extiende las ondas de la laguna desde la piedra que se hunde, y formula hipótesis cada vez más amplias a partir de un detalle, analizado exhaustivamente, de la página que se lee sin respirar de principio a fin: podría ser por ejemplo esa tan linda donde acudo por primera vez a la consulta del doctor Bartoldi.

A veces las letras, la caja del texto, los renglones en los que se ordenan las palabras de una página, son una celosía, un enrejado, que no permite ver más allá de las volutas negras de su propio dibujo. La reja no permite proyectar el ojo por un agujerito hacia la superficie blanca del papel

197

para desentrañar lo que hay detrás. Qué nos espera. Sólo el trazado de la caligrafía. Por mucho que me lance contra ese entramado, mi cuerpo rebota, no rompo la luna de cristal, no entro, no me corto, no me pierdo al otro lado. He de encoger mis extremidades, aovillarme como los espeleólogos en la gruta, para colarme por la panza de la *a* o de la *p*, y llegar al centro, a la catedral de estalactitas y de estalagmitas.

La prisa, la aceleración, el ansia por no ser descubierta, mientras maneja el mango de su aspiradora, incapacitan a Josefina para leer superponiendo dos o tres o cinco filminas sobre el mismo proyector: leer como Dios manda, superponiendo los palimpsestos de textos, las impresiones y las memorias, los hechos recientes que se pliegan a la nueva página para extraer un sentido. Es lo mismo que cuando recordamos las ciudades visitadas: el plano de París se funde con el de Berlín, Roma, Buenos Aires, La Habana, Chicago, el DF, Barcelona, Argel, La Laguna, Túnez, Hamburgo, Milán, Estambul... Al salir de la Grand Place de Bruselas se abre una extensión sobre la que reposan, magníficas, pirámides del sol y de la luna; un poco más allá una reproducción del David, a la puerta del palacio Vecchio, entorna su mano gigantesca y comprime sus gónadas; detrás de los soportales o al subir una gran escalinata, se alza una catedral o una fuente por la que trepan cascarones de tortugas, nace una rambla que desciende hasta el mar Mediterráneo o hasta la curva de un fiordo, hasta la desembocadura de un tremebundo río sudamericano, hasta el lago Michigan visto desde lo alto de una cabina de la noria. Los planos de las ciudades se funden y aparece la ciudad que deseamos ver, la que recordamos, la que entrevimos en un sueño antes de visitarla: me recuerdo a mí misma tratando de atravesar un puente desierto, con un cielo sin nubes; en el río, las aguas turbulentas. Al llegar a Praga reconocí el puente de mi sueño que era el puente de Carlos, pero el cielo estaba anubarrado, el río calmo y allí no cabía ni una persona más.

Lo único que espero es que Josefina disponga de capacidad para discurrir. Que tras haber pasado la vista por una página o reconocido unas palabras de aquí y de allá, no le pique la curiosidad y quiera abrir la puerta de la habitación de Barbazul. Que Josefina sea inmune a esa vocación fisgona de los lectores que siempre les lleva a apetecer lo que no deben: las últimas voluntades de otro, el informe médico de un desconocido, una carta de amor que no nos enviaron, un diario o un documento que no lleva nuestra rúbrica, una genealogía foránea, un turbio pasado que no es de nuestra incumbencia. Si el momento llegara, ¿se pondría Josefina en mi contra o de mi parte?, ¿mis palabras, en primera persona, provocarían su simpatía o su repulsión?

Ni bien ni mal. Nivel de ansiedad: 1,5. Tomo la pastilla rosa aunque he descubierto que me produce acidez. Espesos sueños de gatos. Peso 58 kilos y novecientos veintidós gramos. He bebido una cerveza sin alcohol y agua de una jarra con un filtro que limpia los residuos. Ingiero quizá demasiados productos lácteos y vivo la paradoja alimentaria de que me obsesionan al mismo tiempo la osteoporosis y los cálculos renales. Procuro fumar poco. Al ir al servicio me ha dado un vuelco el corazón porque he visto sangre en el papel higiénico y al fondo de la loza del retrete: se me había reventado una hemorroide.

Día 19

Hoy ha sido un día de fiesta. Mi marido ha venido a visitarnos. Desde que se ha sentado en el salón, me he empezado a rascar el cuello y las caras internas de los codos. A la hora del aperitivo ha subido Leo, que se ha alegrado mucho de volver a ver reunida a la sagrada familia, la Virgen, San José y el niño, o el padre, el hijo y el espíritu santo que soy yo: «Vengo a que me eches una firma para que nos pongan más policías en el barrio.» Por supuesto he firmado la petición y nos hemos puesto a comentar un suceso que a mi marido le ha preocupado un poco. Una de estas noches, no recuerdo exactamente cuál –estoy muy metida en mis propios asuntos–, una panda de muchachos de los que vienen cada fin de semana a emborracharse en los bares de la zona, pegó una patada a la puerta del portal. Los chicos invadieron las dos escaleras de la finca. Subían y bajaban gritando: «¡Hay vida! ¡En esta casa hay vida!» Pisaban la madera de los peldaños como elefantes que buscan agua, como estampida de búfalos. «¡Vida! ¡En esta casa hay vida!» Exploraban un planeta desconocido. Cumplían un deseo: ver qué hay detrás de las fachadas que siempre se contemplan desde abajo.

Yo los oí desde la cama y su ingenuidad me produjo cierta alegría. Sin embargo, de repente el buen humor, la sensación de estar acompañada por una banda risueña, se me trastocó en miedo. No sabía muy bien si los muchachos debían temerme a mí o yo a los muchachos. Eran sólo una pandilla de anormales. Personillas beodas que defecan sin ganas sobre nuestros felpudos mientras se ríen. Salí al vestíbulo y pegué la oreja a la puerta; no mucho más tarde escuché a Leo: «Voy a llamar a la policía.» Los chicos se fueron por donde habían venido, horda vociferante, embriagada, muerta de risa, y pasaron el resto de la noche usando los contenedores de basura como instrumento de percusión. Leo explicaba indignada el suceso: «La culpa de todo la tiene el curita que es ahora el presidente de la comunidad y no da un palo al agua. Ni arregla la puerta ni pone la antena ni nada de nada.» Leo seguía hablando mal del cura y de Tony y de la difunta Cristina –¿sabría ya Leo de su desaparición?, ¿era una indirecta para hacerme saber que ella me cubriría y me cubriría y me cubriría?– hasta que dijo: «Me voy, que tengo la comida en el fuego. Hoy vienen mis chicos.» Leo parió cinco hijos varones. Está muy orgullosa. Es de buena clase: carne de primera A. De buena raza. Le miro los dientes y Leo relincha como una auténtica pura sangre. Por el patio sube olor a alubias con chorizo. Leo me ha guiñado el ojo. Yo no he sabido interpretar si era un gesto de cómplice en la muerte o en la reconstrucción de la unidad familiar. «Adiós, Leonor.» «Adiós, adiós.»

Mi marido se ha quedado a comer y cuando se ha dado cuenta de que yo rebañaba la salsa me ha dicho: «Veo que tienes buen apetito, Luz Divina.» No ha sido una recriminación sino la constatación de un hecho a la que yo he respondido rascándome el cogote. Antes mi marido sólo me llamaba Luz Divina cuando follábamos «Luz, Luz, mi Luz Divina»..., era un instante de religiosidad, de adoración, de *Dolce Stil Nuovo*. Después se le olvidaba mi nombre durante días enteros. Me casé con mi marido porque un día me miró de una forma que me obligó a agradecerle aquella mirada para siempre. Hago de toda mi vida la liquidación de la deuda que estaba contenida en una mirada que no se puede devolver. Yo nunca dispuse de mucho crédito, pero tenía incrustada en la cabeza esa forma de mirar, como juez de mis actos y como manta protectora, hasta que un día caminando por la calle me percaté de que mi marido se dejaba llevar por el balanceo de una chica exuberante, morenaza con rabos pintados hasta las sienes, muslos macizos. Mi marido me había hurtado su mirada en ese punto exacto de la realidad o quizá me la había estado robando desde el primer día. Se lo dije. «Estás tonta, Luz.» Ni siquiera me besó. Me puse a llorar. «Joder, con la menopausia, Luz, joder, con la menopausia.» Mi marido ya no me miraba a mí, que era una mujer que por la calle también podría despertar la admiración de los extraños. Una mujer que era una ingenua, una minusválida o algo peor: una exigente, una estúpida que se rebelaba contra las leyes de la naturaleza, contra los siete años o los siete minutos de duración prevista para el amor y para la fidelidad y para el deseo; una exigente, una estúpida, que no valoraba que su marido también se había rebelado contra las leyes de la naturaleza para estar a su lado aunque le hubiese cambiado la forma de entornar los ojos y a veces se le viera entretenido. Enseguida llegaron los cataclismos y la sarna.

Ahora mi marido sólo me puede llamar Luz Divina mientras se deleita contemplando cómo lambuceo, cómo me relamo, cuánta es mi prisa y mi avidez. Qué regocijo. Yo me lo guiso y yo me lo como. Me quito egoístamente la grasa de los morros arrastrando la lengua por la comisura de los labios; la saco hasta la barbilla; recorro con ella la zona de mi bigote depilado con cera virgen. Tengo la lengüita muy limpita. «Estaba muy buena la carne, Luz.» Me ha dado la impresión de que mi marido me estaba devolviendo lo que una vez me robó. He creído volver a ver aquella mirada que me puso en deuda. A punto he estado de rogarle: «Llámame, llámame Luz Divina otra vez.» Pero he ahogado mis peticiones dentro de una espesísima miga de pan.

Mi marido ha pasado aquí toda la tarde porque no ha rehecho su vida, porque sigo aquí como perro de hortelano –ni como ni dejo comer pero lambuceo delante de sus ojos, que son el agujero por el que una vez salió su mirada–; porque ya no vive en esta ciudad; porque hacía bastante tiempo que no veía a su hijo, que le ha enseñado su nueva colección de mariposas. El padre se ha interesado por los estudios del hijo y el hijo le ha puesto al día: no tiene asignaturas pendientes. Mi hijo va a ser un entomólogo vocacional, estudiosísimo, dotado e inútil. Los dos se han escrutado a la hora de la digestión: mi marido se habrá fijado en que mi hijo es una *delicatessen*, un duendecillo que por fuera se parece mucho a mí; mi hijo se habrá resignado a que su padre sea tan sólo un hombre que ronda el uno setenta y dos. Yo me he retirado a la cocina para que pudieran intimar, hablar de mí sin que yo estuviera presente –esta posibilidad es también la formulación de un deseo.

A la vuelta, mi marido se ha interesado por mi salud lo que no me ha hecho barruntar nada halagüeño respecto a la conversación entre el padre y el hijo. Cuando estábamos juntos, mi marido se enfadaba en el caso de que yo enfermase. Me decía: «¿No me digas que estás mala?» Me regañaba; después me juraba que lo hacía porque no podía soportar que me doliesen ni las lúnulas. Era egoísmo. Y se lo dije. Él lo reconoció: «Bueno. A lo mejor. También. Un poco.» Así que hoy cuando me ha preguntado por mi salud –¿a qué parte de mi salud se refiere exactamente?, ¿la bucodental?, ¿la hormonal?, ¿la dermoestética?, ¿la psíquica?, ¿la vírica o la bacteriana?, ¿se refiere quizá a los desmejoramientos asociados a la circunstancia de ir cumpliendo años, a los estragos de la edad, al runrún de la muerte o a los achaques de toda la vida, al hecho de que siempre he sido un poquito propensa a la cistitis?, ¿o se refiere a las nuevas dolencias: a los lumbagos, a la presbicia?–, no he sido clara y desde luego no le he confesado la existencia de mi doctor Bartoldi: «¿Cómo quieres que esté? –La voz me ha salido agria o ácida, ni salada ni dulce–. Últimamente no he cogido piojos.» Mi hijo, pobre, pretende relajar el ambiente con una revelación: «Mamá está muy bien. Además escribe.» La revelación para mi marido ha sido una revelación menor que para mí: mi hijo sabe. Ese conocimiento me inquieta y me incomoda porque no sé si mi hijo me ha visto encorvada sobre mis papeles o si ha visto mis papeles que se encorvan sobre mí y me hacen sombra. Mi marido no se ha interesado en exceso por mi vocación literaria, aunque sí por mi aspecto: «Estás muy guapa.» Y muy satisfecha de mí misma, mi amor, y muy fuerte –mato animales de más de cincuenta kilos–, y muy enamorada de mi querido doctor Bartoldi.

Sobre las ocho mi marido, que no ha rehecho su vida, se ha marchado. Le he despedido en la puerta poniéndole la cara para que él me diese un beso de refilón mientras yo me seguía rascando el nacimiento del pelo y la cara interna de los codos. Después me he puesto a ver la tele y mi hijo se ha encerrado en su habitación. No nos hemos dicho nada más hasta el momento de darnos las buenas noches. Entonces mi hijo me ha acariciado el pelo como si yo fuera una mujer muy, muy viejecita.

Paz de domingo. Paz horrenda. Nivel de ansiedad: 2, aunque los picores han sido un fingimiento. Tomo la pastilla rosa. Ayer di mil vueltas en la cama y hoy no creo que la situación cambie. No disimularé más: ya peso 59 kilos. He bebido una cerveza sin alcohol delante de mi marido y de mi hijo; ahora me espera, sobre la mesilla de noche, un copetín de anís que me voy a beber de un lingotazo. He comido menestra de verduras y carne de boda; he mojado una barra de pan en mi ternera en salsa: yo me lo guiso y yo me lo como. He cenado un yogur. No he fumado para que mi marido no me notara el ansia nicotínica –un tembleque0– cada vez que encien-

do un pitillo. Si no tuviera muy presente a Bartoldi, quizá me hubiese gustado que él se quedara y me tocase.

Día 20

Esta tarde ha desembarcado en el portal una legión de armadillos. Policías armados que han cortado la calle y han subido hasta el piso de Cristina. Segundo exterior izquierda. Yalal lloraba como si acabara de descubrir el cuerpo estrangulado de su esposa en mitad del salón; sin embargo, ha debido de lavarlo, perfumarlo, peinarlo, ponerle ropa nueva. Contemplarlo durante un buen rato. Mirarse en sus pupilas. Es curioso que los armadillos lleguen tan tarde. Que ninguno salga de la casa tapándose la nariz con los dedos. Que a ninguno se le ocurra ventilar. Al contrario, lo precintan todo, lo cierran herméticamente y lo conservan al vacío como el buen jamón serrano en la charcutería. Después llega el juez para proceder al levantamiento del cadáver.

Hace días que los estaba esperando. Quizá, ahora que los armadillos ya están aquí, tiren del hilo y encuentren a la mamá de Abú hecha jabón de Marsella en las buhardillas, y a Piedad escondida bajo la cama de Clemente. Lo pongo en duda. Los armadillos, para encubrir su ineficacia, actúan como si Cristina Esquivel Gómez hubiese muerto hoy. El fin de semana los armadillos se quedaron en sus hogares viendo el fútbol vestidos de paisano. Ayudando a sus retoños a hacer los deberes. Pero dentro de esta caja Cristina ya estaba muerta.

A mi piso suben el armadillo primero, el armadillo segundo y el armadillo tercero. Los tres me formulan preguntas tontas. Veo la imagen de los gatitos blancos engullidos por las paredes. Les respondo: «Las personas no caben por las gateras.» El armadillo segundo asocia mi reflexión con una manera de escapar del asesino. El armadillo tercero secunda al armadillo segundo. Los dos se empeñan: «Señora, señora, ¿lo vio usted salir?» Respondo: «O la piedad es selectiva o puede conducir a la locura.» El armadillo segundo cree que conozco al criminal y que siento compasión por él. Me dice que no tenga miedo, que ahora es el momento de hablar. Les respondo: «El cuerpo nos tiene trastornada la cabeza.» El armadillo primero comienza a dudar de mí. El segundo y el tercero mordisquean el extremo de sus lápices como quien hace una cuenta complicada. Quieren saber más. Yo les respondo: «No todos podemos tener jardines.» El armadillo primero no se queda satisfecho. El segundo y el tercero me preguntan cosas cada vez más intrascendentes. Les respondo: «Antiguamente los niños no eran un problema: se les pasaba enseguida.» La idea de que un niño haya podido matar a Cristina Esquivel eriza el espinazo del armadillo primero. No puedo dejar al jefe de la patrulla en ese estado de zozobra. Respondo: «La carne de hombre va adquiriendo un precio muy razonable.» Tráfico de órganos, canibalismo, injertos de piel, ritos satánicos, trasplantes de córnea. El armadillo segundo y el armadillo tercero creen haber encontrado la pepita de oro; el primero ha pasado del escalofrío al desinterés; bosteza. Respondo: «Si sólo nos dedicamos a contemplarla, la realidad tiende a difuminarse.» Se hubiera sentido orgulloso de mí, doctor Bartoldi. Cuando el segundo y el tercero me siguen acosando, yo no flaqueo y respondo: «A los famélicos no se les diagnostican bien las depresiones.» Los armadillos segundo y tercero infieren un posible estado depresivo en la víctima: el cadáver de Cristina Esquivel está, sin duda, demasiado delgado. Respondo: «Sólo siendo realmente peligrosos podemos encontrarnos bien.» «Si los colores son una ilusión, los camaleones son idiotas.» «Es más fácil cambiar las reglas del lenguaje que el estado de las cosas.» Me aprietan las tuercas. Respondo: «Una pipa pintada no es una pipa, pero si está bien pintada se le parece mucho.» No me entienden. El armadillo primero se interesa por si sigo algún tratamiento. Le hablo de usted y el segundo y el tercero me formulan preguntas aún más tontas. Yo respondo: «Cerca de la punta está el riesgo de la herida.» La herida, la punta... Los armadillos segundo y tercero desestiman ese magnífico aforismo ya que la Esquivel ha sido estrangulada.

Creo que ya es hora de quitarle un poco de hierro a la situación y respondo: «El agua es el principio de la vida. Por eso hay que dejar de beberla, poco a poco.» Me río, se miran entre ellos, el segundo y el tercero me acompañan en la risa pero tímidamente. Les ofrezco una copita de coñac. Un jerez. Pero, como todo el mundo sabe, los armadillos no beben cuando están de servicio. Excepto en algunos locales que conozco como la palma de mi mano. Le hablaré de ellos otro día, querido Bartoldi. El armadillo primero piensa que me burlo, y arremete contra mí con una selección léxica muy desagradable. Sin perder la compostura, respondo: «Las horas muertas no están al alcance de la mayoría.» El armadillo primero no ha captado mi desdén. Los armadillos segundo y tercero levantan los hombros, así que yo me explico un poco mejor: «Conviene morirse en algún momento por si luego nos aburrimos.» Y un poco mejor: «La razón produce monstruos y los amansa.» Y mejor: «Al ir tirando siempre le damos a alguien.» Y aún mejor: «El exceso de identidad conduce a la locura.» Y muchísimo mejor: «La belleza hace a los cuerpos más comestibles.» Los armadillos saben que no me refiero a ellos. Remato: «Si tumbados nos miramos los pies, nos vemos de cuerpo presente.» Era una despedida, pero nada les satisface hasta que, poniendo la mano sobre la Biblia de Jerusalén que guardo en mi casa por razones filológicas, con solemnidad declaro: «Yo no he sido.» Y se van a jugar al Antón Pirulero con otro miembro de la vecindad.

Interrogarán a la escritora, que probablemente no les contará más que mentiras. A Driss le preguntarán por su mujer y él deberá inventarse algo: «Está de viaje», dirá con una voz que le sale como en letras minúsculas.

«Soy inocente», vuelvo a aclararles cuando llaman de nuevo a mi puerta preguntando por mi hijo. Diseño un plan para esta noche: esconder estas páginas debajo del colchón y a mi hijo en el fondo del armario.

«Yo no mataría ni a una mosca» ha confesado mi hijo durante su interrogatorio. No será para tanto, hijo mío, no será para tanto. Mi hijo, cuando los armadillos se han marchado, ha hecho un matiz: «Sólo era una forma de hablar, mamá.» Me he quedado más tranquila.

Nivel de ansiedad: 2. No mejoro. Los culpables son los armadillos. Tomo la pastilla rosa, pero me quedo mirando el frasquito de las pastillas blancas. Lo abro, retiro el algodón hidrófilo que tapona la boca del recipiente que las contiene, las saco, las cuento, vuelvo a guardarlas colocando en su lugar la torunda de algodón hidrófilo. He tenido pesadillas en las que el presidente de los Estados Unidos de América le contaba a mi marido algo que yo no quería que supiese. 59 kilos en la báscula de precisión: después de que emitiera su pitido de eficacia, he aplastado el monitor en el que aparecen las cifras digitales con un certero golpe del talón derecho. No he tomado ni una gota de alcohol por si los armadillos decidían someterme a la prueba de alcoholemia, aunque yo no suela conducir automóviles dentro de mi casa: ahora, mientras repaso las horas del día, me bebo la colonia de mi tocador. He comido una fritura congelada. He cenado una fritura congelada. En los anuncios asegu-

ran que son sanísimas: nadie puede ser tan malvado como para engañarnos con lo que nos llevamos a la boca. He fumado sin contar los cigarrillos justificando mi alto consumo de tabacos, nicotinas y alquitranes por la presencia de la policía. No miento bien. Ninguno de los agentes me ha parecido seductor: mis mosquitas redondeadas no se han revolucionado haciendo que la sangre manara a chorros y se me despertaran todos los gatos dormidos de la tripa y se me deshicieran los nudos y los castores dejaran de tapar mis orificios. Los armadillos tenían rostros vulgares: puedo recordarlos a la perfección. El del armadillo primero y el del segundo y el del tercero.

Día 21

El sacerdote presidente de la comunidad convoca una reunión de vecinos para hablar de la muerte. Más que nunca, nuestra congregación se asemeja a un aquelarre. Parece que el sacerdote-presidente va a abrir la sesión *in nomine Patri et Fili et Spiritu Sancti*. Cuando el sol se está poniendo, cárdeno y tremebundo –mi hijo estará en casa apretando los ojos para no ver la masa gris que se cierne en el cielo–, formamos un gran círculo en el patio.

El setenta y cinco por ciento del perímetro de la circunferencia está compuesto por los habitantes de los pisos interiores. El veinticinco por ciento se concentra y se compacta en una de las áreas del perímetro: somos los moradores de las luminosas viviendas que dan a la calle. Y los de dentro nos odian. Señor, dame paciencia.

Una vez a la semana los propietarios de una casa exterior abrimos los cerrojos y franqueamos el paso al agente de una inmobiliaria que se ofrece para tasar el espacio habitable. Entra, recorre la casa, la mide, asiente, subraya alguno de sus defectos, lo minimiza, entra en el baño, mira por la ventana de la cocina, golpea los muros, se acuclilla para cerciorarse de la calidad de la madera de los rodapiés, me hace notar que hay muchas estanterías y que están llenas de libros –como si yo no lo supiera–, alaba el buen gusto de la decoración. No me dice que Josefina es perezosa y no retira con el palo de la escoba las telarañas de los rincones. De todos modos, no me preocupa: el exceso de higiene es perjudicial para la salud. El agente sale deprisa del cuarto de Olmo. No sabe qué decir y lanza la oferta. Trescientos mil euros. «¿Le interesa vender?» Yo no quiero vender. Ésta es mi casa y las paredes huelen a los olores de mis guisos y de mis cigarrillos y de las medicinas que, todas a la vez, me trago antes de acostarme. El agente estornuda y se marcha hasta la semana próxima.

En el aquelarre nos miramos los unos a los otros. El sector de los propietarios de pisos exteriores, expuesto bajo la luz de la bombilla del patio, no puede distinguir bien a los de dentro que son una masa oscura, un alquitrán. Nunca llego a conocer los rostros itinerantes de los de dentro. No sitúo a cada quien en su cubículo ni soy capaz de asociar las caras –finas, amarillentas, fugaces como un jardín visto desde el autobús– con los nombres de los buzones. «Estamos aquí para hablar de la muerte de nuestra vecina.» El sacerdote oficia una reunión que no le interesa a nadie. Vuelvo al perímetro de la circunferencia. Ciertos habitantes de los pisos interiores han adquirido el color de sus cuatro paredes: su pelo es ocre y su columna vertebral se encorva a causa de la falta de espacio. Se les ensanchan las aletas de la nariz por la falta de oxígeno y por los dióxidos que expelen los braseros. Otros moradores de la zona oscura tienen ojos albinos que no toleran la luz. Cuando traspasan el umbral del edificio se echan el antebrazo a la cara para protegerse del sol que, si les cayera perpendicularmente sobre la piel, les quemaría el rostro del que se desprenderían pellejos con apariencia de escamas de pescado. Pescado barato. Chicharros. Verdeles. Ni rodaballos ni besugos ni merluzas de pincho. Sólo a la caída de la tarde se les empieza a escuchar mientras trastean en sus cocinas. Se emborrachan. Preparan sus modestos guisitos y sus sopas de sobre. A deshoras. Especies mutantes. Criaturas del mundo abisal que fosforecen o se vuelven transparentes: el pelo de Manuela es de un blanco España nuclear, de un blanco sulfúrico que a veces parece una lámpara de rayos ultravioleta. Mucho más blanco que el de Leo. Manuela pide permiso al *pater* para hablar: «A ver quién es el que abre a gente que no conoce.» Manuela acusa a Tony de franquear el paso a los carteros comerciales. Leo le da la razón. Pero Manuela no se deja dar la razón: «Tú calla, que tienes mucho que callar.»

Los habitantes de los pisos interiores quedan cubiertos por un benévolo manto de sombra. Sólo el pelo de Manuela, que ha dado un paso hacia adelante, refulge. El veinticinco por ciento del perímetro de la circunferencia queda sobreexpuesto bajo la luz de la única bombilla del patio. Como las mariposas de mi hijo debajo del flexo de su habitación. Allí estoy yo que voy vestida de negro –mariposa negra igual a polilla– como si me hubiera quedado viuda. Nadie se extraña. A menudo elijo ese color para mostrarme a los otros. Algunos creen que, en efecto, enviudé. No conocen mi historia ni mis antecedentes tan bien como Leo, que, ojo avizor, planea sobre la circunferencia sin que nadie se percate, dispuesta a picar a Manuela en cuanto la ocasión lo permita. Driss, Driss, Driss repta lentamente hacia el extremo del setenta y cinco por ciento que linda con el de su veinticinco por ciento. Ocupa un lugar que no le corresponde. Y se avergüenza por tener nombre de susurro y por engendrar criaturas que parecen olivicas verdes. Todo el mundo le pregunta por su mujer: «Está trabajando.» Y Driss, Driss, Driss se oculta en el bolsillo interior de su chaqueta, desaparece, se escurre, susurra para no molestar a los vecinos. Anda en zapatillas. No celebra el Ramadán para no encender de noche las luces. Dios lo va a castigar. «Habrá que reforzar la seguridad»: la voz de Clemente, imperativa, está patológicamente rota. Clemente asiste en representación de sus padres. Parece no sentir ningún interés por mí: como a mi hijo, también le parezco una ancianita. Pone cara de ser un hombre al que no se puede engañar y de que, si alguien le engaña, es mejor que se atenga a las consecuencias. Baja al aquelarre con su uniforme de guardia jurado e insiste: «Habrá que reforzar la seguridad.» Echa mano al walkie-talkie. Muevo la vista de en punto a menos diez y, allí, en ese minuto de la esfera de este inexorable reloj, Tony ha dejado el trombón en su apartamento enmoquetado en rojo. La sangre no se notaría. Me hago consciente de lo mucho que temo por mi hijo. «Habrá que reforzar la seguridad»: mi guardia jurado, con sus charreteras bordadas, me hace regresar a la hora en punto, pero enseguida otra voz sale de la parte del perímetro que permanece en sombra: «¡Yo no pago un duro por maderos de pega!» Clemente mira al sacerdote, que murmura: «Hijo, no hemos venido aquí a vender alarmas.»

La escritora adopta la posición de papisa del concilio y junto con el sacerdote-presidente quiere hablar de lo que importa. La muerte de Cristina. Limar asperezas. «A mí esa pija de mierda me importa un comino.» La voz sale de otro punto del setenta y cinco por ciento de la circunferencia. Después se esconde. Pío, pío, que yo no he sido. La escritora concilia, tercia, media. Es gilipollas. Dice que es una escritora social. Sin embargo, oye igual que yo a los niños oliva que piden ayuda. Oye las amenazas de la madre que dice «Me voy a meter para siempre en la cama» mientras Driss, Driss, Driss está escondidito o es el hilo de vapor que sale de la olla. La escritora social no llama a los servicios sociales. Escribe un cuento sobre la tragedia posible, sobre lo que podría suceder, y le gusta revivir cada noche los lamentos de los niños para que la sensación sea más vívida en la escritura. No escribe un cuento para evitar que algo malo suceda, sino para hacer que suceda. Cuando la policía se presenta en su casa, la escritora social se compunge. Pero ella transforma los horrores en un cuento y hermosea la cara de los niños oliva. Yo me pongo mi armadura blanca, corto cabezas, salvo niños, palomas, gusanos carmesíes. Los vecinos del interior me agradecerían un nuevo asesinato: la escritora ya no podrá contar, como una dama de caridad, las miserias que espía en la escalera, las historias que recaba y manipula cultivando falsas amistades. La escritora atraviesa todo el patio para pedir una tacita de sal a los habitantes de la zona oscura. Yo les liberaré de esa carga. Nadie nunca más les robará las palabras para hacerlos buenos y pacíficos. Ellos no deben aprenderse nunca el padrenuestro.

Miro alrededor y tomo la palabra: «A lo mejor no hay que preocuparse por lo que viene de fuera porque tenemos todo el mal metido dentro...» Todos los rostros, en ese instante, se me hacen visibles y me apuntan. Pero yo me siento a salvo: éste encontró un huevo, éste lo cascó, éste lo frió, éste le echó sal y este pícaro gordo... ¡se lo comió!

No me apetece ponerme a hacer cuentas. Ni a cotejarme con un baremo. Trago dos pastillas rosas y, entre las volutas de humo, a través de mi copón de coñac, miro intensamente el bote de las pastillitas blancas. Lo miro y lo remiro, y todo lo demás no me parece, en definitiva, tan importante. Lo mis-

mo. Sí. No. No. Sí. Igual. ¿O es que usted, querido Bartoldi, andaba esperando el milagro de las lágrimas de sangre?

Día 22

Querido:

Yo le rogaría que hoy leyera mis palabras en voz alta. Para eso las he pensado y las he puesto sobre esta hoja de papel. Coja aire, aclárese la garganta y comience, eso sí, respetando las comas: *A veces cuando...*

A veces cuando me siento muy débil, veo las escenas de mi propia vida como si pendiera del techo. Veo mis extremidades manipuladas por el fisioterapeuta. Veo mi temblor cuando la doctora Llanos me anuncia: «María Luz, le voy a dar el volante para una mamografía.» Sin embargo, esta mañana ha sido distinto. No flotaba en las alturas de un habitáculo ni he sido yo el núcleo de mi contemplación. He vivido –¿*he vivido* o *he maquinado*, o es que *maquinar* es una forma de *vivir*?– una experiencia hermosa e íntima, en la que sólo la escritora aparecía en el centro del fotograma, del mismo modo que ahora ocupa mi memoria. Alguien, quizá usted doctor Bartoldi, iba susurrándome al oído dónde debía colocarme, cómo debía actuar, para que el cuadro y toda la escenografía fueran absolutamente perfectos.

Llamo a la puerta de la escritora para comentar las vicisitudes del asesinato de Cristina, aunque en realidad lo que yo busco –y se lo digo con el falso pudor del principiante– es su consejo profesional: «¿Te importaría echarle un vistazo a lo que escribo?» La escritora compone su mejor carita de condescendencia. Me pregunta si escribo novelas o relatos o poesías o piezas teatrales. Yo le respondo que no sé exactamente lo que escribo, tal vez lo que me pide el cuerpo, no me importa la clasificación en el anaquel de la biblioteca, sino la música de una palabra tras otra –¿me atiende usted, Bartoldi?–; le respondo que quizá a lo que más se parecen mis escritos es a un diario, que en el fondo todo el mundo escribe siempre un diario más o menos adulterado por los procesos y reacciones químicas de la historia de la literatura. Ella se queda con la boca abierta y yo le hago una revelación: «Soy filóloga.» La escritora, que aspira a ser una escritora social, me mira desde ese instante con cierto aire de camaradería. Es una clasista escritora social. Un fraude. Una patatera.

Me distraigo un minuto y me río sola al pensar que, aunque estén aquí, los armadillos no pueden abrir un agujero en los tabiques ni trepanar los muros de mis parietales. No saben lo que ha pasado, lo que pasa ni lo que va a pasar. Ni cuál es el recinto en el que se producen los acontecimientos.

La escritora sirve unas bebidas. «Perdón, ¿te importa que atienda el teléfono?»; «Disculpa, Luz, voy un segundo al baño». La escritora es vulnerable por muchas razones: también a causa de su vejiga. Yo puedo permanecer horas sin orinar a través de un ejercicio que consiste en olvidarme de mí misma y concentrarme en mí misma sin transiciones, bruscamente. Aprovecho una de sus ausencias para darle por fin un uso racional a sus pastillas blancas, querido doctor Bartoldi. Introduzco cuatro en la infusión de la escritora. Cuando se despierta, yo ya la he arrastrado al cuarto de baño, ya he preparado la bañera con perfumadas sales. Ya la he sumergido en la protectora tibieza del agua. No pesa mucho. Ya le he llevado la manita, como a los niños que aprenden a escribir con sus cuadernos de palotes, y, sosteniendo una *gillette* entre sus dedos con mis dedos enfundados en látex, juntas, hemos hecho una fuerza extraordinaria para dibujar dos cortes paralelos y limpios en cada una de sus muñecas. La escritora levanta sus párpados. Sólo un poco. Se observa las muñecas como si no fueran suyas. No le duelen. Tampoco puede articular ni una sílaba. Se deja ir.

Una mujer con las venas rasgadas se adormece en el agua tibia de la bañera. Lentamente, la sangre se mezcla con el agua formando originales dibujos para el estampado de un vestido de noche. Para una tapicería o para unas hermosísimas cortinas de terciopelo que impiden que la luz penetre y estropee los muebles de caoba. Las cortinas conservan, dentro de estos muros, nuestra intacta intimidad. Como las tapas de un libro. La mujer, que al principio balbuceaba incomprensibles lamentos, ahora se licua, indistinguible, para formar parte del agua que se va enfriando. Cada vez es más inhóspita y más densa la gelatina de la muerte. La mujer se va muriendo mientras dos gatos la contemplan, de pie, el uno junto al otro, como adornos de alabastro. Ésta era la guarida de mis gatos nocturnos. De mis sonambulismos.

Éstos son los dos gatos blancos que atravesaron los muros tras los que se esconden mis saponificados y amojamados cadáveres. Los gatitos podrían ensuciarse las patas. Los gatos dejan huellas que un armadillo sagaz podría rastrear con su lupa. Pero los armadillos nunca sabrán nada porque no pueden trepanar mis parietales ni aman a los gatos. Carecen de piedad y, para encontrar las respuestas a sus sórdidas preguntas, sólo la compasión les serviría. No serían útiles los aparatos telemáticos, los polvos, los bastoncillos, los algodones, los celofanes donde se prenden las fibras, las lámparas infrarrojas, las linternas, los sprays, los microscopios, las sustancias que tornan rosa fosforescente los residuos de la sangre, los análisis de ADN, la tinta invisible, las bases de datos, las pantallas líquidas ni las pizarras transparentes, los maniquíes de simulación, los muñecos de gelatina, los rayos láser para reproducir la trayectoria del proyectil, unas buenas gafas para ver de cerca, un equipo de forenses que trata a los muertos como a vivos –«Cariño, ¿qué te ha pasado?»– y un artista patólogo capaz de sacar a la luz una cara desde el molde de la calavera. Ni siquiera las pistolas. Todo son patrañas eficientes o líricas patrañas. Los gatos de la escritora confundieron mi puerta con la puerta de su dueña. Quizá porque ambas exhalamos un olor parecido. Así de simple.

Mientras el agua va cogiendo color –rosa palo, rosa pastel, rosa chicle, rosa fucsia, púrpura, rojo anaranjado, bermellón, rojo fuego, rubí, granate, hemorragia, cardenal, coágulo, marrón, negro como el sumidero por donde al final nos colaremos todos–, los gatos persiguen con la vista los hilos de sangre ramificados por la superficie y por la profundidad del agua. Flotantes flores rojas, glóbulos en el plasma sanguíneo. Nenúfares. Crisantemos del día de difuntos. Figuras del calidoscopio. Los ojos calientes de Darío Argento en *Suspiria*. Alida Valli es una de las brujas de aquella escuela de ballet que late, suspira sola y se alimenta de bailarinas que, tras salir de sus cajas de música, se meten por pasillos como arterias para llegar al corazón negro donde Alida Valli es una mujer muy mayor que ya no está enamorada de un estraperlista que mata niños con medicamentos caducados y después muere en las alcantarillas. Como una rata. Qué metáfora tan sutil, Bartoldi. Ahora que me metamorfoseo en una sofisticada mujer y dejo los golpes con ladrillos y sartenes que tanto estimulaban mi adrenalina, mi brutalidad, ahora, no puedo soportar el trazo grueso. En el corazón negro de *Suspiria* había otra bruja cuyo nombre no consigo recordar y Joan Bennett que sale del cuadro: es la reina de las abejas que mata pequeñas bailarinas para ver el brillo de nuestros colores más allá de la piel y de la carne. El rojo que nunca puede verse a no ser que abramos una herida y rebusquemos en su interior. Thomas De Quincey y el vizconde de Lascano Tegui que mira su propia mano, sobre el paño de manicura, y no puede reconocerla. Como yo misma cuando sobrevuelo las habitaciones. Como la escritora cuando ve que de sus muñecas mana sangre, pero no le duele. La sangre de la mujer: fibras de una colcha que se va tejiendo en el cañamazo del agua, atravesada por la aguja, agua bordada, arriba, abajo, igual de perfecta por el anverso y el reverso, costurita de la monja. *Púrpura ilustró menos indiano marfil. Claveles sobre nieve deshojó la aurora en vano.* El anillo corta el dedo aprisionado por el oro que aprisiona el diamante que salió de la tierra que lo aprisionaba. El ojo de quien lo está mirando todo es turbio y se revuelve, aprisionado también, entre todas las imágenes. El ojo turbio hace del misterio un laberinto y de la sordidez un verso. Repetimos la eufonía sin saber lo que decimos —¿lee usted respetando las pausas, Bartoldi?–, lo que decimos, lo que decimos, lo que decimos. Ahora veo los pétalos en flor de las gramolas y el brillo de los surcos de la baquelita cortados por la aguja. Un espejo bellamente enmarcado. A través del azogue, la durmiente se pincha el dedo con el huso de la rueca. Escritora dormida. Las hadas no te van a liberar de tu urna acristalada. Están presas en el fondo de su cofre.

Los gatos, hipnotizados e hipnotizadores, en cualquier caso hipnóticos, no mueven ni una sola fibra de sus músculos, y la escritora, que ignoraba la hermosura que se escondía dentro de sí misma, detrás de la piel que se va ajando, detrás de los granos y de las cicatrices, del grasiento pelito de roedor, de las manchas de la edad, apoya la cabeza sobre el pecho y sumerge la barbilla en el agua que aún no se ha enfriado del todo. Ella le va transmitiendo su calor que viene y se va al ritmo del latido, cada vez más débil, de su lento corazón de pajarito frito. Los gatos, relajados, cierran los ojos al mismo tiempo que su ama. Todo provoca recogimiento y somnolencia, vapores que salen de las partes del cuerpo no ocupadas por los órganos vitales, los huecos donde está el alma que, a la escritora, está a punto de echarle a volar desde la boca para escribir una frase lapidaria, la última, en el cristal empañado del espejo del lavabo.

La toilette, los gatos, la escritora. Una muerte de libro en un libro de muerte. Una maquinación que me relaja. Esta vez no tengo que preocuparme por los cadáveres porque oigo unos pasos sobre mi cabeza y porque, a fin de cuentas, sería el suicidio de una mujer llena de amargura. Las palabras no son carne. Tampoco los verbos. Ni los nombres. Al final me he arrepentido de mis malos pensamientos. Otro día le dejaré a la escritora –que está perfectamente viva y cuyos pasos puedo oír sobre mi cabeza– los papeles que escribo. Mientras tanto remato la página: la piel de la escritora es de alabastro como el níveo pelo de sus animales. El rojo profundo de su vida reposa, como un sedimento, en el fondo de la bañera. Un rojo tan rojo como el del lago de sal de Chott el Jerid. Igual de misterioso. Tan absoluto que hasta mi hijo podría verlo. Sin necesidad de invocaciones ni a los santos ni a los difuntos. La parte científica del texto de hoy, doctor Bartoldi, debe usted leerla con aceleración y entusiasmo crecientes, como la llegada a la cúspide, al punto final, al orgasmo, al clímax: «Mi ansiedad...»

Mi ansiedad está por las nubes. Excede los límites de todas las escalas. Pero es por una razón agradable. Por la excitación de las buenas noticias. Suspendo las dietas y la medicación. Suspendo todo tipo de tratamientos químicos o escritos.

Preparo un agasajo de zumo de tomate y carne de añojo. Hasta mí ha vuelto a llegar el milagro de la vida. Podría ser la nueva Sara. Engendrar hijos con los ojos de colores. Gatitos de angora. Figuritas de alabastro. Noto que gatos ciegos, que gatos que aún no han estirado las orejas ni abierto los ojos, me golpean las paredes internas del vientre. Noto la exacta punzada. El anuncio. La precisa sensación. Noto cómo mi cuerpo segrega un flujo cálido. Un coágulo. Un trozo de víscera. Una placenta inservible. Bartoldi me ha sanado. Y las trompetas suenan.

Black III
Encender la luz

Luz y taquígrafos. Luz y daltónicos. Luz y vecinos. Luz y psiquiatras. Luz y enfermedades. Me gustaría paliar la angustia de Luz, de quien, por sus palabras, deduzco que es una mujer débil. Los animales atrapados en un cepo, alanceados, Luz, las tejedoras peruanas, los viejos, los hombres no agraciados físicamente, las escritoras resentidas, los inmigrantes, los niños que aún no saben hablar, los parapléjicos, las cojitas como yo y los jóvenes con síndrome de Down... Todos en el mismo saco como en esos anuncios de fundaciones benéficas de las cajas de ahorro. Quizá los seres más vulnerables son los menos inofensivos. Los que guardan dentro más rabia. También damos pena; inspiramos compasión. Películas y más películas, candilejas, luces cenitales, sombras y medias de cristal sobre la cara para difuminar las arrugas.

Me quito la media de la cabeza. Luz y taquígrafos. Luz y Luz. Y una conclusión obvia: Luz escribió un diario que muchos pudieron leer. Incluso el viejo ingeniero que aún conserva una fuerza titánica como la de los locos; la misma con la que Luz pudo apretar la garganta blanquecina de la muerta. El viejo ingeniero se calza las gafas de vista cansada sobre la porreta de nariz y empieza a leer. Si es que todavía sabe.

Zarco no sabe leer. No tiene ojos en la cara. Cree que se mata para ver un color. Cree que se mata por aversión a los médicos. Que la menopausia vuelve locas a las mujeres —es posible que se esté acordando de su mamá—. Que se mata por celos o durante una curda que se nos va de las manos: esto último es posible siempre que en los entresijos avancen, a ritmo de saeta, otros pasos procesionales. Zarco piensa que los sonámbulos matan igual que zombis salidos de la tumba. Que dos hombres pueden matar porque necesitan deshacerse de todas sus esposas. Cree que se mata por escribir un libro. Por maldad. Porque se oyen voces que te dicen «mata». Zarco cree en Barbazul, en la casita de chocolate que devora a sus moradores, en Svengali, en Raymond Chandler, en las hadas, en santa Marlene Dietrich que interpreta el papel de falsa pitonisa, en el suero de la verdad y en Rip Kirby. En la noche del cazador y en el enano saltarín. En el huso de la rueca que envenena a la bella Aurora. En los cabarets de Pigalle de las novelas de Simenon. En el canibalismo de Hannibal Lecter y en Ingrid Bergman, con su bata de psicoanalista, que traza líneas paralelas con la punta del tendedor sobre un mantel blanco y procura que Gregory Peck recuerde. Zarco cree en Dios, aunque él crea que no. Es un idólatra con un código genético parecido al de Luz, que es una mujer muy triste. Zarco se pega sobre el iris dos lentillas de color azul cobalto que le impiden ver, poner en orden los acontecimientos, imprimir cierta lógica a sus percepciones. Por mucho que él esté convencido de que poner orden es lo que debería hacer, no lo hace, no sabe hacerlo. Cree que dobla bien sus camisas, pero era siempre yo quien le organizaba el armario.

Luz y taquígrafos. Luz y Luz. Tengo mis hipótesis y la mente despejada. No uso lentillas de colores. Sé leer por debajo de las volutas metafóricas. Por debajo de las caras y de las capuchas de los contribuyentes que me quieren engañar. De la gente que, contando mentiras, revela las verdades del arriero y las otras verdades que se esconden como chinches en las costuras. Voy a mover los bracitos de Zarco, abajo y arriba, para desvelarle quién es el lobo, el hombre del saco, la bruja del cuento, el pícaro gordo que se lo comió...

22

Después de más de doce horas pateándome la calle con mi triste cojera, marco el único número de teléfono que conservo en la memoria.

—¿Cómo te encuentras?

—Baldado.

—Ya.

—¿Novedades?

—Tenías razón, Zarco. Sólo se trataba de leer mejor.

—¿El diario?

Son más de las doce de la noche. Zarco parece adormilado por los medicamentos. Aunque no respondo a su pregunta, no insiste quizá porque le da miedo saber lo que tengo que contarle. Seguro que ha estado dándole vueltas. No reacciona. Tal vez está muy cansado y prefiere escuchar. En cuanto a mí, siempre me ha gustado complacerle.

Me ducho, me visto, acomodo la plantilla en el interior de mi bota que además lleva un alza, guardo en mi bolso el diario. Cojo el metro y, aunque primero hago algunas averiguaciones en el ambulatorio de especialidades en el que atienden regularmente a Luz, no mucho más tarde llego al barrio donde se han producido las muertes de Cristina Esquivel y de Josefina Martín. No debería estar aquí, pero me domina la curiosidad. Quiero cotejar los relatos de Zarco y de Luz, los relatos de dos hiperestésicos, con mis propias impresiones. Así que, en principio, sólo pido un par de días libres por asuntos propios. A Zarco le vendo mi iniciativa como un favor que me pagará cuando yo lo considere oportuno: no debe perder un buen trabajo ni renunciar al dinero que le ofrecen los Esquivel. Yo seré sus ojos y sus oídos –seré mucho más: la inteligencia que a ratos le falta–, y no permitiré que nos relacionen; seré su negra y él saboreará las mieles del éxito profesional resolviendo un caso congelado por la policía. Sin embargo, he de ser cauta porque hay una nueva investigación en curso y los armadillos merodean. Aprendo algunas cosas del diario de Luz, entre otras esta hermosa palabra: *armadillos*. Nadie permanece impasible frente a lo que lee: alguna china se le cuela en el zapato, alguna mancha se le va dibujando en el pulmón.

Tampoco me olvido de que por ahí anda alguien a quien no le importa matar. He tomado precauciones metiendo también en mi bolso: un cuchillo de cocina, un destornillador, mi carné de inspectora de hacienda por si alguien me pregunta qué hago, adónde voy, por qué quiero hablar con fulano o con mengano... Además, me siento protegida por mis conocimientos. Juego con ventaja: gracias al diario de Luz, creo que sé de quién he de cuidarme.

–¿De quién?

–Quizá mañana, quizá pasado, te lo podré decir: hoy no quiero levantar un falso testimonio.

Zarco ha sido un embaucador. Un dominante. Me mantenía bajo el peso de su pata de gato. Yo no quiero mentir señalando culpables de una manera intuitiva. Nadie se merece ser tratado así. Cuando creo que Zarco va a ridiculizar mis años en un colegio de monjas, mis labores de costura, los diez mandamientos, el pichi y la camisa blanca, el carácter no tan pecaminoso de las mentirijillas o de los rumores, él sólo me hace una advertencia:

—Cuídate también de los inocentes, Pauli.

Supongo que Zarco piensa en la blanda paliza que le propinó Yalal Hussein o en la posibilidad de que Olmo sea un monstruo. En el miedo que se inspirarán, en este instante, una madre y un hijo. De momento, ni puedo ni quiero aliviarle de su temor más profundo, aunque las palabras de Zarco me muestren su preocupación por mi integridad física. Me muestran su afecto y, durante el lapso que dura un relámpago, estoy unos escalones por encima de Olmo en el amor del hombre que una vez fue mi marido. Caigo y recaigo en la misma trampa. No me curo. Él no me deja curarme. No sano porque cada noche, con la excusa de mi soledad, me llama y me cuenta una vida de la que sería mejor que yo no supiera nada. Zarco echa alquitrán sobre el piso y yo me quedo aprisionada en esa masa negra, caliente, de un olor penetrante que permanece en la nariz durante mucho tiempo. Eso son para mí los relatos de Arturo Zarco. En el fondo, para él, mi amor es un motivo de orgullo. Y no es tan fácil renunciar a la vanidad. Ni a las posesiones. Tampoco a la esperanza. A la mía. Por eso, una noche tras otra, yo también cojo el teléfono y respondo resignadamente, pero llena de ilusión. Los dos lo sabemos. Ahora por lo menos llevo yo la voz cantante. Por él, tullido y acostado, me envalentono:

—No debe temblarnos la mano cuando encendemos la luz.

Y la luz se hace, no de golpe como si alguien apretara un interruptor, sino más despacio, como si una mano retirase poco a poco las cortinas...

Recupero el hilo que había perdido: *Me ducho, me visto, acomodo la plantilla en el interior de mi bota que además lleva un alza, guardo en mi bolso el diario...*

El barrio es tan vulgar como cualquier otro barrio del centro de la ciudad. Por el camino, tropiezo con hombres que mendigan y con palomas aplastadas contra los adoquines. Levanto los pies para no pisar el despojo. Reparto algunas monedas. Los coches transitan por estas calles a demasiada velocidad. La boca me sabe a leche cortada y compro una caja de chicles en un chino. El vendedor se calienta con una estufa infrarroja. Parece embelesado con su culebrón taiwanés. Sólo sabe decir en español los precios y los nombres de los comestibles que se exhiben en los estantes. Leche, naranjas, cervezas rojas y verdes –*lojas* y *veldes*; me corrijo: *rojas* y *verdes*. Yo no hago parodia–. Latas de mejillones. Ositos de azúcar. Patatas fritas. No necesita más. No tiene tiempo libre para gastar nuevas palabras. Para invertir en nuevas palabras. Rentabiliza su haber de nombres, pronombres y adjetivos numerales y calificativos –bueno, barato, rico, fresco– mientras toda su familia se acurruca dentro de la tienda.

Siento sed. Un poco de hambre a consecuencia de los nervios. Como en muchos otros lugares de esta misma ciudad, los camareros pasan la bayeta por los mostradores. Por cierto, esta ciudad es Madrid, no un espacio mítico que podría estar en cualquier parte. No es la frontera retratada por la polaroid. Al pan, pan, y al vino, vino. Fuera, en esta ciudad que es Madrid, mujeres uniformadas colocan multas en los parabrisas de los vehículos mientras los camareros y algunos transeúntes, que consigo ver a través del cristal de esta cafetería, les clavan una mirada llena de algo que está muy cerca del odio. Camareros y mujeres de uniforme viven de sus trabajos precarios. Del camarero que me ha servido un café con leche y una porra sólo me llaman la atención los eczemas de la piel. Salen por el contacto permanente con el agua y el jabón.

De nuevo a la intemperie, los colores del barrio y de sus vecinos son los colores normales de las cosas: los ositos de azúcar son verdes, anaranjados y rojos. Tampoco importa mucho de qué colores sean, pero sigo constatando, frente a las percepciones lisérgicas de un detective profesional, que el café con leche es de color café con leche y las fachadas son ocres, albero, amarillentas. El uniforme de la empleada municipal es azul como el cielo, que también es azul, y como el mar y como el color de los ojos de Arturo Zarco. Borro esos ojos de mi pantone mental. Porque debo borrarlos, aunque me cueste. En estas calles, no todo es gris como en los fotogramas de las películas en blanco y negro. Se oye el ruido de los motores y el piar de algún gorrión. Persianas metálicas de comercios que retumban al bajarse o al subirse. No hay música de fondo. La calle huele a tubo de escape y a frituras. A gente que fuma a la entrada de los establecimientos. La calle huele como todas las calles. Por poco que uno se esfuerce en emplear su nariz. Huele.

El edificio donde vivía Cristina Esquivel, donde viven Luz, Olmo, Leo, Piedad con su cara intacta en la desproporción y la torcedura, tampoco presenta un aspecto fuera de lo común. Un portero automático roto. Escalera interior y escalera exterior. Treinta buzones. Sólo diez corresponden a la escalera exterior incluidos los locales comerciales. Una descripción más exhaustiva no sería nada más que una pérdida de tiempo.

La historia se repite sin repetirse exactamente. Un niño, con no muy buen color, pedalea montado en su triciclo entre los muros del patio. Entonces recuerdo lo primero que debo hacer aquí: levantar acta de los verdaderos y los falsos del diario de Luz. Desvelar las estilizaciones narrativas de un detective enamorado. A través de ese ejercicio, corroboraré una verdad que casi conozco. Una verdad que no es deslumbradora, sino vulgar, ordinaria. Así que he de acceder a los trasteros de las buhardillas y, mientras subo los cuatro pisos, me doy cuenta de que estos muros me resultan familiares, aunque yo no tenga la suerte –o la desgracia– de toparme por la escalera con los estrafalarios vecinos que a Zarco le salían al paso. Como a Philip Marlowe, a quien las mujeres y los cadáveres le caían del cielo. No oigo a nadie que, mientras voy subiendo con mi zancada desigual, me dedique canciones: «Desde pequeñita me quedé, me quedé, algo resentida de este pie, de este pie.» No adivino el ojito de Leo detrás de su mirilla ni un elfo de ojos morados como la semana santa me sale al encuentro para darme la mano y acompañarme en mi penosa ascensión. Nadie me invita a un aperitivo ni a un té con galletitas inglesas.

En el descansillo del segundo observo un detalle del latón abrillantado de la plaquita del piso de la derecha, «Ingeniero de minas»: escribo una uve de verdadero en el listado de mi pizarrín mental al lado del dato correspondiente.

También anoto que los Peláez no han tardado mucho en encontrar una nueva chica para sustituir a su limpiadora habitual. Lo demás es silencio o esa superposición de sonidos que, como el tictac de los despertadores, anulamos del umbral de la conciencia para poder dormir: pitorros de la olla que giran mientras se cuecen las legumbres, radios encendidas, conversaciones y timbres, motores de batidoras eléctricas que ligan la mayonesa o trituran el puré para niños o viejos desdentados, alguna musiquilla de un programa matutino de la televisión, alguien que ensaya –bastante mal– con un instrumento de viento. Abro el diario y constato la existencia, la tangibilidad de Tony, el vecino del segundo izquierda: trazo otra uve de verdadero al lado de su amor por los trombones.

Mientras voy subiendo los cuatro pisos, sólo veo una casa típica del distrito centro de Madrid, una casa de quiero y no puedo, de clase media rampante. Una casa sin planta principal ni ascensor de forja ni conserje de librea. Sin pasamanos de latón bruñido que un empleado abrillanta con su algodón mágico. Sin alfombras rojas sobre una escalerilla de acceso. Una finca que necesitaría una buena inspección y una rehabilitación que fuera más allá de una mano de pintura. Grietas y humedad recorren las paredes. Zarco escribiría en su cuadernito que parecen hiedra. Heridas vegetales.

Los armadillos no han debido de pasarse hoy por aquí. La casa no parece muy vigilada. Es posible que, como comenta la curiosísima Luz, estén en los cuartos de sus hijos ayudándoles a hacer los deberes. La cama infantil imita la línea aerodinámica de un bólido de fórmula 1 y los *action men* se amontonan sobre una repisa. Tanto el papá como el hijo lucen sendas gorritas de béisbol. El papá dice «muy bien, campeón» cada vez que su cría obtiene correctamente el resultado de una suma. A las seis tienen hora en el psicólogo. Pobre gente. He de controlarme si quiero ser eficaz. No me puedo perder en este tipo de lucubraciones.

—Hasta el momento ha sido lo más interesante de tu relato, Paula.

—Todo se pega...

—... menos la hermosura.

Zarco cree que soy más naíf de lo que realmente soy. Para él es distorsionante –la tiza que rechina sobre la superficie de mi pizarra mental– que mi voz le recuerde a la de Luz. No entiende Zarco que, a diferencia de él, cuando leo, aprendo.

—Pauli...

—No me llames Pauli.

—Paula, déjate de filosofías. Necesito saber qué encontraste en el trastero.

—Cuánta impaciencia. Sufrirás, Zarco. Sufrirás.

En el trastero del cuarto izquierda, el trastero desocupado al que alude Luz en sus textos, no hay ninguna mujer saponificada. Al empujar esta puerta sin cerrojos, no he experimentado dudas. Ni inquietud ni temor a equivocarme. No he escuchado amenazadoras músicas de acelerados violines. Sabía que no iba a encontrar ni siquiera la huella, húmeda y pegajosa, de la grasa de un cadáver viejo. Sólo una suciedad esparcida, dispersa, olor a moho y un rastro de heces que me hacen temer que la finca necesite, además de un repaso a sus vigas y estructuras, un equipo de desratización. Miro alrededor buscando sombras, hociquitos bigotudos, las espinas encorvadas de las ratas azul marino, alquitrán, ceniza, con el rabo más oscuro que el resto del cuerpo. Ratas que salgan de detrás de los jergones apilados contra las paredes, de los cachivaches muertos de este trastero sin propietario. Cierro la puerta empujándola con el pie. Entonces es cuando me pica el cuerpo y se me acelera el pulso. Zarco interrumpe un momento culminante:

—¿Te pica el cuerpo?

—Yo también experimento una profunda empatía con Luz.

Bajo a toda prisa mientras trazo una efe de falso al lado de uno de los episodios más dramáticos del diario de Luz Arranz.

—¡Bendito sea Dios!

El laico militante que no acumula valor suficiente para ser un ateo negador —y debería serlo por sus aficiones sodomitas—, el hombre del gesto aparentemente interrogativo que, sin embargo, impuso a mi vida una serie dolorosa de correcciones y de dogmas lapidarios —«Ahí te quedas» es el que recuerdo casi todas las noches cuando me meto en la cama—, utiliza en vano el nombre de Dios y resopla, rezumando un alivio obsceno, cuando por fin tiene la seguridad de que su suegra —y a nadie más que a mí le duele utilizar esta palabra— no ha matado con un ladrillo a una joven madre para abandonar, después, el cuerpo en un trastero húmedo. Respiro acompasadamente. La ira no me puede hacer errar el tiro. Cuento hasta diez. Me controlo. Apunto. Lanzo mi saeta:

—Que el cuerpo no esté en los trasteros no significa que la madre de los niños esté viva. De hecho, no ha aparecido, no está.

—¿Has hablado con Driss?

—Todo a su debido tiempo, Zarco.

—No me castigues, Pauli. Por favor, te lo pido.

Pídemelo por favor. Pídemelo como yo te lo pedí a ti. «Por favor. Por favor. Por favor.» Aunque no me sirviese de nada.

—No me llames así.

—Paula, por favor.

Yo no le voy a engañar ni a consolarle en vano. Al menos, por ahora.

Zarco no me deja disfrutar un poquito más de su súplica. O ha comenzado a odiarme o es imbécil. De no ser así, no soy capaz de entender sus palabras:

—Olmo está desesperado...

Ahora, Olmo cuida de Zarco en el apartamento de mi ex marido, pero a la mañana siguiente de la agresión, coincido con Olmo y con Luz en el hospital. Luz no se parece a Simone Signoret. Lleva una blusa y unos pantalones anchos, en tonos tierra, y no el ceñidísimo atuendo negro que Zarco transformó en su eterno uniforme para clasificarla como personaje. El sujetador de Luz no es una armadura puntiaguda —lo noto—, pero su voz sí suena un tanto aguardentosa y, al mismo tiempo, frágil. Luz se va enseguida. Su diario está ahora en mejores manos. Pero ella lo ignora. Me dice:

—Nos veremos.

Pienso «quizá», pero no digo nada. Luz se marcha no sin antes lanzarle un beso a su Olmo. Cuando su madre ha salido de la habitación, la criatura se dirige a Zarco, postrado en su lecho del dolor, con los labios tirantes y resecos:

—*Papito*, ¿quieres un poco de agua?, ¿un poco de cacao para los labios?, ¿una toallita húmeda?

Se me eriza el pelo. La situación me resulta grimosa. No sé si me resisto a mis prejuicios o a mi derecho a celar y a sentir amor o náuseas. No quiero imaginarme a Olmo disfrazado de criadita. De azafata. De geisha. Sólo es una criatura, vestida a la moda, que desvergonzadamente llama «papito» a un cuarentón homosexual. Me gusta, sin embargo, cómo le ha devuelto el beso a su madre. Como si su madre fuera una mujer con febrícula a la que él estuviese dispuesto a dispensar las atenciones necesarias, como si sus ojos contuvieran siempre un ofrecimiento: «Mamá, ¿qué necesitas?» Olmo trata a Zarco y a su madre de una forma similar y yo dudo de si esa actitud constituye un rasgo patológico, si es la prueba de que su amor por mi marido es verdadero o la constatación de la sensibilidad de un muchacho que se ha apercibido de las similitudes entre su madre y el hombre que yace en la cama del sanatorio: un hombre que lo mira con una complacencia con la que nunca me miró a mí.

–Dadas las circunstancias, eres incluso demasiado comprensiva...

No sé cómo Zarco, a la manera de Bartoldi, ha podido leer mi mente, pero su voz a través del teléfono parece sincera. Quizá me conoce mucho o yo estoy un poco cansada y he dicho alguna cosa que hubiera debido reservar para otro momento. O quizá ha reparado –un poco tarde– en que su comentario a propósito de la desesperación de Olmo no ha sido muy oportuno.

En mi pizarra mental –una pizarra sobre la que se escribe con tiza, no una de cristal transparente como las de las series de televisión–, trazo un signo interrogativo porque Olmo, después de la lectura del diario de Luz, después del amor que Zarco le ha arrojado por encima, se torna opaco: todavía no sé si es un psicópata que, por su apariencia libresca, ha fascinado al detective, o un encubridor, o un *hikikimori* con ínfulas de entomólogo que se ha enamorado de un hombre maduro. La última suposición precisamente a mí no debería resultarme difícil de creer. Por todo ello y también por la sospecha de que sólo es un pobre chico que cuida de una madre complicada, Olmo me produce una mezcla de ternura y repulsión. Como un perro abandonado al que le saltan las pulgas por el lomo. No puedo dejar de lamentarme por él, pero no lo voy a adoptar, no le voy a pasar mis limpias manos por la pelambrera ni le voy a comprar un cestito para que duerma junto a mi cama. Es posible que el perro muerda. No quiero que mi piedad, como siempre, me devore. El perro se pudrirá y yo me quedaré con mi pena improductiva dentro del cráneo. Como una aguja que me provoca migraña. Entonces ni era ni será una pena improductiva, sino un arma, un estilete. He llegado a esa conclusión muy a menudo. Cojo aire. Cuento hasta diez. Me rebelo y, por haberme hablado de la desesperación de Olmo, le devuelvo a Zarco la pelota:

—Cuídate tú también de los inocentes, querido.

Después ya no le tolero que me dé réplica. Le dejo con el pensamiento fijo en la imagen de las manos ampliadas de Olmo que, trenzando un cordón, forman una cunita de gato.

25

Mientras Zarco se tortura, retardo el comienzo de la narración de mi encuentro con Driss. Al bajar de los trasteros, una voz me llama a través de una rendija. Cuando me aproximo, escucho un regaño:

—¿Por qué ha subido a los trasteros? Usted no es vecina.
—Estoy revisando el inmueble. Soy inspectora.

No le aclaro a Leo si soy inspectora de la policía nacional, de hacienda, del ayuntamiento o del ministerio de educación, pero ella enseguida lo asocia con las grietas de su piso, con las que rodean los vanos de sus balcones como arrugas. A Leo le han dicho que pueden provocar un desprendimiento de la fachada, una catástrofe, como esas explosiones de gas que impúdicamente dejan al aire el interior de las viviendas, los comedores, las alcobas, sobre el anoréxico esqueleto de las vigas. La casa, desnuda, no dispone de manos suficientes para cubrirse las vergüenzas. Ni un paño de pureza ni una hoja de parra se tienden sobre el cubículo de Leo, que teme el derrumbamiento y la hecatombe, y no va a dejar pasar la oportunidad de que una inspectora lleve a cabo un diagnóstico de los peligros y de las posibles curas.

—Lo único que tengo es mi casa.

Y parece que su casa es como su cuerpo.

Leo corre su cadenilla y me tira del brazo para que entre. Antes me limpio los pies en el felpudo. Ella me observa con aprobación: su casa es un recinto sagrado de baldosas brillantes bajo sus zapatillas sin pompones. Se fija en mi pierna mientras, como los caballos, caracoleo con las patas sobre la crin del felpudo:

—¿La polio?

Leo no está muy informada de los avances de la medicina. Ignora que hay enfermedades erradicadas o tal vez es que acaba de ingresar en ese periodo de la existencia donde lo único memorable es un pasado infantil en el que no existían aún los antibióticos ni ciertas vacunas y los niños acababan con cicatrices en las axilas a causa de un simple golondrino. Leo me ha mirado con conmiseración, y yo le devuelvo el mismo tipo de mirada: me encuentro con una mujer mayor que usa unas enternecedoras gafas bifocales. Cuando enfoca la vista hacia mis canillas, a Leo se le transforman los ojos en ojos de congrio. La nariz —sí, Zarco— es de orangután, de anchos agujeros. La mata de pelo no es de un blanco níveo, polar o ebúrneo —no, Zarco—, sino que aparece entreverada con hebras oscuras. Seguro que Leo duerme con redecilla para que el peinado se le conserve. Se ahorra unos cuartos en los gastos de peluquería. Me acuerdo de mi abuela y me pongo sensible. Tampoco, si quiero ser eficaz, me convienen estos sentimentalismos ni estas asociaciones.

Leo va en bata y lleva los labios pintados. Sus ojos se encogen mientras yo le doy una breve explicación sobre mi cojera que a ella no parece importarle mucho. Está ocupada volviendo a echar la cadenilla y dando dos vueltas a la llave en la cerradura.

—Es que vivo aquí sola, ¿sabe? Pero si alguien entra, que se vaya preparando.

Con un movimiento de barbilla, Leo señala una espada de acero toledano que cuelga de un gancho.

—Veo que se protege usted bien.

—Ay, hija, es que ha habido muchas muertes en esta casa. La chica que me limpiaba...

—¡No me diga!

Leo suelta una onomatopeya que significa que sí. Yo pongo cara de arrepentirme de esa inspección que ella quiere que haga a toda costa. Leo me tranquiliza dándome unas palmadas en el hombro.

—No es para tanto, hija, no es para tanto.

Sobre la mesita del recibidor, distingo un montoncito de recibos del gas y de la luz, un boleto de no sé qué nueva quiniela, tres billetes de diez euros recogidos por un clip, recetas de medicamentos, el folleto de una residencia de ancianos...

—A mí de aquí me llevan con los pies por delante.

—Mujer, si usted está estupendamente.

—No se crea. No sería la primera vez que lo intentan...

Leo va a lo suyo. Me enseña las grietas del salón. Pero permanece atenta a los ruidos procedentes del patio y del rellano. De repente, se queda inmóvil, aguza el oído, se aprieta la bata contra el cuerpo:

—¿Pasa algo?

—Sube Clemente.

—¿Su hijo?

—No. El de los vecinos de arriba.

—¡Ah!

—Un buen hijo. No tiene muchas luces, pero puso alarma y vigilancia en la casa de sus padres. Se gastó el dinero.

Leo pone ese gesto que se hace cuando algo es de categoría. Al instante, vuelve a agarrarme del brazo para que la acompañe a la cocina. La casa huele a ajos fritos y algo chisporrotea bajo la tapa de una sartén. Sospecho que si pudiera abrir la nevera y tomase nota del número de huevos, de la marca de vino que consume, de la cantidad de lácteos de una marca blanca que acumula, llegaría a conocer a Leo mucho mejor.

–Hoy vienen a comer mis hijos.

–¿Cuántos son?

–Cinco. Y los cinco están deseando que me muera...

Leo se ríe y, de repente, me arrepiento de mis prejuicios contra esta anciana atemorizada, sola, que se tapa la cabeza con el edredón; una mujer que tiene miedo de dormirse por si no vuelve a despertar a la mañana siguiente, por si no oye que una banda de ladrones, contratada quizá por sus familiares cercanos, pega una patada a la puerta y la derriba. A Leo la matan dentro de su propia cama. La ternura se agranda: sobre el escurreplatos veo la piel de una raja de chorizo y un vaso de duralex. Leo percibe mi melancolía:

–¡Mujer! Que era broma.

Me asomo detrás de la nevera como si buscara humedades. Leo se conforma con mis prospecciones. De repente suena el timbre del telefonillo y sale a ver quién es. La tele está encendida. Es el ruido de fondo de la casa.

–¿Cartero comercial? ¡Y una mierda cartero comercial!

A Leo se le va la fuerza por la boca. Duerme con un ojo abierto y otro cerrado. Pone los brazos en jarras. Fuerza la garganta. Pega primero para evitar el golpe. Mira ansiosamente a su alrededor como un enfermo de alzheimer en el centro de un cuarto desconocido. Todos lo son. De hecho, es como si Leo ya no conociera a nadie. Tampoco en esta comunidad. Estira el cuello. Tensa los músculos. Se prepara.

Vuelve a la cocina resoplando, husmea, levanta la tapa de la sartén y da una vuelta a unos trozos inidentificables de animal. Me llega una vaharada grasienta. Leo quiere conocer las conclusiones de mi inspección:

—¿Todo bien?

—He tomado nota de algunas cosas, pero usted no se preocupe que no son importantes.

Leo es más bajita, menos corpulenta de lo que yo me imaginaba. Perro ladrador. Mi imagen mental de Leo, mi anticipación, mi aversión prematura, todo eran impresiones inducidas, no exactamente por personas de mala voluntad, pero sí por gente que sólo ve lo que espera y que se mira y remira el interior del ombligo. Gente que no sabe ponerse en el lugar de los otros. Pongo una efe de falso en casi todas las observaciones del diario, aunque en él detectase a veces cierta comprensión hacia Leo. Pongo una efe de falso en las palabras y en los prejuicios del detective. Ninguno de los dos ha entendido casi nada. Yo, sin embargo, lo veo casi todo claro como la luz.

Corren lenta pero inexorablemente las bobinas de mi magnetófono mental. Mis imaginarios aparatos de investigación se amontonan en el desván de mi cabeza y, por supuesto, datan del pasado siglo.

—¿Tan claro como la luz?, ¿qué ves tan claro como la luz?

—Veo claramente todo lo que no pudo ser.

—No te entiendo.

—Será por la conmoción cerebral.

—No tengo conmoción cerebral.

—Pues entonces no me hagas decirte por qué podría ser...

Punto en boca. Zarco aún no merece atesorar todos los datos para poder decidir si está en peligro. Si se ha equivocado del todo. Si lo han utilizado. Quién ha podido hacerlo.

Detengo suavemente el triciclo del niño que da vueltas en el patio interior. Desde casa de Leo oía las ruedecitas contra las losetas, y he pensado que el niño sería para el padre como una contraseña dulce. El niño me mira. Parece un niño al que no le hacen demasiado caso. Le pido que me acompañe a su casa porque necesito hablar con su papá. Pese a lo que pudieran pensar Zarco o Luz, el niño me entiende. Al llegar a su rellano, me pide que le levante un poco para apretar el botón del timbre. No retira el dedo hasta que su padre abre. Driss se sorprende al ver a su hijo en compañía de una desconocida. Cuando dejo al niño en el suelo —me ha enorgullecido la confianza que ha depositado en mí esta criatura que presuntamente está retrasada para su edad y que emite una única palabra, casi una onomatopeya–, el padre me escruta. No le desagrada mi aspecto. A mí el suyo tampoco.

Me sorprende no haber encontrado ni en el diario de Luz ni en el relato de Zarco un indicio de que este hombre me pudiera gustar. Sus ojos parecen pintados.

—Sólo te acuerdas de lo que te da la gana. Yo ya te había dicho que tenía unos ojos amielados profundísimos, Pauli.

—No me llames así.

Las arrugas y las ojeras le favorecen. Tal vez cuando era más joven Driss carecía de atractivo, pero hoy es un hombre que, por su apariencia, no puede ser un estúpido: sólo alguien que sufre. Una curva debajo del jersey sugiere blandura. Se sonroja al comprobar que le miro el vientre. Vuelvo a concentrarme en su cara. No duerme bien y fuma demasiado. Tiene la dentadura casi negra como la de los fumadores de pipa. Su cuerpo sugiere cierta degradación, abatimiento, humanidad. Me pregunto de dónde procede la tristeza de este hombre. Rememoro algunos párrafos del diario de Luz. Quizá ya sé de dónde proviene la melancolía de Driss y el temblor de sus manos, grandotas.

Yo llevo la cara lavada. Mi pelo es largo y oscuro. Parezco una buena mujer. Y soy lo que parezco: una funcionaria de hacienda que saca su identificación del bolso. Ya no soy la inspectora de grietas y humedades cuyos servicios precisaba Leo. Me da igual contradecirme. De todas formas, no creo que vuelva a poner los pies en esta casa y he decidido ofrecerle a cada quien lo que necesita, ponerme en su lugar, tender puentes de la misma manera que a Driss le tiendo la mano:

—Paula Quiñones. Encantada.

Driss ladea su cuerpo para que yo pueda pasar. Me invita a sentarme en una de las butacas del salón. Le pregunto enseguida por su mujer. Es a lo que he venido. Mira hacia el suelo —ese gesto no es un automatismo de mi relato ni una vaguedad: lo hemos recogido al menos tres observadores— y contesta:

—Está de viaje.

Driss no renueva sus mentiras. O quizá no inventa mentiras en absoluto. Le informo de que he venido a realizar una inspección y, como Driss desconoce los protocolos del ministerio, me cree. Me pongo nerviosa. Me suenan las tripas porque no me gusta mentir. Desde la cocina, me llegan los vapores de la sémola, la verdura y el cordero con que se prepara el cuscús. Insiste en que su mujer está de viaje y en que no cree que él me pueda ayudar. Mientras hablo con este hombre no me imagino nada, no hago ni deshago hipótesis. Sólo atiendo a sus lacónicas respuestas y le formulo preguntas para ayudarle a respirar. Es como si a Driss le faltase el aire y yo le aflojara poco a poco el cinturón.

—¿De viaje?, ¿a qué se dedica su mujer exactamente? En mi documentación consta que...

—Es comercial.

Driss se ha inclinado sobre mis papeles, adoptando una actitud colaboradora con mi trabajo. Noto que, aunque le gusto, le encantaría que saliese por la puerta de su casa cuanto antes. Él no puede saber que me está brotando una extraña sensación que me mantiene pegada al asiento y que me obliga a mirarle cada vez más a los ojos: la sensación de que no es él quien me puede ayudar a mí, sino de que soy yo la que le puede ayudar a él.

—Ya. Pero hace mucho tiempo que no pasa por aquí, ¿verdad?

—Es comercial y viaja mucho.

El hombre no me miente. Mientras Zarco me relataba la evolución de sus investigaciones, yo iba adelantando trabajo por mi cuenta. Quién sabe si con la intención de llegar a sorprenderle un día. De anticiparme con mis descubrimientos de manera que él, por fuerza, no pudiese asfixiarme con su patita elegante de gato de angora. Yo había comprobado en la base del ministerio algunos datos de identidad de los implicados en el caso, entre otros, la ocupación de la esposa de Driss, Pilar Reig, treinta y cinco años, madrileña, casada y con dos hijos, representante comercial de una empresa de papelería y objetos de oficina. Es verdad que su trabajo la obliga a viajar mucho y también es cierto que Driss sólo guarda una respuesta para hablar de ella.

—Viaja mucho.

Adopto un tono comprensivo que no tengo necesidad de fingir. Me aprovecho de que me mira con cierto deleite incluso cuando se ha fijado en mi cojera inmediatamente después de invitarme a pasar. Me pongo de su lado como si olvidase mi papel de funcionaria y sólo fuera una mujer que se preocupa por un hombre solo y por sus hijos pequeños. Le inspiro confianza y no he de volver a interrogarle para que él insista:

—Tiene mucho que hacer.

No se me pasa por la cabeza hablarle a Driss de Cristina Esquivel o de Josefina. Sólo quiero averiguar por qué Pilar Reig no está ni con su familia ni saponificada en los trasteros. Debo evaluar no sólo la cantidad de verdaderos y de falsos del diario de Luz, sino también sus calidades. Debo saber si trabajo con símbolos y si esos símbolos representan algo más que la sintomatología o la llamada de socorro de una mujer triste a la que casi ya no le quedan fuerzas. Para lo que yo necesito averiguar no me conviene que Driss me relacione con asuntos que puedan hacer que se oculte en el fondo de su guarida. Justo en ese rincón al que yo no llego con mi palito. Driss es un hombre cargado con un peso del que necesita liberarse y que posiblemente no se relaciona con la crónica negra de esta comunidad. Sigo metiéndome en su piel y, sin esforzarme mucho, consigo mirarlo con ternura:

—¿Y los niños?
—Yo me encargo de los niños.

Driss se pone duro para zanjar la conversación. No le sale y, de repente, yo soy otra mujer: una que no renegó hace ya bastantes años de su instinto maternal:

—Pero los niños necesitan una madre.
—Tienen a mi madre. Aquí con nosotros.

Estoy a punto de contarle a Driss una historia. La de una funcionaria del Estado que ha tenido dos hijos con un detective de ojos azules con el que vive felizmente en un piso precioso del que ya han pagado la hipoteca. La de una mujer que también trabaja mucho y que siempre lleva las fotos de sus hijos encima y pasa los fines de semana en el campo disfrutando del aire puro y de las cristalinas aguas minerales.

Zarco no me interrumpe. Se reserva para sí sus impresiones. No dice ni una palabra. Echo de menos el comentario. La disculpa. Como no llegan, pongo fin a mi pausa.

Cojo aire, regreso al momento de la mañana y al salón donde vuelvo a mostrarle a Driss una insistencia cariñosa:

—Pero no es lo mismo una madre que una abuela, ¿verdad?

—Mi mujer no puede hacer más. Trabaja mucho.

—Pero mucho.

Para pronunciar la última frase he sonreído amistosamente. He inclinado mi cuerpo como si de un momento a otro pudiera rozar a mi interlocutor o extender mi mano para ponerla sobre la suya. No lo hago. Sigo sonriendo mientras Driss, bajando varios tonos una voz con la que en condiciones normales ya habría que aguzar el oído, expresa su vergüenza:

—Yo no gano mucho.

—Entonces ella se hace cargo de la mayoría de los gastos.

—Pasa un talón.

Driss resbala. Vuelvo a inclinar mi cuerpo hacia adelante. Freno mi mano, que esta vez sí le habría tocado de no ser porque cuento uno, dos y tres, retengo el aire en mis pulmones y al exhalarlo me atrevo a ser demasiado insistente, casi pesada:

—¿Un talón? Entonces, ¿nunca pasa por aquí?

Pero él no se crispa. Se deshace de su fardo y empieza a revelarle a una extraña visitante su humillante verdad:

—Nunca. Desde hace un año. Nunca.

A Driss se le quiebra la voz. Es un hombre abandonado. Pilar se fue. Driss me confiesa que ella podría denunciarle. Él no cumplió lo prometido. La engañó. Pilar descubrió hace cosa de un año que Driss mantiene a otra familia en Marruecos. Le odia. Desde entonces, Pilar dejó de querer a sus propios hijos. Quizá se alejó para no maltratarlos. Se daba miedo a sí misma. O estaba harta. El pequeño ya no se acuerda de ella. Ismael sí, se acuerda. Y Driss no sabe si es mejor que su madre no regrese nunca o que aparezca de pronto para cuidarlo con sus brutales demostraciones de afecto y de preocupación.

—El niño comía mal.

Me acuerdo de algunos pasajes del diario de Luz y se me pone la carne de gallina. Escribo otra uve de verdadero al lado de los gritos, las amenazas de muerte y los olores nauseabundos. Una uve de verdadero de primera calidad. Vuelvo a Driss y soy perfectamente consciente de que, por mucho que haya querido sentirme inclinada hacia él, ahora sólo me detengo en su dentadura estropeada. Echo de menos el olor a elixires de Zarco. No puedo engañarme. Driss sólo me cae bien y eso hace que mi preocupación le llegue en forma de una extraña proximidad, de un calor imprevisto, que le hace sentirse cómodo y seguir respondiéndome cuando yo le pregunto:

—Pero ¿ha hablado alguna vez con ella durante este tiempo?

—Claro. Ella está en Tenerife en casa de su hermana.

Driss se tapa el rostro. Siente vergüenza. Humillación.

—No pasa nada. Todo está bien.

Oigo mi voz tranquilizando a Driss y me descubro con su gran cráneo sobre mi regazo. Le estoy acariciando el pelo y tengo la falda húmeda de llantos y de babas.

—Entonces, Pilar está en Tenerife. Sin saponificar.

A Zarco no le interesa, ni como hermoso remedo de una *Pietà* contemporánea, la escena que Driss y yo hemos interpretado en su honor. Se ha espabilado y saca conclusiones sobre lo que de verdad le importa:

—Entonces, Luz no le hizo nada a esa mujer.

—Parece que nadie le hizo nada a esa mujer.

A Zarco vuelve a escapársele una de sus expresiones meapilas de alivio:

—¡Bendito sea Dios!

—Por siempre, bendito y alabado.

Los años de misas obligadas me llegan a la punta de la lengua. He digerido bien los alimentos de mi educación católica y no voy a olvidar las réplicas ni los ritos por muchas veces que nos cambien la letra del padrenuestro. Zarco calla y yo aprovecho su silencio telefónico:

—Lo que no quita para que alguien sí que les hiciera algo a otras dos mujeres.

—¿Driss?

—¿A ti no te parece que Driss ya tiene bastante?

—¿La madre de los niños?

—Zarco, ¿qué estás diciendo?

Zarco cae en el absurdo. Renuncia al principio de racionalidad. Las causas, los efectos y la navaja de Occam. La posibilidad de conocer el corazón de los seres humanos y sus motivos. Renuncia a los tópicos universales. Se agarra a la locura y a la excentricidad para que sólo la prueba física, la disección del forense en un habitáculo rematado en bóvedas, nos marque el camino para entender una acción bárbara. Pero nada es tan caótico. Zarco se siente descubierto y también él se avergüenza. No se cree sus propias palabras y yo, como si manejara un control remoto, al revés que a Driss, le oprimo la cintura con el cordón de su pijama:

—Cuando Cristina Esquivel fue asesinada, Pilar ya había abandonado a su marido. Todo es, querido Zarco, muchísimo más fácil.

Zarco está dispuesto a renegar de las máximas que orientan su labor profesional. Manotea en la dirección que le permita esquivar esta resaca que lo está arrastrando mar adentro. Yo, que le doy aguadillas, también estoy aquí para evitar que se ahogue. Porque pasé con él algunos años. Exculpar a Luz es para Zarco una felicidad. Pero no la felicidad. Porque exculpar a Luz no es tan bueno como exculpar a Olmo. En su pensamiento vuelve a aparecer la imagen del famélico joven con su cuna de gato tirante entre los dedos.

—Me estás haciendo daño, Pauli.

No tanto, Zarco. Me muerdo la lengua.

—No me llames así.

Zarco quiere que me desmorone. Que le consuele. Que le diga que no se preocupe y que las cosas son tal como él quiere que sean. Pero no. No voy a sostener su cabeza en mi regazo, mientras llora, ni le voy a susurrar: «No pasa nada. Todo está bien.» Por una vez no cojo aire, no cuento hasta diez, no me controlo:

—No tanto, Zarco. No tanto.
—Mucho, Pauli.
—Lo cierto es que Olmo es la persona que más oportunidades tuvo de leer el diario de Luz.

Puedo ver su palidez. El incipiente dolor a la altura del píloro. Si el chico se ha quedado a dormir, quizá Zarco lo observe un segundo para velar su sueño y deleitarse con las angélicas alitas que le nacen en los omóplatos, o para comprobar que Olmo sigue y computa sus reacciones mientras el *papito* habla conmigo. Zarco tarda hasta volver a pegar la boca al altavoz:

—Pero fue ella quien lo escribió.
—Sin embargo, ella no pudo matar.
—¿Por qué estás tan segura?
—Por lo mismo que sé que Pilar estaba fuera cuando mataron a Cristina.

Es lamentable que Zarco se haga el tonto. Pero se lo hace:

—¿Por qué?
—Porque he leído el diario.
—Y yo.

Un, dos, tres, cuatro. Cojo aire. Me muerdo la lengua para no recordarle que él mismo me entregó el diario de Luz porque se daba cuenta de que no lo había leído bien. Inspiro por la nariz y espiro por la boca. Cambio de tercio de banderas:

—¿Has leído el diario y no quieres saber dónde he estado esta mañana antes de subir a los trasteros?
—Paula.
—¿Has leído el diario y no quieres saber si he conocido a Bartoldi?

Rebobino. Me despierto, me ducho, me visto, coloco mi plantilla en el fondo de una bota que, además, se remata con un alza de unos cinco centímetros. Preparo el cuchillo de cocina, el destornillador, el diario, las credenciales de funcionaria del ministerio. Me encamino hacia el ambulatorio de especialidades médicas del que María Luz Divina Arranz Casas es paciente habitual. El metro es un asco, aunque no por su falta de limpieza. Nadie tiene pinta de ir a secuestrar ningún vagón. Nadie va a celebrar ninguna bacanal clandestina ni de repente, por debajo de los ropajes marrones y grises de los viajeros, asomará el esplendor de un encaje hermosísimo o de una camisa hawaiana. Mi vecino de asiento no parece un ex boxeador sonado ni un traficante. Alrededor, pocas aventuras y algunas posibles existencias, famélicas y hastiadas en la misma medida, que se bajarán al final de la línea para coger un autobús que las conduzca a una periferia todavía más recóndita. Gente que resuelve cuadernillos de crucigramas o lee periódicos gratuitos. Músicos que pasan un monedero semiabierto. La canción no se parece en nada a la versión original. Echo algunos céntimos en su interior oscuro.

—Ahórrame de los relatos sociales y los cuadros de costumbres. Estoy enfermo.

—Zarco, no tienes educación.

—Discúlpame. Por favor, sigue.

En ningún centro de la seguridad social de Madrid trabaja un psiquiatra que se apellide Bartoldi. Es más, no aparece ningún médico con ese apellido ni en esta comunidad ni en ninguna otra. Hay dos Bartolomés —un nefrólogo y un pediatra—, un Bértolo —especialista en aparato digestivo— y una Bartolomew, otorrinolaringóloga, que llegó a España hace diez años desde nuestras antípodas. Ninguno de los cuatro médicos guarda en su archivo un expediente en el que figure el nombre de Luz. Una compañera de la seguridad social me facilitó la información justo cuando acabé la lectura del diario. Porque ésa había sido la primera pregunta que me formulé: ¿existirá alguien tan encantador como Bartoldi? ¿Alguien que te llame «querida» después de cada orden, consejo, después de cada frase consoladora y de cada diagnóstico? ¿Alguien que te ría incluso los peores chistes, te recete pastillas que puedan ser letales o alucinógenas y asista impertérrito a la narración de tus sueños húmedos y de tus asesinatos? ¿Alguien a quien le puedas decir, sin abochornarte, que tus hormonas son *mosquitas redondeadas*? ¿Alguien, sin cara, sin huellas dactilares, sin antecedentes y sin número de carné de identidad, por quien llegué a envidiar a Luz? Como era previsible, el doctor Bartoldi no existe y debemos interpretar las palabras de Luz bajo el prisma de las estrategias narrativas, quizá de los deseos, más que de las confesiones. Zarco no las tiene todas consigo:

—¿Estás segura?

Finjo que no he llegado a oír su susurro —seguro que se ha puesto la mano delante de la boca para hablar discretamente— y prosigo con mi reportaje médico.

Existe, sin embargo, la doctora Llanos, que efectivamente es la ginecóloga con la que Luz pasa consulta una vez cada seis meses. Desempeña sus funciones en el centro de especialidades que a Luz le corresponde por zona. La doctora Llanos, entre incómoda y sorprendida, entre autoritaria y servil, me recibe porque me he anunciado como la inspectora de hacienda que, sin lugar a dudas, soy. Ella, aunque está en horario de consulta y así me lo indica, se presta a escucharme:

—Usted dirá.

Todo lo que le digo a la doctora Llanos afecta a sus intereses económicos y denuncia sus escarceos con la sanidad privada, su consulta particular en un barrio de chalecitos, sus posibles incompatibilidades y su más que probable doble contabilidad; pongo estas cartas sobre el tapete, pero le prometo a la doctora que no las utilizaré a no ser que me vea obligada a ello. La doctora Llanos, contraviniendo juramentos hipocráticos y otras promesas, certifica la debilidad emocional y física de Luz Arranz, no sin antes esbozar una justificación:

—Tengo que vivir.

Seguramente es verdad y se me parte un poco el alma cuando observo cómo le tiembla el labio mientras me resume sus informes:

—La paciente, en este momento osteopénica, presentaba hace un año una osteoporosis bastante preocupante que me obligó a medicarla.

El temblor del labio de la doctora se va apaciguando a medida que avanza en sus explicaciones, aunque no entiendo cómo alguien así podría despertar tanto pánico en Luz. Pienso en el elefante asustado por el ratoncito. Pero la imagen se diluye en cuanto me viene a la memoria mi propia vulnerabilidad en el ambulatorio: he cogido una gripe o me ha nacido en algún punto del cuerpo, que nunca me había notado, un dolor que no soy capaz de identificar. Agudo, persistente, cíclico, espasmódico, intenso, sutil, superficial, crónico, insoportable, llevadero, intermitente, flojo... Dudo que sepa describírselo al médico que me atiende desde detrás de la pantalla de su ordenador. Una molestia, un calambre, un runrún, un latigazo, una contracción, un ahogo, un pinchazo, un pellizco, un retortijón, una tirantez o presión, un temblor, un latido en una desconocida membrana. Quizá en una fibra o en un órgano vital. Intuyo un dolor o un no dolor que sé con certeza que es el que puede llegar a matarme. Líquido libre en mis cavidades oscuras.

Mi empatía con Luz es intensa. Borro de mi pizarra la caricatura del elefante asustado ante la burla de un ratón que se ha vuelto de pronto chulo, provocador y bocazas. Un ratón que ha trasegado el jerez de un catavinos y se pone violento sin considerar lo exiguo de sus dimensiones.

—Señora Quiñones, ¿se encuentra usted bien?
—Perfectamente.

Me concentro, aunque se me pone la carne de gallina sólo con pensar que la doctora puede acercarse para tomarme la temperatura o para echarle un vistazo a mi revelador fondo de ojo. El que me acusa de mis carencias y de mis pequeñísimos vicios. Algo muy privado. Mi desnudo. La doctora Llanos completa su informe:

—Yo no recomendé a Luz Arranz la escritura de ningún diario terapéutico. Tampoco vi la necesidad de derivarla a ningún especialista en psiquiatría.

Sólo le receté pastillas de calcio. Zarco se interesa por un detalle estúpido:

—¿De qué color?

—Blancas.

Las mortíferas pastillas blancas: calcio para reforzar los huesos de una mujer con menopausia precoz...

—Además, fumadora. Aunque ella no quiera reconocerlo —añade la doctora Llanos, una profesional reconocida, que pone en duda la fortaleza de su paciente para agredir y matar a nadie. Luz carece de la energía necesaria para estrangular a una mujer joven, de complexión atlética, de uno setenta y cinco de estatura, deportista y en un inmejorable estado de salud según se desprende de los datos de la autopsia. El inmejorable estado de salud de los cadáveres, con el tórax abierto y el cerebro a la vista sin su tapadera ósea, sobre la mesa del forense, nos provoca cierta hilaridad. El labio casi ha dejado de temblarle a la doctora Llanos. Yo, despojándome de mis hipocondrías o a causa de ellas, mato dos pájaros de un tiro:

—¿Podría usted darme hora en su consulta privada?

La doctora Llanos tiene que vivir. A mí no me vendrá mal que alguien eche una mirada en mi deshabitado claustro materno. La doctora revisa su agenda secreta y me cita dentro de una semana a una hora en la que no será necesario que pida otro día libre por asuntos propios. Haré respiraciones en un espacio de color almíbar donde no me importará separar los muslos para que la doctora introduzca el espéculo, el gatito hidráulico con el que la vagina cobra la apariencia oscura de una boca sin dientes. No tendré que leer estos carteles sórdidos con consejos para prevenir y atajar el cáncer de mama; no miraré el interior de estas vitrinas llenas de cristalitos donde se extienden los flujos de las citologías. Será un lugar perfecto con hilo musical. Una habitación que no olerá a éter o a desinfectantes, donde la doctora me embadurnará con un gel para reconocer fondos submarinos, piélagos, a los que nunca llegó el ojo humano.

—Pauli, estás perdiendo la cabeza.
—No me llames así.
Ahora la doctora Llanos está casi relajada y me facilita una información que, de otra forma, se hubiera reservado:
—La osteoporosis hubiera provocado que a Luz se le fracturase algún hueso en su improbable intento de matar.
—¿Usted la descartaría?
La doctora cabecea:
—Casi completamente.
Me despido de la doctora con un apretón de manos. He comenzado con buen pie esta investigación.

Zarco debe de barruntar mi gratificante recuerdo de esa seguridad que después me ha transformado en una mujer cautivadora —maternal y confortable— para el gran cráneo de Driss, porque me interrumpe abruptamente:
—Si la Llanos no le sugirió a Luz que escribiera un diario, ¿crees que alguien lo haría?
—Por supuesto.
—¿Quién?
—Claudia Gaos.

Tengo la falda empapada de las secreciones de Driss y sospecho que las escritoras suelen trabajar en casa. Con Claudia Gaos no creo que deba desempeñar mi oficio de inspectora del ayuntamiento, de hacienda, de la policía. A ella le puedo explicar, sin demasiados tapujos, quién soy y qué hago aquí. Pongo frente a su mirilla el diario de Luz. Oigo una carcajada tras la puerta. Después Claudia me abre y enseguida me pregunta:

—¿Quieres cambiarte?

—No. No hace falta. No te preocupes.

Me arrepiento enseguida de no haber aceptado el ofrecimiento. La tela de la falda se me pega demasiado a los muslos y, sobre todo, me gustaría conocer su cuarto de baño. La bañera que fue el contenedor de su muerte.

—Para haberte desangrado en la bañera, tienes buen aspecto.

Claudia vuelve a reírse. Es una persona extraordinariamente risueña. Desde algún lugar de la casa desconocido para mí, aparecen dos gatos blancos, alertados por la risa, que se frotan contra las pantorrillas de la escritora. Los oigo ronronear mientras escribo otra uve de verdadero en mi pizarra. La voz del ama los incita y los animales ronronean aún más, como pequeñas naves espaciales preparadas para el despegue. Si Zarco hubiera conocido a estos dos gatos blancos de pelo corto, la figura de dos armiños, de dos voraces vampiros capaces de chupar toda la sangre de un hombre, se hubiera dibujado en su cerebelo y hubiera descendido a sus ojos a través del trampolín del nervio óptico. Evito pensar en Zarco y en lo que él pensaría porque, si sigo sus miguitas de pan, me quedaré enganchada en las ramas del bosque. Me perderé. Y la bestia me devorará.

–Patricia Highsmith. *Crímenes bestiales*. Pero no era un armiño, sino un hurón, «Harry, el hurón».

–Zarco, ¿por qué no te hiciste bibliotecario?

Claudia Gaos se agacha para responder a las caricias de sus mascotas, que le huelen los dedos y se topan contra sus tobillos en inequívoca señal de amor. No me puedo resistir y yo también doblo la cintura para acariciar a los gatos. Cuando mi mano les alcanza, me miran sorprendidos. Se dejan hacer durante un segundo conteniendo la respiración. Toleran mi roce hasta que uno se vuelve, nervioso, y con las zarpas recogidas en la pata me marca con un golpe rapidísimo. Después huyen. Se ocultan en uno de los escondites de la casa de Claudia: sólo los gatos los conocerán bien. Entonces, la escritora vuelve a mí:

–¿Quién te ha dado ese librito?

No me llama la atención que lo llame «librito».

–Arturo Zarco, quien, a su vez, lo recibió de su autora, Luz Arranz.

Claudia se parte de risa.

–¿Su autora?, ¿no querrás decir su coautora?

A veces parezco una estúpida. Ésta es una de esas veces. Como estoy medio obnubilada, Claudia me ahorra el trabajo de preguntar:

—Nuestro pacto era con la ficción, nunca con la verdad. Aunque la gente confunde las dos cosas continuamente...

—Es que hay personas que dicen más verdades mintiendo que otras confesándose.

Los gatos de Claudia Gaos nos observan casi mimetizados con una pared al fondo del pasillo.

Claudia me explica que, cuando se vino a vivir aquí, se hizo amiga de Luz. Se dio cuenta de que era una mujer que se sentía sola y de que su hijo no era un muchacho vulgar y corriente...

—Olmo finge que me aprecia porque le consta que su madre me tiene muchísimo cariño. Pero no me aceptó a la primera...

Puedo imaginarme la cara convaleciente de Zarco en la penumbra nocturna de su casa.

—No, no puedes.

Puede que no. Eludo la respuesta —que sería falsa— y sigo adelante justo hasta el punto en que Claudia Gaos me sigue describiendo su relación con Olmo:

—Ahora Olmo se muestra muy cordial, incluso demasiado, pero sólo lo hace para que Luz no viva conflictos afectivos, contradicciones. Guarda a su madre debajo del ala.

Silencio. A lo mejor a Zarco no sólo le duele, sino que además le interesa lo que la escritora me dice a mí pero no le dijo a él.

Claudia se esforzó en caerle bien a Luz. Le resultaba atractiva por su manera de hablar, por su ronquera, porque a veces se la encontraba en el portal un poco beoda, porque notaba que era culta y, aunque muchos vecinos la conocían desde niña, despertaba en ellos hostilidad.

—La escritora social siempre del lado de las causas pobres.

Esto lo podría haber dicho Zarco. Pero lo dice Claudia. Me abstengo de sacar conclusiones para no fomentar sus impulsos de autoflagelación. Me niego a que la escritora me relate unos fracasos que yo podría transformar en éxitos con mi condescendencia. Para confortarla. Cuento uno, dos, tres... Retengo mi piedad como la orina. Mi piedad no nos vendría bien ni a ella ni a mí.

Claudia sigue contándome que, cuando la conoció, Luz estaba atravesando una de esas etapas en las que la susceptibilidad acrecienta la misantropía, y la misantropía, la susceptibilidad, y del caño al coro y del coro al caño. La escritora pensó que ella podía caer también en ese círculo vicioso; que, quizá, en torno a los cuarenta y cinco años, es decir, dentro de nada, cuando su cuerpo fuera una superficie que debía ir tapándose progresivamente –hoy, las manos, los brazos, las rodillas; mañana, el aliento, la flacidez en torno al óvalo facial, las orejas crecientes y los ojos menguantes, los tersos jacintos de sus pezones de latón o de papel chamuscado–, cuando se le quitaran las ganas de tocar y de que la tocaran, ella también bajaría a la calle a tomarse unas copas y chillaría a su marido. No soportaría tenerlo delante. A la vez, viviría la contradicción de necesitar un abrazo, el más fuerte de todos, de ese hombre al que le reclama la mirada, al que obliga a un deseo que ya no existe y que a ella la ayudaría a revivir el poder, el magnetismo de su cuerpo joven contra la luna del espejo: la risita de satisfacción que se les dibuja en la cara a mujeres como Luz y como Claudia Gaos cuando, al abrazar a un hombre, piensan «podría destrozarlo».

—A usted puede sucederle lo mismo.

—Mi problemática es diferente: soy coja y mi marido me abandonó porque era marica.

Claudia Gaos abre los ojos como platos y reprime una carcajada en la que yo la hubiese acompañado con muchísimo gusto. Se fija en el alza de mi bota. Luego me pregunta:

—¿Zarco?
—El mismo.

Se ahorra sus opiniones. Yo se lo agradezco porque no he venido a esta casa como víctima. Zarco me interrumpe:

—Antes no me dedicabas con tanta soltura los apelativos «marica» o «maricón».

—A ti a la cara no. Pero, si hablo de ti con otras personas, te lo aplico todo el rato.

Supongo que Zarco entiende mi acritud porque no dice nada.

Vuelvo a la casa de Claudia, al punto en el que ella retoma el asunto del diario de Luz:

—Nosotras decidimos conjurar nuestro temor escribiendo un par de libritos en los que nos reconociéramos aunque fuera sólo a medias.

Empezaron por el de Luz. Al principio, Claudia tutelaba la escritura de su vecina, pero enseguida dejó de llevarle la mano. Luz no carecía de aptitudes para ser escritora: la observación, una mirada personal, un lenguaje... Aunque a veces ni siquiera ella misma era consciente de todo lo que estaba observando.

—*Blow Up*. Michelangelo Antonioni. Mil novecientos sesenta y...

—Zarco, te estás poniendo pedante, pesadito.

—Es que vosotras habéis mantenido una conversación de altura...

—¿Insoportable?
—Insoportable.

Al final, Claudia acabó por ser sólo la oyente de los

textos que Luz le leía en voz alta. De vez en cuando, introducía algún detalle. En los pasajes de mayor crueldad, tenían la sensación de arrojar una tarta contra la cara de un payaso; otras veces, lloraban como cuando Luz se inventó a Bartoldi para revivir sus traumáticas experiencias como paciente. En el esbozo del librito, habían planeado asesinar a los vecinos uno a uno. Sobre el papel. De puerta en puerta reinterpretando las rencillas y reduciendo cada persona a la caricatura de su personaje. No era muy difícil porque hay personas que son más bien personajes, como Piedad, como Leo, como Clemente, como la mismísima Luz... Otros son más complicados. Claudia no está muy de acuerdo en que acertaran con su caricatura de escritora social, aunque reconoce que las dos hablaron de la utilidad del género. Sobre todo, cada vez que la vecina gritaba a sus hijos, a sus bebés, como si fueran acémilas resabiadas y desobedientes. Claudia llama a sus gatos con voz de arpa celestial.

—¡Coca! ¡Ina!

Ahora sí, los gatos —que en realidad son dos gatas y sobre cuyos nombres no pienso hacer ninguna observación que pueda corroborar los malos pensamientos de Zarco—, ahora sí, las gatas se materializan ante mis ojos procedentes quizá de otra dimensión. Sólo por culpa de Zarco, quizá también de Luz Arranz, se me llena la boca de esta retórica. Claudia acaricia a sus animales:

—Luz y yo concluimos que en casos como el de los hermanos aceituna los cuentos no servían de nada. Era preferible una llamada a los servicios sociales.

—¿Por qué no la hicisteis?

—Por si nos equivocábamos. Por si el sufrimiento de aquella madre era mayor de lo que nosotras podíamos imaginar...

Claudia recuerda que el día que leyó el pasaje de su asesinato experimentó la punzada de la envidia y que posiblemente la envidia, junto con el instinto de supervivencia, fue lo que la llevó a revelarle al detective la existencia del diario. También se acuerda de que, al leer su propia muerte, estuvo segura de lo mucho que la apreciaba Luz. No pudo llegar a matarla y la música del texto, el virtuosismo, le revelaron un cuidado mimoso por parte de su amiga con el que casi se sintió acariciada.

—Olmo se iba poniendo cada vez más celoso...

Claudia me comenta que a Olmo le gusta encerrarse en su habitación siempre que alguien esté en el cuarto de al lado esperándole. Y durante la temporada que estaba escribiendo, Luz dejó de esperarle en la habitación contigua y no precisó de sus cuidados de hijo solícito. Claudia cree que a Olmo le gustaría que su madre estuviese siempre enferma, borracha para sujetarle la frente sobre la loza del váter y llevarle a la cama unas pastillas para aliviar la resaca.

—Quizá por eso ahora se ha enganchado con el detective.

Zarco me interrumpe:

—Esa tía es una hija de puta.

Olmo, arrebujadito al lado de su oscuro amante, quizá se pregunte de quién estamos hablando. Noto que Zarco tapa con la mano el altavoz del teléfono y dice cosas que yo no oigo. Me exhibe a su otro interlocutor, con el que preserva otra intimidad. Allá él.

Por las palabras de Claudia, deduzco que quizá entre Luz y ella pudo haber algo más que una relación de vecinas, una amistad, una pieza de piano interpretada a cuatro manos. Carne. Mujeres enroscadas que se dan calor y buscan sus puntos neurálgicos con las uñas recortaditas y la punta de la lengua. Los dedos se orientan por imanes y resbalan, sin equivocaciones, hasta la protuberancia justa.

—No me gustan las mujeres.

Claudia, observadora, disipa mis dudas y no me deja caer en la tentación, porque de pronto es como si me arrastrara una fantasía que no viene de mí, sino de mi trato continuo con un hombre como Zarco. Resulta imposible no contaminarse. Los ojos y el oído se me van casi sin que yo me percate de ello. Me pongo a cantar en su tono por mucho que me tape la oreja. Empasto la voz. Desafino.

—Mejor di que muestras cierta sensibilidad hacia el arte.

Un, dos, tres. Respiro hondo. Callo. Camino por la senda más corta: no se puede imaginar mientras se mira.

Claudia vuelve a la escritura de Luz:

—Nos quedamos con ganas de escribirle una muerte fabulosa al exorcista de la comunidad.

Me acuerdo del sacerdote presidente en el centro de su aquelarre comunitario. Sopeso la posibilidad de automedicarme: yo también podría divertirme a través de las muertes escritas de todos mis vecinos. Sin embargo, es peligroso. Claudia y Luz estaban de muy buen humor hasta que asesinaron de verdad a Cristina Esquivel. Durante unos días siguieron con el juego, pero lo dieron por acabado en cuanto llegaron a la conclusión de que la coincidencia no era tal: alguien había leído su librito y, en él, había encontrado una buena coartada para el asesinato. Claudia me regala sus deducciones:

—Reduje las posibilidades a tres: Olmo, Clemente y Josefina. Pero no me atreví a comentarlo con Luz.

En ese instante, repaso la lista de verdaderos y falsos en mi pizarra mental y me doy cuenta de que Claudia se excluye de la lista de lectores y de que hay una acción, una circunstancia del texto, que no he verificado todavía:

−¿Era cierto que Clemente y Luz mantuvieron una relación o sólo fue un recurso del diario para tratar de solucionar la presencia de los falsos cadáveres?

−No tengo ni la menor idea.

Pero algo debe de saber porque, si no, no habría incluido a Clemente en su selección de posibles lectores del disrio de Luz. Admiro la discreción de la escritora. No es frecuente.

Antes de irme, le pido permiso a Claudia Gaos para visitar su cuarto de baño.

Zarco me ha escuchado. Ahora habla:

—¿Por qué no pudo ser cualquiera de las dos escritoras?, ¿por qué no pudieron hacerlo igual que pudieron escribirlo?

Tanta ingenuidad —de nuevo falsa— me enciende:

—Porque la muerte de Cristina Esquivel se produce un jueves en el diario y realmente la mujer es asesinada un lunes a mediodía. Cuatro días más tarde. Las dos muertes se reflejan en el diario de Luz y la segunda, la de verdad, la lleva a forzar el texto para justificar todo lo que no encaja. Lo que no ha preparado ella y no domina en absoluto. Le descabala el texto. Después se asusta porque el problema no es exclusivamente narrativo como el del cadáver de Piedad o la desaparición de Pilar Reig. Cierra la cajita de música de su diario y mira fuera, pero enfocando hacia los márgenes, hacia lo que ha desatendido en su narración y también en su vida. Y allí se tropieza con una persona en particular que podría haber leído y calcado el diario en montones de ocasiones: Olmo.

Soy una auténtica cerda y quizá algún día pagaré por esto. Aprieto un poco más:

—¿Crees que si Luz no tuviese mucho, pero que mucho miedo, consentiría que su hijo estuviera ahí a todas horas?, ¿no te das cuentas de que tú, para Olmo, para Luz, eres una especie de escudo humano, una garantía?

Nunca pensé que pudiera ser tan cerda, tan auténticamente cerda:

—¿Hasta cuándo me vas a tener así, Paula?

No le respondo. Me guardo para mí algunas buenas contestaciones: «Por lo menos el mismo que tú me has tenido a mí con la pata elegante sobre la garganta», «No lo puedo evitar: me has viciado el oído, la mirada, la voz». Cojo aire. No respondo.

—¿Crees a esa hija de puta de Claudia Gaos?

No respondo. Me guardo lo que creo pensar de veras: «Creo en el diario de Luz Arranz y allí está escrito que ella no fue quien mató, aunque se diga exactamente lo contrario.» Cojo aire. No respondo.

—¿No te parece que a lo mejor el resentimiento no te deja ver?

No le respondo. Pero recapacito y sé que dentro de un momento me iré llorando a la cama. Como muchas noches. Zarco cree que a mí también me tapa la visión un velillo que me ha salido debajo de los párpados: el resentimiento, los celos, la sinrazón. Reconozco ese velillo, pero no me tapa los ojos ni me nubla la vista: el velillo se enrosca no en torno a mis ojos, sino en mi garganta, entre las vibraciones de mis cuerdas vocales, en mi manera de contar lo que ya he visto. Sólo debo comprobar algunos datos y, mientras, juego con mi marido para devolverle parte del mal que él, por no amarme ni soltarme, por mantenerme cerca pero lejos, por necesitarme y sentirme a veces como una rémora, me inflige un día tras otro. O me invento juegos para que no se vaya porque soy una niña que no quiere quedarse sola en su cuarto.

Pero yo no soy así, no soy una niña soberbia, y cuando ya estoy poniéndome en su lugar, apropiándome de su sufrimiento, arrepintiéndome de mis malas acciones, casi no puedo creer las palabras que ofenden mis oídos:

—Se me había olvidado decirte que los Esquivel me han telefoneado para despedirme. Esta mañana.

Este golpe de efecto al final del día zanja nuestra conversación y me convence de la necesidad de mantener a Zarco con la soga al cuello hasta el desenlace de la historia.

Me ducho, me visto, coloco la plantilla en el fondo de mi bota que lleva un alza. Organizo, con más razón que ayer, el equipo dentro de mi bolso: cuchillo de cocina, destornillador, diario, mi carné de inspectora de hacienda. Paula Quiñones. Agente de primera y representante de Arturo Zarco –sólo es su nombre artístico– frente a los señores Esquivel, a los que esta mañana les hago una visita. Voy a recoger el único pago en efectivo que están dispuestos a abonar a Arturo Zarco por un fragmento insignificante de su tiempo y una porción de su salud. Lo han despedido porque consideran que el detective no está en condiciones y porque están casi contentos con el destino de Yalal Hussein. Desde la agresión al blandísimo detective y la muerte de Josefina Martín, ha sido retenido e interrogado en la comisaría. Seguro que se ha llevado alguna hostia porque no es un hombre de carácter dócil. Ahora está en espera de juicio por la paliza a Zarco. No hay prisión preventiva. Yalal no tiene antecedentes penales. Sin embargo, los armadillos lo mantienen bajo vigilancia porque, aunque tiene coartada para las horas de la muerte de sus dos mujeres, no pueden creer en tanta casualidad, en tanta desgracia, en tan mala fortuna sentimental concentrada en la figura de un solo hombre y de tan mal genio. Los Esquivel están seguros de que la caída de su bestia negra está próxima.

—¿Te han dado el dinero?

—Mañana te lo llevo a tu casa.

—¿Y qué has estado haciendo el resto del día?

—Tratar de defender tu felicidad. O de que tu felicidad no te devore. No estoy segura...

Me encantaría que el postrado detective viese con qué ingenuidad me estoy chupando el dedo en este preciso instante de nuestro diálogo. Aprovecho su estupor para hacerlo aún un poquito más incómodo, más ancho, como un roto en el que no se puede parar de meter la uña:

—Y mantenerme viva. Que no es poco.

Para enfrentar mi encuentro con los Esquivel, paso a limpio mis descartes. La tiza rechina contra la superficie de mi pizarra mental cuando voy tachando nombres: el inexistente Bartoldi, Pilar Reig, Driss, el niño Abú, que en realidad se llama Ismael y que no pudo trepar por la espalda de Cristina ni rodearle el cuello con un cordón de zapato para vengarse así de todas las madres; tacho a Leo, a Luz, a Claudia, etcétera.

—¿Etcétera? ¿No podrías concretar un poco más?

—Etcétera.

Parece que a Zarco le interesan menos los riesgos que yo haya corrido que los nombres con los que se podría rellenar ese etcétera. Debería avergonzarse. Silencio absoluto.

Antes de llamar al timbre de los Esquivel, pienso en las preguntas que tendría que hacerles para reforzar el valor de mis hipótesis. Selecciono sus debilidades, así como los temas de conversación que me permitirán introducir la cabecita en su guarida. Estoy segura de que ser dócil me ayudará a lograr mis propósitos. Me pongo un atuendo de monja: falda de tablas azul marino de las que ya no se ven por el mundo; una blusita abotonada hasta el cuello. Soy como una numeraria y huelo a colonia para bebé.

El señor Esquivel me abre. Igual que en casa de Leo, limpio las suelas de mis botas contra las cerdas del felpudo. Quiero que se fije en mi calzado y que mi cojera sea un modo de atenuar la frialdad que barrunto en nuestro encuentro. Se fija en el alza de cinco centímetros mientras dice:

—¿Paula Quiñones? Pase por aquí.

—Buenos días.

Al cruzar el umbral, finjo ser un poco más coja de lo que soy. Después controlo mi movimiento de cadera porque los cojos dan lástima, pero también se les imputa mal carácter, mala condición. Sonrío. Agradezco al señor Esquivel cada invitación a pasar de una estancia a otra. Yo primero, él detrás de mí, caballerosamente. Por fin llegamos al cuarto donde se va a producir nuestro intercambio comercial.

Encima de la mesa del despacho de Ramiro Esquivel hay una bola del mundo y una colección de pisapapeles y abrecartas. Todos los objetos de escritorio que se ponen a la venta en los escaparates de las papelerías. Obsoletos secantes. Plumas y tinteros. Reglas con un baño de oro. Carpetas forradas. Lupas de labrado mango. Exlibris, con la goma impoluta, que nunca han imprimido su huella sobre ningún libro. Tampones y una barrita de lacre rojo con una finalidad exclusivamente ornamental. Un dietario. En los estantes, diccionarios encuadernados en piel de cerdo, atlas ilustrados y enciclopedias generales, del mar, de fauna ibérica, de jardinería, de megápolis del mundo, de arte sacro y de las joyas del museo del Louvre. Enciclopedias coleccionadas fascículo a fascículo con una paciencia y una perseverancia infinitas.

—Aquí tiene.

Esquivel me tiende un talón en el que puedo leer la cantidad que acordó con Zarco. Le doy una copia de la factura, con la retención correspondiente, que yo misma he preparado en el ordenador de mi casa. Le llevo las cuentas a Zarco. No quiero que lo metan en la cárcel a no ser que abuse de un niño o balacee, por error, a un no culpable. Hay cosas que fácilmente se pueden evitar; las exiguas cuentas de Zarco no presentan contradicciones y sus pagos están al día en la hacienda pública. Aunque ya no le doblo los jerséis de cuello cisne, en esos asuntos sigo siendo yo quien pone orden. El señor Esquivel parece extrañarse de tanta formalidad. Supongo que su idea de un detective privado era menos burocrática.

—¿Ésta era Cristina?

Junto a su colección de objetos de escritorio, he visto la foto de una adolescente que recoge las guedejas de su abundante mata de pelo con una banda elástica. Yo las odiaba porque me producían dolor de cabeza. La chica lleva el uniforme de un colegio religioso. Los ojos, astutos y felices, pertenecen a alguien que no tiene muchas preocupaciones en la vida, pero que está dispuesto a proporcionarles todas las que hagan falta a los demás.

—Paula, ya veo que eres una gran fisonomista.

—No te quepa duda. Aunque he de confesarte que mi análisis no fue instantáneo, sino posterior a los descubrimientos de la jornada. La descripción de la foto es una licencia poética que te dedico con un beso, querido.

Al señor Esquivel parece que mi indiscreción no le molesta. Soy limpia, soy educada, soy seria, soy coja. Coge la foto y la contempla durante unos segundos.

—Era una niña muy guapa, ¿verdad?

No se le puede quitar la razón a un padre que, además,

ha perdido a su hija. Le digo que sí y le pido que me permita ver la foto más despacio porque me ha parecido que el uniforme del colegio de Cristina era igual que el mío.

–A lo mejor fuimos compañeras...

Vuelvo a echarle un vistazo a la foto. No estiro la ventaja que las casualidades podrían concederme:

–No, me he equivocado. Yo iba a las Damas Negras y este uniforme parece de otro centro escolar...

–De Nuestra Señora del Recuerdo...

–¿Jesuitas?

El señor Esquivel me invita a sentarme en una de las dos sillas colocadas diagonalmente frente a su aparatoso escritorio. Acepto encantada. Él está en la silla del señor, del presidente de la compañía, del propietario del ingenio azucarero. Sin embargo, Esquivel parece alguien que jugara a ser quien es y que no fuera nadie en realidad. Alguien que no utiliza sus objetos de escritorio aunque los seleccione cuidadosamente en la papelería. Alguien que no dispone de servicio interno en una mansión que es poco más que un chalé adosado en la periferia más pretenciosa de Madrid.

–¡Solita!

Esquivel llama a su mujer, pero su mujer no está o no le da la gana salir. Solita no se presenta con un cuadernito para tomar la comanda. Al marido la ausencia le incomoda:

–Le ofrecería un café, pero...

–No se preocupe: el café me pone nerviosa.

Esquivel toquetea una de sus plumas mientras me desvela algunas cuestiones personales y espera que yo, en reciprocidad, le diga cosas de mí. Ignora que la estrategia va a ponerse en marcha justamente en el sentido contrario. De momento, me da la razón y, en cierto modo, me aprueba:

—Efectivamente, de los jesuitas. Veo que usted también ha tenido una educación católica.

—Sí. Y tengo la misma edad que tendría Cristina. Cuando el señor Zarco me contó la historia, me afectó más que de costumbre.

—¿Es usted su secretaria?

—Le llevo el papeleo.

Al señor Esquivel le parece muy correcto que una señorita coja y católica como yo le ordene las citas a Arturo Zarco, la mente pensante y el hombre de acción de la empresa. Mi visita consigue que el cliente mejore su opinión sobre el hombre que había contratado. Me confiesa que no terminaba de gustarle del todo, pero que no sabía muy bien a qué achacar su mala impresión. Estoy a punto de decírselo, pero cuento un, dos, tres, y le quito hierro al asunto, echando flores a un jefe generoso que ha contratado a una mujer minusválida.

—¿Fue la polio?

Es un hombre antiguo, Ramiro Esquivel. Antiguo y agotado. Le explico con rigor biográfico las causas de mi asimetría. Ante mi sinceridad y mi demostración de confianza, él me paga con la misma moneda:

—Mi hija cumpliría hoy treinta y ocho años...

Es una suerte encontrar al padre de Cristina melancólico y evocador. El hombre se estruja el cráneo lampiño mientras recuerda lo difícil que fue reconocer a su hija sobre una de las mesas del instituto anatómico forense. Se encontró con un cuerpo que parecía una mala réplica del que había sido carne de su carne.

—No encontraba a mi hija ahí dentro, señorita Quiñones.

Entiendo al señor Esquivel. Los muertos de los tanatorios, de las tumbas, de las camas de los hospitales, de los depósitos, ya no tuercen la boca de un modo muy particular, ni guiñan los ojos cuando les da la luz de frente. No carraspean ni se chupan un mechón de pelo; no se comen su propio pelo como yo misma hago a menudo. Los muertos en exposición no ríen como si rebuznaran y nos arrastran en su risa. No se muerden las uñas. No caminan encorvados. Son, para nosotros, unos perfectos desconocidos.

—Hay que recordar a las personas en vida, señor Esquivel.

El hombre cabecea. Asiente. De pronto, parece que el dedo de Dios le ha iluminado:

—¿Le gustaría ver conmigo unas fotos de Cristina?

Ramiro Esquivel me formula una petición que me revela su soledad en la pena. Quizá también lo endeble de su musculatura.

—Me gustaría mucho.

Ante mis ojos pasan, entonces, fotos del bebé Cristina dentro de la bañera con cara de susto; fotos del día en que le agujerearon los lóbulos de las orejas mientras ella lloraba intentando meterse dentro del escote de Solita; fotos de cumpleaños, de un paseo con sus padres por el parque, una foto de la primera comunión en la que Cristina, muy devota, agarra un rosario y un misal con las tapas nacaradas, y parece que tanto bulto y tanta cadenilla no le caben al mismo tiempo entre las manos; fotos del colegio, con un mapa al fondo, y de la confirmación; de Cristina con un perrito sin raza del que le dijeron que se había perdido cuando en realidad lo habían gaseado en la perrera; orlas; fotos con otras adolescentes que se pasan la mano por el hombro como si nada pudiese separarlas nunca; de competiciones deportivas; de bodas familiares con horrendos vestidos largos, vasos también largos entre los dedos, Cristina es ya una pollita achispada que de vez en cuando se bebe un gin tonic, que no engorda; en el parque de atracciones, de vacaciones en la montaña, con gafas de sol reflectantes, y en la playa: Cristina, en bikini, flaca como un palo, mete tripa y saca tetas...

—Era una chica muy guapa.

No se le puede quitar la razón a un padre desconsolado. Ramiro Esquivel pasa como si no existiesen las páginas del álbum dedicadas al día de la boda de Cristina y al bautizo de Leila, la nieta que da por perdida. Lo creo así hasta que le escucho pronunciar su nombre completo:

—Leila María de los Ángeles –dice Ramiro Esquivel–. No quiero amargarme el día.

Lo dice mientras pasa a toda velocidad esas páginas del álbum. Tal vez, por respeto a su hija, aún las conserva.

—Ella se encargó de pegarlas.

—Son preciosas.

—A mí no me gustan.

Esquivel no me ha hablado con acritud. En las páginas finales hay algunas fotos de Cristina tomadas en la residencia. Nadie las ha pegado sobre las cartulinas del álbum. Aparece en el centro de un grupo de viejos indicándoles cómo deben hacer gimnasia. Todos están con los brazos en alto.

—¿A que parece un atraco?

Sonrío a Ramiro Esquivel. Acepto su broma. Le acompaño en ella y en su sentimiento. Ya no parece el propietario de un ingenio donde los esclavos cortan con cuchillos la caña de azúcar. Me recuerda a mi padre. Es un hombre chiquito que se pone de puntillas exigiendo, con la vena gorda, que sus sacrificios se valoren. Ejerce su autoridad e impone un código que es lo único que ha aprendido desde que nació: la familia, la salud, el aseo, la dignidad, la pureza, el honor, la conveniencia, el confort, el ahorro, el afán de superación, el orgullo, incluso la honradez y la rectitud... Cuatro cosas. Lo demás, hombres como Esquivel o como mi padre no logran comprenderlo. Disimulan. Parece que saben lo que hacen, pero se han perdido con el coche en la carretera comarcal. No conocen los atajos ni la nueva señalización. Se encabritan cuando un hijo les dice «es por ahí», les lleva la contraria, cuando un hijo deja de admirarlos. Todo es lo mismo. Perder la admiración es como perder el respeto. De repente, no son nadie. Descubren que no son nadie detrás de una gran mesa de despacho cubierta de adminículos que ni siquiera saben para qué pueden servir. Conscientes de que ya han empleado toda su fuerza, llegan a llorar como los corderitos lechales. Las bestias a veces también están llenas de ternura.

—Sobre todo las bestias...

Zarco a ratos acierta con sus glosas.

—Eres demasiado clemente, Paula.

Las palabras de Zarco no evitan que la soledad de Ramiro Esquivel me haya acongojado esta mañana.

—Mi hija...

Aunque luego la boca se le llene de coágulos de sangre, también me da lástima el león. Con el estómago vacío, escudriña la media distancia de la sabana. Espero que no tarde mucho en distinguir el perfil de un búfalo enfermo.

—Mi hija...

—Conmovedor.

—Te fijas en lo menos importante. Como siempre, Zarco.

—Me fijo en lo que tú quieres que me fije.

Zarco sólo puede pasar la página cuando yo le chupo el dedo. Soy su perro lazarillo. Su agrimensor. La enfermera que da de comer a un hombre con las manos quemadas en un accidente. La madre que alimenta a un niño caprichoso.

—Una por mamá, otra por papá, otra por...

—¿Qué coño estás diciendo, Paula?, ¿te han dado un golpe en la cabeza mientras sobrevivías?

Zarco ahora se acuerda de que antes le había anunciado que hoy he tenido que sobrevivir. Ahora soy yo la que le quita importancia a la minucia de escapar de la muerte:

—¿Sigue contigo el niño?

—¿El niño?

—Olmito.

—Sí.

—Bien. Es mejor que lo tengas controlado.

Vuelvo al despacho de Ramiro Esquivel. El hombre toca las fotografías de su hija como si la acariciase, como si le quitase las legañas de los ojos con una gasa esterilizada. Con mimo, sin aprensión. Una Cristina reidora sigue en mitad de su corro de viejos y, sí, es verdad, parece un atraco en el que a la mujer no le ha hecho falta coger una metralleta para intimidar a sus víctimas. De los labios de Ramiro Esquivel aún no ha salido esa llamada de ultratumba, «Mi hija, mi hija...». Después de la foto del corro, Esquivel me muestra otras instantáneas del geriátrico:

—Aquí está con Maica, una viejecita que la quería mucho.

Maica deja que la barbilla le descanse sobre el hombro derecho. Se coge una mano con la otra como si se las fueran a quitar. Detrás de la silla de ruedas, Cristina, reidora, mira directamente al objetivo del fotógrafo.

—Cristina era para estos ancianos mucho más que su médico. Se preocupaba de que no estuvieran solos. Los hijos a veces son unos desalmados con sus padres. Cuando nos hacemos viejos...

Dejo de oírlo, pero asiento a lo que el hombre dice mientras recuerdo una vez que fui a visitar a mi tía a una residencia. Era una residencia en las afueras de Madrid. Mis primos se dejaban allí uno de los dos sueldos que entraban en la casa. Mi tía no me reconoció. Entré en una sala donde los viejos estaban sentados formando corro. Sin mirarse. Mano sobre mano. Pensé que iban a empezar un juego, una actividad. Pero nadie se movió de su silla. Sólo de vez en cuando entraba una enfermera que echaba un vistazo y despertaba a algún viejo que se había quedado dormido. Los viejos estaban allí sin nada que hacer durante toda la tarde. Toda la semana. Todo el mes. ¿Por qué no les dejaban quedarse dormidos? ¿Por qué no fingían para mí y montaban una representación, el remedo de una terapia de grupo, la lectura de una obra de teatro? Olía a pis y a algo que me recordaba la grasa y los conservantes de la bollería industrial. Mi tía no me reconoció pero, cuando me acerqué a ella, me aprisionó la mano. Vuelvo de mi ensoñación, sigo el hilo de Ramiro Esquivel, intervengo para que se dé cuenta de que no me he perdido:

—Usted no es tan viejo, señor Esquivel.

El hombre se sonríe y una Cristina envejecida junta sus moléculas dispersas frente a mis ojos. Padre e hija se parecían mucho.

—Ojalá alguien como mi hija apareciese por la puerta y se ocupase...

—¿Se ocupase de qué?

Cristina, resucitada de entre los muertos en la sonrisa de su progenitor, me aclara que su trabajo no consiste sólo en atender a los ancianos. No sólo les toma la tensión y les receta pastillas para que duerman bien por las noches. Algunos viejos están ansiosos. No quieren acostarse. En la cama, se pellizcan para no dormir. Otros se pasarían acostados el día entero y ella, con sus atenciones, les obliga a que no se mueran. Les revisa los oídos. Les quita los tapones de cerumen. Les cura los callos de los pies. Les controla la dieta. Les alarga la vida todo lo que puede alargársela. Aunque se quieran quedar dormidos, su deber como seres humanos es mantener los ojos abiertos. No adormecerse. No dejarse ir dulcemente sobre la corriente del río. Interrumpo con amabilidad la charla abducida de Esquivel porque no quiero que se empape de biología cristiana:

—Eso es lo normal, señor Esquivel, ¿de qué más se ocupaba Cristina?

Esquivel me dice que su hija era una especie de voluntaria. Visitaba a domicilio a personas con problemas, a alcohólicos, a inválidos, sobre todo a ancianos. Comprobaba cómo andaban de salud y les daba un poquito de conversación.

—Un poquito de cariño. Porque la gente está muy sola, ¿sabe usted?

Sospecho que Cristina iba haciendo proselitismo de puerta en puerta. La gran sonrisa publicitaria de Cristina Esquivel le sube a la boca cuando percibe que un viejo no está conforme. Los hijos, los nietos, los sobrinos, los parientes más próximos, los herederos, no vienen a vaciar el orinal de debajo de la cama ni a comprobar si en la nevera hay suficientes hortalizas. Ni siquiera llaman por teléfono. Entonces llega Cristina y, después de despegarles el tensiómetro del brazo y de alabar el verdor de los geranios de sus balcones, los geranios no han sucumbido a los rigores de la helada y hay que tener muy buena mano para todo eso, después de interesarse por cómo suben las bolsas de la compra en estas fincas del centro, sin ascensores, y de explicarles que no deben culpar a sus familiares por venir poco, que todo el mundo tiene mucho trabajo en estos tiempos de crisis, después, Cristina les hace a los viejos una proposición. Vuelvo a concentrarme en el rostro, ya no beatífico sino un poco crispado, del señor Esquivel.

—¿En qué consistía la proposición?

—Alojamiento, comidas sabrosas especialmente ajustadas a sus dietas, compañía, asistencia sanitaria, un buen ambiente, compañeros agradables, conversación, higiene. De por vida.

—Y, todo eso, ¿a cambio de qué?

—De sus casas. Es lo habitual. ¿No le parece a usted un cambio justo, señorita Quiñones?

Una pústula afeaba el labio superior de mi tía. Y aunque no me reconoció, no me soltaba la mano. Yo tenía que volver a mi casa, pero ella no me soltaba la mano. Mi tía no llevaba puesta una faldita de tenis ni devolvía con un perfecto revés las pelotas a sus contrincantes. No coqueteaba con el compañero de la habitación contigua ni se citaba con él a las siete en punto en el templete de música detrás de los setos. No se había echado colonia ni se había pintado los labios. Le escocía la calentura. Mi tía ni siquiera jugaba una partida de tute con otras internas, tan arregladitas como ella, ni bajaba después a degustar un plato de brócoli *al dente* y de pescado hervido –nada insano, pero fresco y en su punto justo de cocción– sobre manteles de hilo. A mi tía le daban un puré y una pastilla. Y la metían en la cama. No la trataban mal ni tampoco bien. Mi tía envejeció veinte años de golpe desde que ingresó en aquel lugar.

–No, no me parece muy justo, señor Esquivel.

–¿Sabe? A mí tampoco.

Mientras escribo la uve de verdadero sobre los pasajes inmobiliarios del diario de Luz y recuerdo sus copas clandestinas, Ramiro Esquivel cambia de conversación. Cierra el álbum. Revisa un instante la factura. Se levanta y se acerca para despedirse con un cordial apretón de manos. Yo le doy un beso en cada mejilla. Debe de padecer algún mal en el estómago porque noto que le huele el aliento. Le pido por favor que no me acompañe. Conozco el camino. Él vuelve a sentarse: está cansadísimo. A medida que va envejeciendo, le cuesta más convencerse de que lo que hacía su hija estaba bien. Se lo repite. Busca las virtudes. Se pone en su lugar. No ve nada. Repasa las comidas sabrosas, la conversación, las sábanas limpias, la higiene. Se agarra al filo de la mesa de su despacho y recoloca la colección de lupas. Su colección de lupas. Se lo repite como se lo repetía Cristina. No logra comprenderlo.

Cuando me dirijo hacia la puerta, oigo su primera lamentación:

–Mi hija...

Y su lamentación segunda:

–Mi hija...

En su tono detecto que a Ramiro Esquivel le duele algo incluso más profundo que la pérdida.

33

—Es como si tú y yo no viviésemos en el mismo país.
—No lo hacemos, Zarco.
—¿Y quién es aquí el extranjero?
Estoy cansada. El día ha sido muy largo y también me siento un poco melancólica.
—Me voy a la cama.
—¿No vas a contarme cómo has sobrevivido?
—Mañana...
—¿Por qué te has acordado del alcoholismo de Luz?
—Mañana...
No me gustaría caer en el trazo grueso obligando a Zarco a reparar en que Cristina Esquivel visitaba a domicilio a alcohólicos, a inválidos, sobre todo a ancianos... No me gustaría arrojar el sedal de mi caña en esa chusca dirección: si lo hiciese, quizá Zarco desestimaría la posibilidad de que exista un nexo triste entre Cristina y Luz; uno de esos nexos sanitarios a los que tantas vueltas se les da en el diario de Luz. No decir nada, no afirmar ni negar nada y, con la omisión o la elipsis, conseguir que Zarco se enrede, que tal vez sufra...
—¿Tampoco vas a rellenar el etcétera?

—Mañana...
—No puedo esperar a mañana para saber si mi felicidad me va a devorar o no.
—¿Está contigo el niño?
—Sí...
—No deberías decir esas cosas delante de él.

Zarco merecería que respondiese a su avidez bostezando, el dedo que pulsa en el teléfono el botón de colgar, el ruido intermitente de la línea ocupada. Pero yo no soy así. Soy de esas personas que sufren cuando llegan tarde a una cita, imaginándose al amigo que espera sin tranquilidad, agobiado por la presión de estar esperando, sin entretenerse tomando un café, leyendo el periódico, mirando a la gente que pasa por la calle... Se me acelera el corazón. Como se me aceleraría si me acostara sin revelarle a Zarco algunos secretos. Callar, dormir, sólo son una posibilidad a la que renuncio.

—He hablado con Yalal Hussein.
—¿Estás loca?
—Es el único nexo entre las dos muertas.
—Estás loca.
—Lo hago por ti.

Quedo con Yalal en una cafetería de las de siempre. En Madrid ya van quedando pocas. La barra con bordes metálicos. Taburetes altos con reposapiés. Las bandejas redondas y brillantes. Por la ranura central de los achaparrados servilleteros, también metálicos, asoman las servilletas de papel, a veces decoradas. Ceniceros de vidrio basto, arañado, y los palillos en el palillero cilíndrico. Cajas registradoras de los años setenta. Suelo de sintasol con quemaduras. La televisión encendida. Echan deportes. Los camareros, casi siempre de mediana edad, llevan chaquetilla y pajarita. Fuman escondiéndose detrás de la barra. Matan la pava y salen disparados para atender al público. El escenario se diseca alrededor de los camareros: ellos son los únicos que envejecen entre el menaje y el cartel de reservado el derecho de admisión. Máquinas expendedoras de tabaco y a veces tragaperras. Tazas y platillos de loza blanca con un filo azul o rojo donde se escribe el nombre de la cafetería. Posavasos. Dos hielos y rajita de limón. Panchitos para acompañar la caña de cerveza. Detrás del mostrador, la lista con la selección de bocadillos: calamares, morcilla, tortilla española, cinta de lomo sola o con queso, beicon con queso, pepito de ternera, jamón serrano, salchichón, chorizo. Los imprescindibles. Debajo los sándwiches: mixto, vegetal y mixto con huevo. Y las raciones: aceitunas, patatas bravas y alioli, oreja con tomate, callos, lacón con grelos, patatas con chistorra, pimientos fritos, boquerones en vinagre, ensaladilla rusa, mollejas, pulpo *a feira*... Contra la pared, se apoya la silueta en contrachapado de un cocinero gordo cuya barriga es una pizarra sobre la que se escribe el menú: dos primeros, dos segundos, bebida, café o postre a elegir.

Yalal se retrasa –a él no le dan palpitaciones cuando piensa en mí– y, mientras espero, pienso en lo que elegiría yo. Los macarrones. El filete empanado. No soy una mujer macrobiótica. Tengo hambre porque el aire huele a la mantequilla con la que se embadurnan los mixtos. Y a carne frita en aceite de girasol. Reproduzco para Zarco los detalles porque pertenecen a un mundo que se acaba. Van a desaparecer los bares que huelen a humo, a sebo, a sol y sombra. Los vamos a extrañar.

—Hasta aquí me llega el olor a fritanga.

Pijo. Bobo. Moderno de pacotilla. Un, dos, tres... Zarco sabe que, aunque me contenga, en este momento le estoy insultando y ni siquiera me permite continuar con mis respiraciones:

—¿Sabes que a tu manera tú también eres una nostálgica y una cursi?

Tres, dos, uno...

Me siento en una mesa pegada a un ventanal no del todo limpio sobre el que han pintado una gamba y algo que se parece a una ración de calamares. No es fácil pintar una ración de calamares. Yalal Hussein, con su cabecita rapada que corona una considerable estatura, por fin entra en el bar. Le hago una seña. Se ha puesto unas gafas, quizá para parecer más serio. Cuando concertamos esta cita telefónicamente, le expliqué quién era y por qué quería hablar con él. Yalal tiene muchas ganas de hablar porque muchos le consideran culpable. También está arrepentido de la paliza que le dio al detective. Estaba histérico. Josefina siempre le recomendaba que se controlase. Pero él es un bruto, un cabeza hueca. Ahora no sabe qué va a hacer sin Josefina. Iban a traerse a Leila de Marruecos para criarla juntos. Él nunca se hubiese atrevido a educar a una niña sin una mujer a su lado. Me acuerdo de Driss y de sus hijos varones. Después miro al hombre flauta que se sienta frente a mí. Tiene frío. Puede que Yalal haya purgado sus culpas en la comisaría. Me confiesa que lo han soltado para ver si se equivoca. Que lo vigilan y que él ya casi no se atreve ni a respirar. No trabaja. No se mueve. No se rasca el cráneo rasurado. No tiene hambre. Tampoco logra entender nada pero teme que alguien quiera que se quede solo. Siempre solo. Y él no sabe por qué le matan a sus mujeres. Quizá no sería descabellado que Zarco retirase la denuncia.

–Paula, ¿tú sabes lo que me cuesta respirar?

–Este pobre hombre tampoco lo tiene fácil...

Yalal me dice que, por mucho que se estruje los sesos para exprimir su mala memoria, la mala memoria de su cabeza hueca, de su cabecita de ajo, no logra encontrar un vínculo entre Josefina y Cristina. Sólo la limpieza y, después de que mataran a su esposa, él mismo. Las dos mujeres se llevaban bien: la asistenta cumplía con su trabajo calladamente y Cristina, cuando volvía de sus periplos, estaba harta de sonreír y no quería conversación. Como los vendedores a domicilio. Ganaba un buen dinero, Cristina. Un buen dinero con las comisiones por cada ingreso en la residencia.

Las veces que coincidió con Josefina en la casa, a Yalal

le agradaba el silencio con el que la asistenta hacía su trabajo. Como si no existiese a pesar de que era una mujer físicamente grande. A algunos hombres les gustan las mujeres con cicatrices o las mujeres con el pubis infantil o las que huelen a sudor. A Yalal le gustan las mujeres grandes: con las manos grandotas y las pantorrillas gruesas, con un treinta y nueve de pie; nunca se ha fijado en una mujer pequeña y delicada. Le pregunto entonces por Cristina y me sorprendo cuando me contesta que, en su opinión, Cristina era una mujer bastante grande. Calzaba un cuarenta. A lo mejor hubiera debido prestar más atención al álbum de Ramiro. Yalal pone mucho énfasis en que, antes de morir su esposa, nunca, nunca, pero nunca, se había fijado en Josefina. Pero no le creo. No puedo creerle. Yalal no es un hombre astuto. Es un pescadito con el anzuelo en la boca. Boca grande, cabecita de ajo. Si vuelven a detenerle es muy probable que no salga de la comisaría.

—Que se joda.

Aflojo. No voy a convencer a Zarco. Le duelen las costillas y las cavidades del cuerpo.

Al morir Cristina, Josefina siguió yendo a limpiar incluso sabiendo que el viudo estaba en paro y que su economía no era muy boyante. Ella confiaba en él pese a la familia y a los vecinos. Con el dinero que guardaba en su cuenta, Yalal mandó a su hija a Marruecos. El suegro lo amenazó. Yalal dejó de pagar a Josefina. Ella siguió limpiando los azulejos con tranquilidad. Comenzó a canturrear. Comenzó a perfumarse y a pintarse las uñas. También las de los pies. Yalal le veía los dedos por el hueco de las zapatillas que la mujerona se calzaba. Yalal se sintió halagado. Se encariñó. Es agradable dejarse querer, me dice.

—¿Es agradable, Pauli?

—Tú no me quieres, Zarco.

—Como a una hija, como a una hermana...

Estoy cansada de decirle que no me llame así. Pauli, hija, hermana. Cínico. Cabrón. Un, dos, tres... Me trago los insultos como Abú la papilla de mamá. Se me obtura, en la parte del cerebro donde se forman y almacenan las imágenes, la de Zarco, repeinado con gomina como un galán de cine mudo, que me seduce en el comedor, me chupa los lóbulos, me besa en la comisura de los ojos y de los labios, y después me abandona en la alcoba. Todo me quema, pero la sábana está helada. Después me llega la imagen de una pareja de siameses, de distinto sexo, unidos por las paletillas: uno mira al sur y el otro al norte. Comparten fragmentos del sistema circulatorio, tramos del aparato digestivo, las mismas frutas les resultan ácidas y les repugnan las ostras crudas y vivas; no pueden vivir separados y, aun así, necesitan desgajarse, desprenderse como el pellejo de la quemadura.

—¿Paula?

Me había perdido.

Yalal le pidió a Josefina que se fuera a vivir con él, pero ella dijo que era mejor esperar. Pronto Yalal descubrió, sin desagrado, que Josefina tenía su propia manera de ver las cosas. Una manera buena. Oportuna. Prudente. Josefina le quería muchísimo y era ella la que más se sacrificaba al negarse a convivir con él. Noto que Yalal se ruboriza un poco cuando me descubre que Josefina le rezaba una especie de oración: eres grande, eres fuerte, eres eterno. Como un dios padre del que ella era adoratriz. A Josefina le gustaba lamerle y besarle los dedos de los pies y de las manos. Lavárselos. Arreglarle las uñas. Darle cremas. Tenerlo ungido.

—Como una cabra.

—Era una mujer que había pasado mucho tiempo sola.

—Como una cabra.

—No más que tu suegra, Arturo Zarco.

—O que tú misma sin ir mucho más lejos...

Cuando le sugiero a Yalal que quizá Josefina matara a Cristina por amor, él riéndose me reta a que lo mire dos veces... No le digo nada, pero creo que este hombre, más allá de lo visible, atesora encantos invisibles. No hay muchos de esa clase, pero quedan algunos camuflados en su aparente vulgaridad. Incluso en su ordinariez.

—Pareces saber mucho de esas cuestiones, Pauli.

—No te guardo ausencia.

En todo caso, si Josefina hubiera quitado de en medio a la esposa de Yalal...

—¿Quién le hubiera dado matarle a ella? Yo te respondo: Yalal Hussein.

—Zarco, frío.

—¿Y por qué la encerraba en el baño y le tiraba de las orejas y del pelo?

—Jugaban.

—Entonces la mataría Ramiro Esquivel. Para vengar a su hija.

—Si Cristina Esquivel resucitase, quizá su padre la estrangularía con sus propias manos.

—¿Solita?

—Frío.

Y cualquier solución que se le ocurra a Zarco estará más y más fría.

Yalal deja las bromas e insiste en la rectitud y en la sensibilidad de Josefina: le daban escalofríos cada vez que entraba en la habitación de las mariposas. Llegó a ver cómo algunas agonizaban en sus botes de muerte. A menudo los manipuló, protegida por sus guantes de látex, para quitar el polvo. Le advirtió a Luz que no iría más si seguía encontrándose aquellas agonizantes mariposas encerradas en tarros de vidrio. Luz lo arregló.

  Le pregunto a Yalal si alguna vez Josefina le contó que hubiera leído el diario de Luz. Lo niega. A él Josefina se lo contaba todo: las cosas que guardaba Leo en el frigorífico y debajo de los colchones, tijeras abiertas y cerradas, estampitas. De Luz le contó que bebía por las mañanas y, de los gatos de Claudia Gaos, que se cagaban dentro de la bañera. Creo a este hombre. Apunto una efe de falso sobre el pasaje en el que Luz relata cómo descubre a Josefina hojeando sus papeles. Sin embargo, Luz intuyó el peligro. Quizá lo desató. En el diario se refleja una inquietud, un pálpito, el presentimiento de una de esas cosas que Luz veía sin ver.

  –¿Volvemos a Luz?
  –Frío. O espera... Puede que tibio.
  No le guardo la ausencia. Se la clavo en mitad del corazón.

  Los papeles de Luz no despertaban la curiosidad de Josefina. El diario nunca sería para ella un pretexto: poseía por sí sola una vida interior monumental. Inventaba sus propias historias y jugaba a sus propios juegos. No necesitaba otro libro de instrucciones. De mi listado tacho y retacho el nombre de Josefina Martín. Empujo con el dedo índice la figurita de cera, a lo mejor de plomo, que la representaba y que aún permanecía erguida sobre el tablero de ajedrez.

  –No me repliques, Zarco.
  A Piedad, Josefina la quería mucho. Había asumido que el bienestar de aquella pobre anciana formaba parte de sus responsabilidades. Leo le pagaba poco y pasaba el dedo por encima de lo que la asistenta ya había fregado, pero como Josefina iba a otras casas de la misma comunidad, no

le venía mal darle una vuelta al piso de Leo: lo que no ganaba de más se lo ahorraba en el desplazamiento hasta otra vivienda situada en otro barrio.

—En realidad Yalal te diría *desplazamiento*...

No entro al trapo. Yo no hago parodia. Y me sorprende que Zarco conserve aún cierto sentido del humor: a lo mejor hace chistes para que Olmo entreabra el ojito de duende, se entretenga, valore la sangre fría o el cinismo libresco de su viejo enamorado. A Zarco le gustará verle la sonrisa, aunque no pueda saber de qué o de quién se ríe Olmo.

Yalal y Josefina se quisieron mucho y él no logra adivinar ninguna razón por la que nadie quisiera matar a su compañera. En los últimos meses, Yalal prohibió a Josefina, por puro amor, que le limpiase la casa. La casa fue acumulando capas de polvo –capas de amor– que Zarco, en su visita, retiró suavemente con el dedo. Yalal se emociona.

—Como todas las bestias. Como todos los seres rudimentarios.

—Querido Zarco, ¿quieres que te recuerde tus inclinaciones pedófilas?

—Eso no es rudimentario.

—¿Y no es bestial?

Hablo a Zarco en broma y a la vez en serio, y posiblemente por esta razón él no puede rechistarme. No sabría por dónde salir.

Yalal me insinúa que Cristina no fue su cigüeña de verdad, aunque juntos incubaran un huevo. Cuando va a profundizar en los chanchullos de su primera esposa, yo corto ese camino y le propongo que recuerde su vida en la comunidad, si algo le resultó extraño, sus impresiones sobre los vecinos. Yalal pone cara de perro que no ha comprendido la orden. Me asegura que todos son malas personas, gente desagradable, pero acepta que se comportan con normalidad. Yalal piensa. Los sesos, presionados por las ruedas dentadas de la memoria, le deben de producir dolor al apretarse contra los bordes de su cabecita de jíbaro. Se concentra fijando la vista en la gamba de los cristales o, más allá, en algún punto indefinido de la plaza. Normal. Normal. Todo normal. Excepto un día. Y, claro, lo que vio se lo contó a la que era su esposa en aquel momento, Cristina Esquivel.

En este barrio, a las siete de la mañana de un viernes unos llegan a su casa, otros salen de ella camino del trabajo, otros se apoltronan en las calles donde se han estado divirtiendo hasta bien entrado el amanecer. Los jóvenes conversan apoyados contra las paredes de los edificios; beben y fuman tabaco de liar, chinas de hachís, marihuana verde, cañamones, hebras de clorofila, goma de zapato. A veces las paredes de los edificios ceden, blandas como un reloj, como el tiempo dilatado de la fiesta, y los jóvenes recorren el interior de una finca en la que jurarían que no vive nadie. Quizá fantasmas vestidos de primera comunión. Viejas con camisones blanquísimos hasta los pies. Los jóvenes exploradores revisan los nombres de los buzones, que tanto se parecen a las lápidas de los cementerios; recorren las escaleras y, en los rellanos, con el corazón a mil, se paran, se miran las bocas fijamente, las abren y, primero con la punta, después con el tronco de la lengua, repasan el contorno de los labios, el cielo del paladar, la campanilla. Hacen esfuerzos sobrehumanos para mantenerse erguidos. Se toquetean la cara como ciegos. Sudan. Cogen aire. Palpan vértebras, ingles, pezones como copitas invertidas para beber la leche y el orujo blanco.

—Se cagan en la puerta de los vecinos. Se mean en los rincones. Llaman a los timbres. Gritan.

—Eres un hombre sin piedad.

—No vuelvas a decirme que mi romanticismo me nubla el entendimiento, Paula.

Yalal Hussein vuelve a su casa después de haber pasado la noche por los bares de la zona. Al girar la llave del portal, atisba en la penumbra, sobre los primeros peldaños de la escalera, una espalda semidesnuda de mujer. La camiseta subida hasta la altura de los hombros deja a la vista el broche de un sujetador, la cintura, las caderas que, al aire, son exiguas. A partir de ese punto de deslumbramiento, Yalal no puede asegurar si imagina, si recuerda, si retrata. Un hombre, oculto tras el cuerpo femenino, aprieta sus pulgares contra los hoyuelos del rombo de Michaelis. Después, con una mano aprieta una nalga, mientras, con la otra, sube por la columna vertebral como si la mujer estuviese sucia y él le estuviera lavando cada pliegue con un guante de crin. Parece que desease levantarle la piel y dejar el cuerpo en carne viva. La mano, al llegar a la altura de la nuca, agarra el pelo de la mujer y tira de ella forzándola a echar la cabeza hacia atrás. La mujer emite un sonido. Un estertor. Han sido sólo unos segundos, pero Yalal retiene en su memoria el escorzo, el estertor, la violencia de las manos que manipulan el cuerpo. La mujer, muy joven, podría pedir ayuda.

Yalal decide no entrar. Esperar un poco. Por respeto. Por pudor. Se avergüenza de haber pensado cosas sórdidas. Por la forma en que la mujer contonea la espalda –la columna parece una culebra zigzagueante– Yalal cree que no debería interferir en el goce ni en el deseo de los dos desconocidos; sin embargo, es la mano del hombre la que remueve el cuerpo desmadejado de la mujer, la que parece insuflar vida al cuerpo sobre el que más tarde aparecerán las marcas. Cada quien elige lo que más le gusta. Sin embargo, algo desentona en la visión: es como si la mujer aún no hubiese aprendido a controlar sus brazos o sus piernas desmañadas, a calibrar su longitud, como si fuese paralítica o necesitase que alguien le manipulara la carne para marcar un gesto, una expresión. A ratos su cuerpo parece el de una mujer dormida que se deja hacer. Que se lo deja hacer todo con los ojos cerrados. No puede ver la escena desde otro sitio, pero a Yalal no le cuesta imaginar al hombre metiéndole los dedos en la boca para obligarla a sonreír, convirtiendo los cinco deditos —incluso el pícaro gordo que se lo comió— en simulacros de vergas que la mujer quizá succione o quizá desatienda junto a su lengua lacia.

—Paula, todo eso es de tu propia y calenturienta cosecha.

—No lo sabrás nunca.

—Pareces una perra en celo.

Yo sólo soy una hembra desatendida, una coja guapa, en un mundo de varones homosexuales. Pero no le voy a decir a Zarco a lo que se parece él. Un, dos, tres... No, no voy a hacerlo. La oreja me arde al contacto con el teléfono móvil. Después de esta experiencia, Zarco y yo desarrollaremos un cáncer de tímpano.

—¿No vas a seguir, Pauli?

—No me llames así.

No sé si el «Pauli» se le escapa por cariño o Zarco está tirando demasiado de la cuerda. Tres, dos, uno. Cojo aire y procuro no perder el hilo de la historia.

Yalal no era entonces ni es ahora un intolerante. Cada quien sabe a qué juego le gusta jugar. Fuma en la calle el último cigarrillo antes de subir a su casa. Tiene paciencia. Consideración. Espera un poco más. Quizá lo que dura otro cigarrillo. La mañana es tibia. Todavía brillan en el cielo algunas estrellas. Se oyen pájaros.

Cuando Yalal pisa la colilla de su segundo cigarrillo, ve salir a Clemente, con su uniforme de guardia de seguridad privada, con la pistola al cinto. Clemente no se da cuenta de que Yalal está allí, sale corriendo. Yalal piensa que el guardia llega tarde a su curro de perro. Yalal levanta los hombros y se huele el aliento exhalando una bocanada contra la palma de su mano. Es un impío. Le entra la risa. Entonces, sale Olmo. Es posible que se dirija a la facultad. Se mueve con rapidez, jadea, y se encamina calle abajo, hace como que no ve a su vecino. Yalal está seguro de que Olmo no tiene ganas de saludarlo. Se vuelve a oler el aliento. Sí, es un impío de narices.

Yalal por fin gira la llave de la cerradura del portal y, al fondo, sentada en las escaleras atisba la figura de la mujer. Ella está allí. Se sujeta la mandíbula con las dos manos. Está sola. No oculta con su cuerpo otro cuerpo que se ha evaporado, como los gatos de Claudia, entre los muros. La mujer levanta los ojos. Están perdidos. Yalal diría que lo miran sin verlo. La chica tiene menos de veinte, menos de dieciocho años. Está muy pálida. Quizá a punto de vomitar. Se le ha desbocado el escote de la camiseta. Se lo han roto. En la tabla del pecho afloran algunos granitos de acné. En la yugular, un enrojecimiento que dentro de poco será un moratón. La chica echa las manos hacia adelante. Como una sonámbula. Como si las apoyase contra una tapia. Yalal duda de si pretende detenerlo o quiere tocarlo para apoyarse en él y poder levantarse de los peldaños sobre los que puede caerse, perder la conciencia. Ahora la chica le hace un gesto para que se acerque. No es una chica: es casi una niña pequeña; el pecho aún se le está formando dentro de su pequeño sostén de algodón. La boca, limpia. El cutis un poco burdo de las niñas que mascan chicle y barras de regaliz rojo; las niñas a las que comienzan a salirles redondeles en los muslos y a quedárseles los pies fríos debajo de la colcha. Yalal se acuclilla a su lado y ella le habla muy cerca del oído, como si la orejita de Yalal fuera un gua en el que introduce la voz. La niña huele a alcoholes dulces, a licor 43, a cointreau, a manzanitas, a baileys con hielo. Incluso Yalal, que esa noche ha sido muy impío, puede olerla. La niña chupa cada palabra cada vez que intenta vocalizar con claridad:

—¿Me das un pitillo?

Yalal se lo da y ella se lo coloca en los labios torpemente. Bizquea cuando Yalal le acerca el encendedor. Se le cae de los labios y lo recoge del suelo. Vuelve a ponérselo en la boca. La chica da pequeñas caladitas poco profundas. Aún no ha experimentado en su propia carne ciertas formas de avidez. Yalal le dice que no debería fumar, que debería irse a su casa, que es muy tarde. Incluso la abrazaría, pero frena en seco cuando a ella le sale una risa estentórea, adulterada, envejecida, y dice después con vocecita de flauta dulce:

—Ese hijo de puta me ha dejado tirada.

Después Yalal piensa que ya no puede hacer más por la niña. La deja allí, con un ojo medio abierto y el otro casi cerrado, apurando un cigarrillo con el que, a cada calada, empalidece más. Yalal no quiere verlo. Se va. Tampoco la echa. Podría haberla echado, pero no lo hace. Mientras sube la oye rumiar:

—El que acaba de salir, ese hijo de puta que acaba de salir...

Ahora, al mirarme en la cafetería, Yalal se da cuenta de que tiene enfrente a una mujer. No le resulta cómodo hacerme este relato, se azora, zanja nuestra conversación. Carraspea. Se disculpa. Se acerca a la barra, se echa la mano al bolsillo. Invita él. Me levanto para expresarle mi gratitud y entonces se fija en que soy coja. Parece que respira aliviado ante la imposibilidad de que entre los dos hubiese podido surgir algo parecido a la tensión sexual. Me escruta. Vuelve a decidir que lo mejor es marcharse. Yo también creo que es lo mejor. Podríamos arder como pavesas.

Yalal Hussein recoge el cambio, me sonríe y me confía que, cuando le contó a su mujer lo que había visto o lo que había intuido, quizá imaginado, en la húmeda penumbra del portal, Cristina decidió quién era el hijo de puta que acababa de salir: justo el que a ella le resultaba más conveniente.

—¿Por qué aún albergas dudas, Zarco?

Naturalmente porque yo se las inculco. Espera sin apremiarme. Siempre ha sabido contar hasta diez. Jugar al escondite sin que se le anuden los nervios en la boca del estómago. Los nervios son fibras de lana cargadas de energía estática. Como la lana que Olmo utiliza para tejer con los dedos sus cunas de gato.

—¿Sabes? Mientras Yalal me contaba la escena del portal pensé que a lo mejor tú podrías iluminar la historia desde el punto de vista del corruptor de menores...

Zarco no va a manifestar su cólera ni su inquietud quizá porque, si lo hace, dilataré más el punto de fisión de sus partículas, cenizas a las cenizas, polvo al polvo, polvo enamorado de detective muerto, dolorosas implosiones en el instante en que culmine su completo desmoronamiento o su liberación.

—¿Y el niño?
—Duerme.
—Será la buena conciencia... O el agotamiento.

Zarco calla y duda porque, si no, ya me habría colgado para acunar a su niñito. Por ahora, recupera el ritmo de la respiración interrumpida por el golpe, se desvía de lo que le importa y se pone a hablar de mí. Es una estrategia para distraerme:

—Necesitas un hombre, Paula.

—Tú tienes la culpa.

—Te gustan todos.

—No tengo prejuicios raciales. Sólo prejuicios a secas.

—Yo que tú tendría cuidado: Driss y Yalal se han quedado sin esposas.

—Yo que tú tendría cuidado: podrías llegar a ser el muerto en el entierro.

Zarco suelta una carcajada teatral. A través del teléfono, yo le secundo.

Podríamos arder como pavesas voladoras y, sin embargo, salimos de la cafetería y caminamos a lo largo de la calle hasta llegar al portal de su casa. Es muchísimo más alto que yo. Me siento un poco niña junto a Yalal. No es el sentimiento más oportuno: sólo una lógica e inevitable asociación de ideas con la que, por mi parte, podría desencadenarse la pasión. Ser una niña al lado de un hombre. La desventaja, el desnivel, parecido al de mis corvas, que hay que salvar y que salvo. Zarco, entonces, comienza a hablar de nuestro matrimonio. Para mí, su intervención resulta del todo extemporánea:

—Ya entiendo por qué lo nuestro se fue a pique.

Me callo para que Zarco siga con su argumentación:

—Los dos no podíamos ser el niño de la historia.

—No, Zarco, lo nuestro no funcionó porque a ti te gustaban los hombres.

A Yalal Hussein le gustan las mujeres grandotas. Aunque quizá conmigo podría desdecirse. Se me ha olvidado comer y también que Yalal no es un hombre de muchas luces. Estoy cansada de llevar siempre las riendas y de cargar con los pesos. Se me ha olvidado comer, pero ya no tengo mucha hambre.

—Paula, eres una mujer extraña. Pero ya te conozco, así que ahórrame la música distorsionada de violines.

Yo no soy el argumento que seduce a Arturo Zarco. Ni siquiera le seduce nuestra pelea. Lo único que le mantiene atrapado es saber qué pasó ayer y qué podría suceder mañana. Y parece que sólo él se permite la música de violines.

Yalal echa un vistazo a los balcones de su piso. Los dos estamos mirando hacia allí –la rejería traza dibujos de hojas dentro de círculos y semicírculos, detrás de las rejas habrá probablemente una alcoba– cuando Piedad, asomada a su balcón, se despide de una mujer y de dos muchachas que acaban de salir del portal:

—Hijas mías, volved cuando queráis. Ésta es vuestra casa.

Las visitantes levantan la cabeza para agradecerle a Piedad sus cortesías. Después nos dan las buenas tardes. Una de las chicas mira a Yalal y, en sus ojos, es difícil distinguir la pupila del iris: todo es oscuro. Son unos ojos que apenas tienen blanco. Después, la chica se tapa la mitad de la cara con un mechón de pelo. Se siente como una delincuente; debe de sentirse así hace mucho tiempo y por eso ha desarrollado una memoria excepcional: las delincuentes están obligadas a ser memoriosas. Calculo que la chica no tiene más de quince años. Se muerde las uñas. Me la imagino maquillada y, entre su disfraz, sigo viendo a una niña de quince años que el año pasado tendría catorce, quizá trece, y que mentiría a su madre para poder pasar la noche fuera. Yalal se gira en redondo para mirarlas mientras ellas caminan hacia la boca de metro. La niña sin blanco de los ojos no vuelve la vista atrás.

—¿Era ella?

Yalal asiente.

—¿Estás seguro?

Yalal vuelve a asentir. Nos despedimos. Él no sube a su piso, pero me abre el portal. Yo me dirijo a la casa del ingeniero de minas.

37

No sé qué hubiera hecho Cristina Esquivel si hubiese sabido quién era la niña a la que Clemente atenazaba mientras estaba oscuro. La niña que iba a buscarlo y lo esperaba en el portal hasta que él salía vestido de guardián de la ley y no podía resistirse. Acariciaba los pezones incipientes y la piel jasca, la joven vagina humedecida por la soberbia de seducir a un hombre y no a un muchacho. A un hombre que, además, va a casarse con mamá. La vagina inconsciente que triunfa. La rija del hombre. No había tiempo para pensar. Son tan hermosos los amores complicados.

–Esa niña es un demonio.

Piedad me ha abierto la puerta porque le he presentado hechos. Después estiro los hechos con la imaginación. Les pongo ambiente y la historia sigue siendo espeluznantemente verosímil. Piedad se defiende como Dios le da a entender, pero sus esfuerzos son improductivos.

–Un demonio...

Por las mañanas, al salir a trabajar, Clemente deseaba con todas sus fuerzas que la niña estuviera allí, esperándolo en lo oscuro. También pensaba que sería mejor que no estuviera. Pero, al ir bajando, casi la olía. Al tropezarse con su cuerpo, lo apretaba y lo chupaba y lo mantenía oculto pegándolo a su estómago. A su pubis. No quería verle la cara ni los ojos. Ella simulaba ser lánguida. Estar como ausente.

—¿Por qué me cuenta a mí esas cosas? Es asqueroso.

Los dos botones negros de los ojos de Piedad –sí, Zarco, botones– a punto están de saltarle de la cara. Sin embargo, no puede decirme que no ni fingirse sorprendida.

—Asqueroso...

En las tardes de domingo, en el piso de mamá, hacen como que no se conocen. Pero se besan con lengua mientras la madre hace pis. Ella preparada para iniciar una aproximación o deseando, dentro de la tripa, que sea él quien se aproxime: así, podrá pasar la noche entera rememorando ese momento en el que ella fue más fuerte y tenía un imán dentro del corazón que tiraba del hombre pese a los peligros. Clemente, después de besarla, la empuja. Por miedo, no porque la niña no sea aún lo suficientemente hembra. Los dos lo saben. Y mientras él teme y flaquea, ella se crece: levanta el mentón para mirar desde arriba el mundo. Y calibrarlo. La niña mide, igual que yo, la distancia que tiene que salvar, y la salva. Es brutal en su patosería. Arrojada. Luego la madre le dice que le enseñe los cuadernos a Clemente y, mientras pasan las páginas, él se encela al ver los corazones pintados. Igual que un padre. Ella le roza la mano: los corazones son suyos. Él no la retira. La ladea un poco. Transmiten aspereza y calor las manos de Clemente. A ella le gusta.

—Mi hijo no tiene la culpa de nada.

Ni el uno ni el otro tienen la culpa de nada: es sólo una confluencia de factores, una de esas chispas que dan lugar a la combustión espontánea. Piedad, que me ha franqueado el paso comprendiendo que era inútil no abrirme, quizá queriendo acelerar un desenlace, el descubrimiento de un secreto demasiado tenebroso para ella, debería saber que tampoco la niña es responsable de la cadena de desgracias que ha sucedido a un amor que tal vez ya le genera fatiga o resentimiento. Pronto, muy pronto, él se dará cuenta de que es un cobarde, y ella se sentirá incomprensiblemente vencida por una mujer de vientre estriado. Los embarazos, la dejadez. Mamá pachorra. Mamá tranquila. Con su pelo mal teñido de rojo y sus labios pintados por fuera. Mamá, que no tiene ni el graduado escolar.

—Mi hijo es tan débil.

Reconstruyo para Piedad fragmentos de la historia que me ha sugerido Yalal Hussein. Ella me sigue. Completa algunos tramos en voz bajita. Es la hora de la siesta. Me explica cómo se percató de las inclinaciones de su hijo. Cómo insistió en que dejara a aquella mujer para que no tuviera que ver tan a menudo a la niña. No sirvió de nada. La boda estaba prevista para dentro de poco. En mi pizarra pongo una uve verde de verdadero al lado de las intuiciones de Luz: para Clemente, ella era ya una mujer mayor. Piedad se rinde:

—No puedo más.

Piedad llora mientras el ingeniero de minas sestea en su butacón de terciopelo granate. El disgusto consigue que la mujer mantenga el tipo como cuando un buen susto le quita de golpe la borrachera a un borracho.

Si Cristina Esquivel hubiese sabido todo esto, quizá no le hubiera servido de nada: tenía bastante con la información, que le había proporcionado Yalal, para atemorizar a Clemente. Haberlo visto con una niña era una razón lo bastante sólida para que el hijo del ingeniero de minas no se opusiera a la compraventa que la doctora Esquivel estaba a punto de cerrar con Piedad. Cristina había invertido mucho tiempo y mucho mimo con Piedad. Nunca olvidaba, al volver de su ronda, pasarse por la casa de sus vecinos con el tensiómetro y el talonario de recetas. Le había prescrito muchas pastillas de las que ahora a Piedad le costaba desengancharse.

—Se me seca la boca...

Yo no hago parodia.

Piedad parece una mujer agotada. Los Peláez quizá se mantienen en pie, intermitentemente, porque alguien les inyecta sustancias que los vigorizan. Borro el comentario de mi pizarra mental: parece de Zarco y no mío. Piedad se lamenta:

—Ay, Dios. Yo tengo la culpa de todo.

De todas las transacciones que Cristina cerró para la residencia, ésta era sin duda la que más le interesaba. Cristina, tenaz, obcecada, persistente, burra, muy burra. Sin demasiados escrúpulos. Cristina, que no creía que debiera informar a su marido de sus planes porque, en el fondo, no confiaba en él ni se había despojado de esos prejuicios que definían su código genético. Cristina, a quien su casa se le estaba quedando minúscula. Las piernas y los brazos le salían por las ventanas abiertas. Como a Alicia. Cristina y Yalal, gente demasiado alta. Cristina lo había intentado con Leo, quien se había resistido con su espada de acero toledano. Cristina renunció a su dúplex, pero no a extender sus propiedades sobre la superficie de la segunda planta.

—Me quería engañar. Pero mi hijo me defendió.

Estoy de espaldas al pasillo de la casa de los Peláez. Un calambre me atenaza la pierna mala cuando detrás de mí oigo una voz, rota y profunda, como las de los doblajes de películas que se desarrollan en Palermo o en Brooklyn; una voz que no es ni mucho menos desagradable y que yo sólo había podido recrear por las descripciones de Zarco y de Luz:

—Mamá, te tengo dicho que hablas demasiado.

Clemente Peláez acaba de despertarse de la siesta.

Tenía que haberlo pensado al ver salir a la mujer con sus hijas de la casa. Sería absurdo que a esta comida familiar hubiese faltado Clemente. El protagonista.

—Es mi cumpleaños.

—Felicidades: Cristina Esquivel cumplía los años el mismo día que tú.

—No nos parecíamos en nada.

Me callo, pero creo que Clemente se equivoca. Cristina y él compartían la voluntad mostrenca, el empecinamiento, el instinto de propiedad, el deseo de expandirse y de marcar el territorio, una naturaleza autoritaria, depredadora, las ganas de llevar siempre la razón y de salirse con la suya al precio que fuera. La medular falta de ética. La avidez. También compartían algo mucho más pedestre: querían el mismo piso, cien metros exteriores en el distrito centro que ahora —Dios se burla, los especuladores se burlan, los propietarios se burlan— ya no valen tanto dinero como hace un año. Me callo las burlas del destino y las coincidencias de carácter. Prefiero hacer una observación muy tonta:

—La astrología no es infalible...

Clemente me invita a tomar asiento y le sugiere a su madre que me sirva un poco de tarta. Sobre la mesa veo dos cuatros de cera roja. La madre corta un pedazo de pastel y, cuando me está acercando el platillo, él vuelve a reprenderla:

—Hablas mucho, mamá.

Clemente, sin embargo, acaricia las guedejas del pelo de su madre. Después me observa mientras mastico los pedazos de dulce. Detesto el dulce. Lo como despacito. Me empalaga. Como porque estoy dispuesta a hacer todo lo que Clemente me pida. Como y, mientras sigo tragando el bizcocho y el merengue, escucho lo que este hombre quiere decirme. Tiene ganas de hablar después de haber permanecido tanto tiempo en silencio.

—Soy callado, pero no tonto.

Prefiero olvidarme de cómo voy a salir de aquí. Mastico y trago.

—La tarta está muy buena.

—La ha hecho mi madre. A mi novia y a sus hijas les gusta mucho.

Su novia. Sus hijas.

—¿Las ha visto usted salir?

Le digo que sí.

—¿A que son guapas?

—Mucho.

—Sobre todo la chica mayor, ¿verdad?

Vuelvo a decirle que sí.

—Entonces usted me entenderá perfectamente.

Pongo cara de buena persona. De persona muy comprensiva.

—En realidad, sé que me entiende *casi* perfectamente por lo que le ha estado contando a mi madre.

Los ojos están a punto de llenárseme de lágrimas cuando tengo la certeza de que Clemente me ha estado escuchando. Sus palabras lo corroboran:

—Podría haberse ahorrado usted los detalles más sórdidos. Mi madre es una persona mayor.

Clemente señala a Piedad, sentada en una silla, que se tapa los oídos como si no quisiera oír. Pero no le queda más remedio, porque Clemente la espabila:

—Una persona mayor que me mete en muchos líos, ¿verdad, mamá?

Piedad pone la misma cara que yo hace un segundo.

El primer relato de Clemente Peláez gira en torno a los detalles más perturbadores de la personalidad de su hijastra putativa; yo matizo, en mi pizarra mental, la experiencia del hombre con mi propia visión del mundo y le concedo a la niña un rostro más humano: no todo son ganas de herir, también queda ese amor que tiene que ver con lo que acumulan dentro del nido las urracas, con las causas imposibles y con lo que está terminantemente prohibido. Pero callo, sólo apunto en mi pizarra, a fin de ordenar, más tarde, la historia. Clemente coloca el punto final al relato con una alabanza de su resistencia y una justificación de su comprensible caída en lo más profundo del agujero infantil.

—Es una niña muy guapa. Muy guapa.

Se nota que hace tiempo que Clemente no habla en confianza con ningún adulto. Se repite:

—Soy callado, pero no tonto.

No estoy en situación de contrariarle. Tampoco le pregunto si ha introducido alguna corrección en su conducta familiar, pero recuerdo los ojos oscuros, las uñas, el mechón que tapa la mitad del rostro de la niña. Nada ha cambiado. Clemente mueve las piezas para que nada se transforme. Clemente Peláez se queda a su niña. Ya es una mujercita. Nadie sabe lo que puede pasar cuando se haga mayor. Mientras tanto, Clemente se la queda. Va a conservar todo lo que es suyo. Clemente me regaña:

—¿Me está usted escuchando?

Me he distraído pensando en la novia de Clemente, en los que corren peligro si descubren un secreto, la obsesionante habitación de Barba Azul que todos tapamos con una cortina. Pido disculpas a mi anfitrión y pongo los cinco sentidos en la asfixiante historia que Clemente va a empezar a relatar.

—En realidad, ya no hay mucho que decir, ¿verdad, mamá?

Piedad sube las cejas y suspira. Saca una pastilla del bolsillo de su bata, la engulle, responde a su hijo. Pero no consigo entender lo que le dice. Clemente no hace caso al balbuceo. Comienza con una metáfora zoológica:

—Cristina Esquivel iba tejiendo una tela sobre mi madre, sobre mi casa...

... Sobre la alcoba donde él aún se echa la siesta e incluso duerme muchas noches. Cristina segregaba una tela sobre los luchacos de Clemente, sobre sus banderines de equipos de fútbol colgados en la pared, sobre sus viejas revistas de ejércitos universales. La tela se cernía sobre el viejo ingeniero y le formaba legañas en las niñas de los ojos que Clemente le limpiaba como el mejor de los hijos. Merecía al menos que no le robasen. Cuando volvía del trabajo, siempre escuchaba a través de la puerta la voz cantarina de Cristina Esquivel:

—Mujer, Piedad, usted no puede con todo.

La voz como un cascabelito:

—Por mucho que Clemente les ayude, ustedes ya tienen una edad...

La voz como el cascabelito de las serpientes:

—Cualquier día nos llevamos un disgusto...

316

La voz como el cascabelito de las serpientes de cascabel:

—Allí van a estar ustedes estupendamente. Mucho mejor atendidos.

A Clemente le preocupaba, sobre todo, el bienestar de su madre.

—Esa hija de puta la estaba matando con las pastillas.

Piedad dice que sí, que ella no sabía lo que hacía, que le decía que sí a todo porque la médica la tenía como hipnotizada...

—Svengali...

Casi no reconozco mi propia voz. Los nervios me hacen decir tonterías para no tener que acordarme de que no sé cómo voy a salir de aquí. Para mi sorpresa, Clemente parece encantado:

—¿Usted también ha leído el diario de Luz?

—Sí...

Ni yo misma alcanzo a oírme bien. Clemente sonríe:

—¡Svengali! ¡Bartoldi! Mi madre, el niño Abú...

—Usted mismo.

—Yo mismo. Aunque a mí no llegó a captarme bien: pensó que era tan sólo un animal. Me puse triste.

Nadie sabe dónde se puede encontrar una sensibilidad literaria. Clemente, a su modo, la tenía, pero quizá ha olvidado la precisión con que Luz lo capta al anunciar su interés por las menores y su desprecio, más o menos explícito, por las mujeres maduras. Uves de verdadero y uves de victoria recorren, en mi pizarra mental, las páginas del diario de Luz. Clemente es otra de esas grandes bestias sentimentales. Me confiesa que quiere a Luz. No como a la niña. No como a su novia. No como a su madre. Estoy segura de que Clemente es uno de esos hombres que hacen listas de mujeres a partir de sus experiencias.

Clemente se encontró a Luz, sola, en un bar una noche. Le inspiró mucha ternura esa mujer a la que parecía faltarle un tornillo. La acompañó a casa. Se acostaron juntos. La mujer no era fea, pero ya tenía una edad: incluso algunos años más que su novia. Pero lo pasaban bien y, durante aquel tiempo, casi no pensó en la niña. Pensaba más en el líquido con el que Cristina Esquivel ensalivaba los objetos hasta galvanizarlos.

—No era exactamente una araña: era como un animal que digiriese los alimentos fuera de la boca. Lo he visto en algún documental...

A Clemente le preocupa no dar con el nombre de la especie. A mí me proporciona algo más de tiempo para pensar cómo voy a escabullirme de sus manos. Las miro: son manos de gigante. Manos de ogro. Es posible que mi angustia las agrande. Sobre la mesa no quedan cuchillos ni tenedores. Clemente ya no trata de recordar el nombre de las fieras que comienzan a digerir a sus víctimas fuera del estómago. Vuelve al diario.

—Conmigo Luz se tomó ciertas «licencias poéticas», se dice así, ¿verdad, señorita?

Clemente recordaba a la niña, pero no se apartaba de Luz porque intuía que la lectura del diario podría serle útil. Sin ser muy consciente de ello, buscaba soluciones, aunque la carne de Luz empezó a resultarle demasiado suave al tacto. Las manos de los hombres se deslizan por la carne de las mujeres maduras que ya han perdido el pelo y tienen la piel adelgazada y resbalosa como una pastilla de jabón. Las niñas no son suaves, sino granuladas, mutantes, correosas. Son de piel vuelta, no de tafilete. Cambian casi de un día para otro. Huelen a panecillos o a grasa para cocinar.

—Las mujeres oléis a colonia.

Lo dice con desprecio. Lo dice haciéndome ver que ya soy demasiado vieja para un hombre como él.

Mientras las secreciones de Cristina se iban espesando, solidificando, volvió a ver a la niña, que, cargada de rencor, dejó de ser una camelia desmayada y empezó a morder, a marcar a su maestro. Lo volvió loco. Clemente no tenía ni idea de cómo se las ingeniaban para engañar a la mema de su novia. Luego llegó a la conclusión de que su novia no quería ver. De que eso no era un problema, de que todo seguiría como siempre. Respiro aliviada porque entiendo que ha pasado un peligro: para la madre, para la otra hija. Sin embargo, sigo sin saber cómo voy a salir de aquí.

—Mi madre no sabía lo que estaba firmando.

Cuando la Esquivel le dijo que ya tenía la firma de su madre y que, si Clemente maniobraba en otra dirección, iría a quien hiciese falta con el cuento de la niña, a él no le quedó más remedio que actuar a toda velocidad. Recordó sus lecturas. Compró unos cordones. Fuertes. Plastificados. Se puso unos guantes de látex. Calcó el diario de Luz. Obligó a Cristina a agacharse, a ponerse de rodillas para estrangularla desde arriba y por detrás. Le quitó los papeles firmados por su madre. Conservó su casa y a su amor. Fin de la historia. No era tan larga. A mí también el tiempo se me acaba.

—Mamá, sal de aquí.
—Yo tengo la culpa de todo, de todo...

Piedad sale mascando las palabras con su boca torcida. El viejo ingeniero sigue dormido. Yo, casi por primera vez, experimento un miedo tan intenso que no puedo parar de sonreír.

—No pares ahora. No pares...

Esta voz, al otro lado del teléfono, no es la de Arturo Zarco. Es una voz más viril, pero menos madura. Una voz de hombre de pelo en pecho o de catedrático de ciencias físicas.

Mi pausa dramática me convence de que soy una ingenua. Ni mi relato de hoy ni quizá tampoco el de ayer han tenido a Zarco como único receptor. No ha habido intimidad. Estoy desnuda. El teléfono funciona como altavoz sobre la mesilla. Es la voz de Olmo la que, aparentemente despojada de resentimiento hacia mí, me increpa para que no deje de hablar.

–No pares, no pares...

Desde luego lo que sigue le interesa especialmente a él.

—Feliz cumpleaños, Clemente.

Luz ahora sí se parece a Simone Signoret contra el fondo de la puerta de la sala. Ha entrado como una pantera, con sigilo, vestida de negro. Ninguno hemos oído cómo giraba la llave dentro de la cerradura, cómo se colaba en la habitación de Clemente, la del armamento y los banderines deportivos, cómo cogía la pistola de la funda del cinturón del guardia de seguridad. Manteníamos una conversación quizá demasiado intensa. Luz ha debido de escucharla por el hueco amplificador del patio. Es muy posible que a Clemente todas sus mujeres le hayan cantado el cumpleaños feliz.

—¿Cuántos cumples, querido?

Yo, que llevo un rato buscando las salidas de incendios, gracias al patrón-Luz me hago consciente de las verdaderas dimensiones de la habitación, de hacia dónde están orientados los balcones, de dónde se ubican los cuatro puntos cardinales. Mi cabeza, imantada como la aguja de una brújula, mide el espacio, lo acota, y marca nuestra situación sobre el plano rectangular: el viejo ingeniero en su butaca de terciopelo granate; Piedad, petrificada al lado de la silla de la que se acababa de levantar; Clemente frente a Luz y yo detrás de él: los tres formamos una armónica línea recta que se fracturará con el más mínimo movimiento.

Clemente grita a su madre y se le escapan algunos gallos entre la cadencia y el timbre de capo mafioso:

—¿Por qué tiene las llaves?

Piedad intenta responder, pero se le atoran las sílabas. A Luz no:

—Una precaución por si a los viejos les pasaba algo. Pero eso da igual: lo importante es que tú también cumples años, querido.

Hay un deje de despecho en la voz de Luz combinado con la dulzura que le presta el registro aprendido de su doctor Bartoldi. El despecho me dice que ni ella ni yo misma llevamos bien la penosa circunstancia de ser abandonadas: por niñas, por niños, por diablas, por elfos, por lolitas o efebos de piel aceitunada. No nos gusta que nos abandonen: aunque nos hayamos deshecho de un asesino pedófilo o de un detective maricón. Nada es demasiado malo para mujeres como nosotras. Luz encañona a Clemente. Si apretase el gatillo, la bala se le incrustaría en la diana palpitante del corazón. Él casi no respira y empieza a agacharse, a parpadear, poseído por un tic nervioso. Yo suelto el oxígeno que mantenía aprisionado en los pulmones. Sólo soy una observadora fuera de la escena. Me aparto. Me coloco detrás de Luz. La línea recta que coincide con la trayectoria de la posible bala aún no se ha roto. No sé si Luz va a disparar. Se dirige muy tranquila a Clemente. Ya no le llama querido, ni pretende ser jocosa. El mensaje que le transmite es serio:

—Por tu culpa, he tenido miedo de mi propio hijo.

—Tú fuiste quien escribió el diario.

Clemente sonríe como si hubiera demostrado que su

coeficiente intelectual está por encima de la media. A lo mejor la acción de matar genera ese triste efecto: uno se siente por encima de la media. Durante unos segundos, Clemente deja de parpadear. Parece que no va a derretirse. Pero son sólo unos segundos. Con su lectura ha sido él quien ha estropeado el diario, no se puede echar margaritas a los cerdos. Luz no va a caer en la trampa, en el cepito, que él le tiende para que se sienta culpable:

—La muerte de Josefina no estaba escrita en el diario.
—Tú sugeriste que podía haberlo leído...

La defensa de Clemente es débil, lábil, corrediza como los nudos de la horca. Da lástima. El guardia se cree superior sólo por la rapidez pueril, rabisalsera, de sus contestaciones. Clemente es un niño gordo que, delante de Luz, se toca la colita porque tiene ganas de orinar. Se balancea sobre una pierna y sobre la otra. Piedad, como si se hubiese olvidado de la situación que le está tocando vivir, lo llama al orden:

—Clementeeeeeee...

No hago parodia. La vieja está fuera del mundo. Todos la miramos y ella se derrumba sobre la mesa. Se apaga. Más que frente al arma, Clemente va disminuyendo al lado de las preguntas de Luz:

—¿Ibas a matar a todos los lectores?, ¿a todos los que pudieran saber que tú también habías sido un lector?, ¿cuándo me ibas a matar a mí, Clemente?

El increíble hombre menguante, el hombre de la bragueta abierta a la puerta del colegio, el pícaro gordo que se lo comió, está encerrado en el interior de una cajita de cerillas:

—Sólo conservé mi casa. La casa de mis padres. Sólo quité de en medio a los que me querían robar.

—Josefina, ¿te robó?

El cabo suelto de Josefina hace que Piedad salga de su letargo. La vieja se conecta como si alguien hubiese sacado las pilas del congelador y se las hubiese vuelto a colocar en la cavidad de la espalda:

—¿Tú mataste a la pobre Josefina?

Piedad, con las palabras agrandadas dentro de la boca, distorsionadas en la extensión de sus sílabas, entra en una especie de llanto histérico. En un cortocircuito. Se vuelve a levantar y flexiona el torso como si fuese a iniciar una carrera que fracturase la línea que nos une. Me aproximo y la sujeto por detrás. La abrazo. Trato de paralizarla para que no sufra un ataque; por lo menos, para que no se caiga. Ni esta vieja finge ni yo hago parodia. Su dolor por Josefina es real. Piedad no puede comprender. Está cansada, muy cansada. Casi cuelga de mis brazos. Pesa mucho. Se rebela contra el hijo:

—¡Y yo no tengo la culpa de que mataras a Cristina! No la tengo.

—Querías vender mi casa...

—¡No es tu casa! ¡Es nuestra! De tu padre y mía...

El viejo ingeniero da un grito. Quizá en algún nivel de su sueño, en alguna capa profunda, esté participando en la conversación. Ahora, vuelve a respirar con placidez. Piedad, cuando su marido calla, se desmadeja de nuevo en la silla. Le han dejado de hacer efecto las sustancias vigorizantes. Sin embargo, no renuncia a pronunciar para Luz una suerte de últimas palabras mientras levanta la cabeza y la señala con el índice:

—Tú tampoco me has gustado nunca.

Luz levanta los hombros. Asiente. No le importa.

—Le agradezco su sinceridad. Usted a mí tampoco.

El diario da fe de esa aversión. Piedad recibe el mensaje y se desconecta. Se lastima la frente contra la superficie de la mesa. Escuchamos un ruido sordo. Le tomo el pulso.

Parece que está dormida. La maniobra no ha durado apenas nada. Me atrevo a sugerir:

—Quizá deberíamos llamar a una ambulancia.

—En un instante volverá a encenderse. No te preocupes.

Luz abre las piernas recolocando su posición de tiro. Yo, desde lejos, indago en el espacio en penumbra donde el ingeniero de minas sueña. Sigue ahí. Sin mover un músculo; quizá fingiendo para que nadie se lo lleve a otra parte. Para enterarse de todo. Quizá para el ingeniero la tarde esté resultando incluso divertida. Vuelvo la cabeza y me encuentro con Clemente, que, sin quitar ojo a la pistola con la que Luz lo encañona, al ángulo de cuarenta y cinco grados que forman contra el suelo sus piernas abiertas, no ha olvidado las preguntas sobre la pobre Josefina:

—Cuando me enteré de que estaba con el moro, le pregunté si no le daba vergüenza...

Luz es implacable:

—¿Y qué?

—Ella se enfadó conmigo...

—¿Y qué?

—Yo me estaba riendo con ella, con su indignación, la hacía rabiar...

—¿Y?

—Hasta que me llamó menorero.

—¿Y?

—... Y yo me di cuenta de que llevaba un año en sus manos.

Piedad abre un ojo para intentar entender los razonamientos de su hijo, que sigue hablando mientras hace memoria, discurre:

—A Josefina sólo se lo pudo decir Cristina Esquivel. Me tenía que proteger de ella: cuando me llamó *menorero* me estaba dando la señal de que yo no estaba a salvo...

Vuelvo a colocarme al lado de Luz. Para que Clemente me vea bien. Para que entienda cada una de mis palabras. Me coloco al lado de Luz. No detrás de ella. Formamos los vértices de un triángulo y podemos mirarnos simultáneamente los unos a los otros. Casi me apena revelar a Clemente que matar a Josefina no sirvió de nada:

—Josefina sólo sabía lo que Yalal le había dicho. Fue él quien te vio una noche cuando salías del portal y se encontró dentro con la niña...

Clemente arruga toda la cara como si fuera una máscara superpuesta sobre su verdadero rostro. Hace un esfuerzo titánico por recordar:

—Habíamos reñido...

Clemente parece un padre. Después vuelve a prestar atención a la pistola que Luz empuña, como si, mirándola, el arma fuese a volver a la mano de su dueño natural. Luz levanta un poco la pistola. Piedad, desde fuera de la luz que ilumina nuestro triángulo isósceles —Luz y yo estamos más cerca entre nosotras que de Clemente—, desde fuera, Piedad es el oráculo:

—Esa niña es un demonio.

La vieja habla con tono de Apocalipsis. Clemente, furioso, mira a su madre. Yo le obligo a que vuelva a fijar la atención en mí:

—Ni Yalal ni Josefina sabían que Cristina Esquivel te estaba chantajeando con esa información.

—¿No sabían nada de la venta de esta casa?

—Nada en absoluto.

—Lo importante era la casa, la casa, conservar la casa...

De pronto Clemente busca en Luz aquiescencia o consuelo. Pero Luz no se lo da:

—Le rajaste la boca.

—En tu diario...

Luz no deja que Clemente acabe, que se justifique con las acciones de Josefina dentro de la caja cerrada del diario. Al abrir la tapa, Clemente escuchó música. Posiblemente la oye todavía: es lo único que oye. Está sordo. Clemente no ceja en el empeño:

–En tu diario...

No hay enigmas en el interior de las cajas de música. A Luz se le acaba la paciencia:

–En mi diario estoy muy acostumbrada a hacer esto, así que no creo que te vaya a doler...

Cuando Luz dispara, sólo tengo tiempo de oír el grito de Piedad y de ver que el ingeniero de minas se despierta, mira a su alrededor y, después, sonríe beatíficamente.

—¿Está bien mi madre?
—Sois dos perfectos imbéciles.

Al otro lado del teléfono, puedo oír el jadeo de Olmo y percibo la dificultad con la que articula las palabras. No le queda saliva. Su paladar, su garganta, son leñosos, ramas sin savia, esparto amarillo para trenzar cestas. He dicho secamente «sois dos perfectos imbéciles» y sólo el silencio, el desconcierto, el hueco, se solidifican a mi alrededor. De la brusquedad del insulto paso a la ironía:

—Al fin y al cabo *ceci n'est pas une pipe.*

Olmo, además de enclenque, debe de ser un poco inculto. Es posible que sus dibujos de lepidópteros sean exactos, incluso hermosos, pero no sabe nada de historia del arte contemporáneo. No conoce a Magritte ni el sentido con el que su lienzo se utiliza en las sesiones de los talleres literarios. Zarco, que seguramente le habrá puesto la mano en el hombro para transmitirle valor, paciencia, calor, templanza, sabiduría —que el embrionario Olmo no va a adquirir por ósmosis— y tranquilidad, ha de salir en su ayuda:

—Todo lo que nos has contado ¿es mentira?

Siento el impulso de contestar afirmativamente. Pero

yo no soy así y, en esencia, no he mentido. No he dicho que lo blanco fuera negro o que lo negro fuera blanco. Me he quedado en la verosimilitud del gris. Y, sobre el gris, al final de mi historia he derramado algunas gotas de rojo brillante como la sangre del cadáver que ha muerto por inhalación de anhídrido carbónico. Paso revista a mi pizarra mental y me sitúo en el punto exacto de lo que pudo haber sido y no fue. Me encantaría que Zarco, que Olmo, esa mosquita muerta que cuando vaya haciéndose mayor será una mosquita redondeada, una bacteria del yogur, que los dos se pusieran nerviosos de verdad. Mantengo un poco más el misterio.

Mi entonación es ingenua. Incluso un poco infantil. Canto dos palabras:

–Todo no...

Puedo notar cómo Zarco le coloca un dedo en la boca a Olmo para que el niño no rompa a llorar, para que no me insulte. Al fin y al cabo, muy pronto vamos a ser casi familia. Zarco le pone un dedo en la boca y él mismo aguanta la respiración, porque sabe que conmigo funcionan las estrategias del silencio. Como no me lo piden, yo asomo la patita por debajo de la puerta. Es una blanca patita. O, a lo mejor, es que sólo está enharinada:

–Es verdad que Clemente es el pícaro gordo que se lo comió...

–¿Qué quieres decir?

–Que es verdad que mató por conservar el piso de sus padres.

–Entonces, ¿qué es mentira?

En principio, me sorprende que Zarco se interese más por las mentiras que por las verdades. Pero, haciendo un poco de memoria, lo cierto es que él siempre ha sido así: un poco revistero. Le doy la respuesta correcta:

—Yo nunca subí al piso de los Peláez.

Olmo podría haberme agradecido al menos que, al final, otorgase a su madre un papel casi heroico en el desenlace de esta historia. En todo caso, no lo he hecho por él, sino por Luz, que me parece una mujer no magnífica pero sí muy sugerente. Mucho más de carne y hueso de lo que piensan los que se empeñan en retratarla como una actriz francesa, como una caricatura, como una *magioratta*, como una borracha, como una loca. Aprendo, he aprendido del diario de Luz, cosas que no tienen sólo que ver con el orden de los acontecimientos o con las verdades que se esconden en las mentiras y viceversa. Profundizo en mi compasión, en mi capacidad para entender las razones de cada ser humano, pero sin caer en un estado enfermizo, en un modo de la astenia, que me lleve a renunciar a mi derecho a enfadarme o a sentirme despechada. Tengo derecho a odiar a este niño que ahora, preocupado por su madre —y con él no debería permitirme la empatía, usurparle los buenos y los sanos sentimientos—, ya no puede contenerse:

—¿Mi madre no ha disparado a Clemente?

—Niño, ¿tú eres tonto?

Enseño la patita —coja— por debajo de la puerta. La enseño entera. De golpe. Desde la punta de las uñas hasta la corva y el muslo y esa ingle cuya visión echaría para atrás a un infante como Olmo que ahora, sin venir mucho a cuento, me recuerda a la femenina sota de copas. No llega a ser la prerrafaelista sota de espadas con su cabellera rubia que le cae en ondas alrededor del rostro nacarado. Un golpe de viento limpia de harina mi patita —coja— y, por el borde de mi falda, asoma la garra —minusválida garra— que sólo puede atrapar y desangrar a los pájaros pequeños. A los colibríes o a los gurriatos. Como Olmo. Zarco le pasa el ala por los hombros y lo protege del frío, de los temblores. Lo alimenta regurgitando la comida desde el estómago hasta el pico. A Zarco no lo puedo odiar como odio a Olmo. Lo puedo odiar de otra manera. Zarco se olvida de que llevo dos días preocupándome por su felicidad. Me produce algo muy parecido a la repulsión –si no lo dijese, ¿sería mejor persona?, ¿alguien más sano?– cuando Zarco protege a su pollito de la intemperie:

–Sólo es sugestionable. Además, tú tienes la culpa...

Un, dos, tres... Quizá no debería reprimir mi rabia. Pero la contengo. No soy el escorpión que atraviesa el río a lomos de una rana ingenua, excesivamente confiada, carne y anca de pudridero.

–¿De qué? ¿De lo que ha ocurrido?

–No, de que ahora Olmo se haya ido a vomitar al cuarto de baño...

–No sabes cuánto lo siento.

He expresado esa disculpa con una sonrisa de oreja a oreja que me ha distorsionado la voz. Lo he hecho para que Zarco visualizase a distancia mi espléndida sonrisa. He forzado las comisuras de los labios hasta que me han dolido los pómulos y se me han achinado los ojos y se me ha puesto tirante la piel de la cara. Zarco se siente un poco víctima. Me pregunta:

–¿Por qué has jugado con nosotros?

–Ojo por ojo, Zarco...

–¿Contar para dañar?

–Con el dulce daño del castigo.

Zarco y yo siempre nos entenderemos en un punto. La varita de avellano se estrella contra las redondeadas nalgas. Compartimos esa imagen en dos lugares diferentes de la misma ciudad. Zarco ve la varita, las nalgas, el rubor de la piel azotada, representados sobre una pintura, y quizá anote algo en su cuaderno. Yo veo una fotografía del periódico y sólo he de archivarla para siempre en mi pizarra mental. Por fin, Zarco recupera la cordura:

—¿Qué ha pasado, Paula?

—Visité a Ramiro Esquivel y almorcé con Hussein. Coincidimos en el portal con la niña y Yalal la reconoció. Después fui a la comisaría con una historia. Supongo que los armadillos andarán buscando pruebas para avalar mis hipótesis e incriminar a Clemente. Y las encontrarán porque es un pobre hombre.

Ahora Zarco sí que se acuerda de que llevo dos días preocupándome por su felicidad. Por su posible felicidad con Olmo, que, aún apoyado en la taza del váter, quizá saborea el amargor de las madejas amarillas de la hiel. Zarco, como por cortesía, retóricamente me pregunta:

—¿Puedo dormir tranquilo ya?

Si le digo que sí, a lo mejor hasta me da las gracias. Cuelgo el teléfono. Es mi manera de seguir jugando con Arturo Zarco, que es un perfecto imbécil al que también le gusta jugar conmigo.

ÍNDICE

Black I
EL DETECTIVE ENAMORADO 11

Black II
LA PACIENTE DEL DOCTOR BARTOLDI 129

Black III
ENCENDER LA LUZ 221